LANCELOTS LADY

Cheryl Kaye Tardif
geschrieben unter dem Pseudonym
Cherish D'Angelo

Übersetzt von Ingrid Könemann-Yarnell

LANCELOTS LADY

Deutsche Erstveröffentlichung von Imajin Books
August 12, 2015

Lektorat: Annette Braun

Umschlaggestaltung: Ryan Doan - www.ryandoan.com

ISBN: 978-1-77223-124-3

www.cherylktardif.com

www.ingridsbooktranslations.de

www.ingridsbooktranslations.com

Dies ist eine erfundene Geschichte. Namen, Personen, Orte und Ereignisse sind entweder das Produkt der Fantasie der Autorin oder wurden fiktiv genutzt. Ähnlichkeiten mit lebenden oder toten Personen sowie zu Unternehmen, Organisationen oder Örtlichkeiten sind rein zufällig und nicht beabsichtigt.

Inhaltsangabe

Lob für LANCELOTS LADY

„Romantik, Intrige, Gefahr, Erpressung und überraschende Wendungen - diese Geschichte bietet alles … Verwerfliche Absichten gefährden alle Charaktere in dieser kunstvoll gewobenen Erzählung voll süßer Spannung … *Lancelots Lady* kombiniert ein Nonstop-Abenteuer mit dem angestrengten Bemühen, nicht der Anziehungskraft eines anderen zu unterliegen. Verführerisch. Unterhaltend." —*Midwest Book Review*

„Vom kalten, felsigen Strand in Maine über die extravaganten Villen Miamis bis hin zu einer üppigen tropischen Insel in den Bahamas - Cherish D'Angelo setzt ihre Heldin einer Reihe von atemberaubend romantischen Abenteuern aus, die oft auf überraschend ironische Weise ihr Umfeld wiederspiegeln. Ein fesselndes Buch im besten Sinn des Wortes." —Gail Bowen, Autorin der preisgekrönten *Joanne Kilbourn*-Serie

„Cherish D'Angelo versteht es, ihre mystische ‚Stimme' in formvollendeter Perfektion einzusetzen." —Jennifer L. Hart, Autorin von *River Rats*

„Erneut ein rundum gelungener Roman von Cheryl Tardif (aka Cherish D'Angelo) ... eine wunderbare Liebesgeschichte … neben atemloser Spannung genau das richtige Maß an Sinnlichkeit." —Emily Ross, aka Pauline Holyoak, Autorin von *Merryweather Lodge: Ultimate Sacrifice*

„*Lancelots Lady* ist einfach faszinierend. Diese Geschichte wird Sie in ihren Bann ziehen. Unmöglich, sie zur Seite zu legen! Cherish D'Angelos Ausdruckskraft ist erstaunlich. Sie beschwört Szenen wie Geister aus einer Flasche hervor!" —Susan J. McLeod, Autorin von *Soul and Shadow*

Textnovel.com zeichnete *Lancelots Lady* mit dem „Editor's Choice"-Preis aus. Des Weiteren belegte das Buch in dem vom Dorchester-Verlag ausgeschriebenen und von Textnovel.com veranstalteten Wettbewerb „Der nächste beste Handyromanautor" als „beliebtester Halbfinalist" den dritten Platz.

Danksagung

Ich möchte so vielen von euch danken, denn ohne euch wäre *Lancelots Lady* nie verwirklicht worden. Meinen herzlichsten Dank an …

Stan Soper und an die Mitarbeiter von Textnovel.com. Ihr habt mir die Plattform geboten, meine Arbeit vorzustellen, einschließlich *Lancelots Lady*.

den Dorchester-Verlag, der in Partnerschaft mit Textnovel den Wettbewerb „Der nächste beste Handyromanautor" veranstaltet hat. Ihr habt mir den Anlass dafür geliefert, ein altes Manuskript als meinen Einstieg in das Genre der romantischen Spannung erneut zum Leben zu erwecken.

meine Fans, meine Freunde und an meine Familie, die *Lancelots Lady* gelesen haben. Insbesondere an diejenigen, die für mich gewählt, die sich registriert und kommentiert haben, und die mich kontinuierlich auf den oberen Plätzen der Wettbewerbskategorie „Am Populärsten" gehalten haben.

meine wunderbaren Beta-Leser, die mich auf Ungereimtheiten in der Erzählung hingewiesen haben: Karen Nicholson, Shell Bryce, Kelly Komm.

Gail Bowen, Romanautorin ‚extraordinaire‘, deren wertvolle schriftstellerischen Hinweise und deren Verfassung eines Klappentextes ich zu schätzen weiß.

Christiana Cameron, für ihren Zuspruch und ihre Unterstützung während des Wettbewerbs „Der nächste beste Handyromanautor" – es waren die längsten fünf Monate meines Lebens; ihre sicher auch, denke ich mir.

die Schriftstellerin Karen Wallace, für die Erlaubnis, den Titel ihres Kinderbuchs *Sir Lancelot and the Ice Castle* verwenden zu dürfen.

Waheed Rabbani, der an einer meiner Ausschreibungen teilgenommen hat und mir den Namen „Winston Chambers" vorschlug, den Sie, liebe Leser, hoffentlich alle mit Begeisterung hassen werden.

Mein besonderer Dank geht an Michael Iwasaki und an Philip Louie von www.24-7PressRelease.com, meine Mediensponsoren für alles, was *Lancelots Lady* betrifft. Euer Pressemitteilungsdienst ist einfach unschlagbar!

meinen Agenten Jack Scovil, der an meine Karriere als Schriftstellerin glaubt. Ein einfaches Dankeschön kann nie genug sein.

meinen Mann Marc und an meine Tochter Jessica, die mir auf diesem und auf vielen anderen Wegen zur Seite standen. Euch gehört meine unvergängliche Liebe und meine ewige Dankbarkeit.

Kapitel 1

Rhianna McLeod versuchte ihre Nervosität in den Griff zu bekommen, während sie unruhig in der weitläufigen Eingangshalle von Lance Manor auf- und abging. Sie war voller Hoffnung, dass ihr Leben endlich eine Wendung zum Besseren nehmen würde. Die Entscheidung eines Mannes würde ihr Schicksal bestimmen. Würde sie eine neue Arbeitsstelle haben und damit einen Ort, den sie ihr Zuhause nennen konnte? Oder würde sie eine Abfuhr erhalten?

Ein großer, schlanker Mann in einem dunkelgrauen Anzug trat auf sie zu.

„Mr Lance?" Rhianna hielt den Atem an.

Der Mann lächelte. Um seine warmen, braunen Augen bildeten sich zarte Fältchen. „Ich bin Higginson, Mr Lances Butler. Er ruht gerade. Möchten Sie vielleicht Ihren Namen hinterlassen?"

Rhianna unterdrückte ihre Tränen. Sie konnte nicht einfach abgeschoben werden. Die Reise nach Florida hatte sie einen Großteil ihrer Ersparnisse gekostet. Ihr fehlte es an Mitteln, nach Maine zurückzufliegen. Außerdem war allein Mr Lances Schreiben dafür verantwortlich, dass sie sich in dieser Zwangslage befand.

„Mr Lance erwartet mich. Ich bin Rhianna McLeod, die Palliativpflegerin, mit der er Kontakt aufgenommen hat. In seinem Schreiben versicherte er mir, dass die Stelle bis zu meinem Eintreffen auf mich warten wird."

„Es tut mir schrecklich leid. Mr Lance hat bereits eine Krankenschwester."

„Aber ich weiß nicht wohin …"

Irgendwo in dem stattlichen Herrenhaus fiel etwas zu Boden. Bevor Rhianna sich nach der Ursache erkundigen konnte, durchbrach ein schriller Schrei die Stille, gefolgt von einem schrecklich wehklagenden Jammerton.

Der Butler stöhnte. „Oh nein. Nicht schon wieder." Hastig eilte er in Richtung des Tumults davon.

Rhianna zögerte kurz. Dann überwand sie ihre Unentschlossenheit und hastete hinter Higginson her, der unter einem von Säulen getragenen Deckenbogen hindurch auf einen langen Gang zusteuerte. Dort standen sie einem spindeldürren, älteren Mann gegenüber, dessen einziges Kleidungsstück ein abgewetzter blaukarierter Bademantel war. Der Mantel klaffte weit auseinander und drohte, mehr als nur eine behaarte Brust zu enthüllen. Eine pummelige Frau in einem weißen Schwesternkittel versuchte ihr Bestes, den alten Mann zu beruhigen, obwohl sie selbst von oben bis unten durchnässt und offensichtlich sehr verärgert war.

Während sie sich dem Paar näherten, versuchte Rihanna sich an das zu erinnern, was sie über ihren potenziellen Arbeitgeber wusste. Im vergangenen Jahr hatte die Boulevardpresse zahllose Artikel über den Multimillionär JT Lance veröffentlicht. Sein Kampf gegen eine aggressive Krankheit, einen bösartigen Gehirntumor, hatte ihn zu einem schwer kontrollierbaren und schwierigen Patienten gemacht. Die Gerüchte entsprachen offensichtlich der Wahrheit. Während JT einst Stärke, Selbstsicherheit und vielleicht sogar einen Hauch von Arroganz vermittelt hatte, wirkte er nun gebrechlich und hilflos.

„JT?", rief der Butler ihm zu.

„Higginson, besorgen Sie dieser Frau ein Handtuch. Sie hat mein Wasser verschüttet."

„Das habe ich nicht", protestierte die Krankenschwester erbost. „Mr Lance weigert sich, seine Medikamente einzunehmen und mich Blut abnehmen zu lassen. Stattdessen hat er in einem Anfall von Wut den Wasserkrug nach mir geworfen."

JTs Augen flackerten auf. „Nur weil Sie immer wieder versuchen, mich zu vergiften, Sie alte Schachtel."

„Ich will Sie nicht vergiften", brachte die Schwester erzürnt hervor. „Die Medikamente werden Ihnen helfen …"

„Woher, zum Teufel, wollen Sie wissen, was mir helfen wird? Die meiste Zeit halten Sie mich so unter Drogen, dass ich nicht mal weiß, wen ich im Spiegel vor mir sehe. Und den Rest der Zeit verbringen Sie damit, mir Blut für Ihre *Test*s abzunehmen."

JT wandte sich von der Schwester ab und stolperte blindlings auf Higginson zu, ohne den Glasscherben und dem Wasser auf dem

Fußboden die geringste Beachtung zu schenken.

„Sir!", warnte der Butler.

JT stieß einen resignierten Seufzer aus und lehnte sich haltsuchend gegen die Wand. Dann fiel sein Blick auf Rhianna. Überrascht öffnete er den Mund, während seine stahlblauen Augen voller Freue aufleuchteten.

„Anna", flüsterte er. „Du bist zurückgekommen."

Er kam auf sie zu, und plötzlich fand Rhianna sich fest von seinen ausgemergelten Armen umschlungen. Das Gefühl von Panik, das sie dabei überfiel, drohte sie beinahe zu ersticken. Gerade wollte sie sich gegen ihn zur Wehr setzen, als etwas Seltsames geschah. Sie wurde von einem Gefühl absoluter Gelassenheit durchflutet. Sie empfand eine Art Verbundenheit, ein Gefühl der Zugehörigkeit. Zum ersten Mal in ihrem Leben wusste sie, wie es sich anfühlte, zu Hause willkommen geheißen zu werden.

Aber das ist nicht mein Zuhause.

Verlegen löste sie sich aus seiner Umarmung. „Mr Lance, ich heiße Rhianna McLeod. Ich bin die Krankenschwester aus Maine. Sie erinnern sich vielleicht?"

„Die Krankenschwester?" Aufmerksam sah er ihr ins Gesicht und seine Augen verrieten Zeichen des Erkennens. „Ach ja …"

„Worum geht es hier, Sir?", erkundigte sich Higginson.

„Das erkläre ich Ihnen später. Jetzt brauche ich erst einmal etwas zu trinken."

Higginson warf der Krankenschwester einen um Entschuldigung bittenden Blick zu. „Bringen Sie Mr Lance bitte einen frischen Krug Wasser. Ich bin sicher, dass er in der Gegenwart eines Gastes sein Temperament im Zaum halten wird. Nicht wahr, Sir?"

Alle Augen folgten der stämmigen Krankenschwester, die sich schlurfend zurückzog. Ihr Verschwinden schien den alten Mann sehr glücklich zu machen.

JT stieß Rhianna leicht in die Seite. „Diese Frau ist ein *Vampir*."

„Wie Sie sehen", kommentierte Higginson, „verstehen sich Mr Lance und seine Betreuerin nicht sonderlich gut." Er wandte sich an JT. „Wie wäre es, wenn wir Sie ins Bett zurückbringen, bevor Sie wieder auf dem Fußboden landen – wie beim letzten Mal?"

„Komm mit, Anna." JT griff nach ihrer Hand. „Du kannst mir Gesellschaft leisten, während Higgie mich zudeckt."

Rhianna unterdrückte ein Lachen. *Higgie?*

Ungerührt zuckte Higginson mit den Achseln.

Rhiannas Absätze hallten auf dem italienischen Marmor der Wendeltreppe wider, auf der sie den beiden Männern nach oben folgte. Beim Betreten einer geschmackvoll eingerichteten Zimmerflucht, die mit poliertem Mahagoni und glänzendem Messing akzentuiert war, verschlug es ihr den Atem.

Die Suite war größer als vier Einzelzimmer zusammen. Vor ihr lag ein aufwendig ausgestattetes Wohnzimmer mit zwei eleganten Wildledersofas und einer Wand voller Bücherregale. Gläserne Doppeltüren gewährten den Zugang in den Schlafbereich. Die offene Tür auf einer Seite des Schlafzimmers erlaubte den Blick in einen übergroßen begehbaren Schrank, in dem eine stattliche Anzahl von Anzügen, Hemden und Krawatten in jeder beliebigen Farbe untergebracht war. Beim Anblick der Schuhkollektion würde jeder Wall Street-Krösus vor Neid verblassen. Eine zweite Tür führte in das dem Schlafzimmer angeschlossene Bad, in dem sich ein Whirlpool, eine verglaste, gekachelte Dusche sowie eine Sauna den großen Raum teilten. Eine Schiebetür auf der anderen Seite des Schlafzimmers gab den Weg auf einen kleinen Balkon frei, von dem aus man den dezent nach Rosen duftenden Garten überblicken konnte. Zwischen zwei hohen Fenstern thronte ein handgearbeitetes Bett, das ein Kunstwerk in sich selbst darstellte. Neben dem Bett stand ein beigefarbener Ledersessel - offensichtlich für die Krankenschwester - und auf dem Nachttisch lag wild verstreut eine Vielzahl von Medikamenten.

„Wie gefällt dir mein Zimmer, Anna?", fragte JT, nachdem er wieder bequem in seinem Bett lag.

„Zweifellos eine Männerdomäne."

In diesem Moment tauchte Schwester Simpson mit einem Plastikkrug voller Eiswasser auf. Ohne langes Federlesen schob sie die Medikamente zur Seite und stellte den Krug auf den Nachttisch. Danach verschränkte sie die Arme vor der Brust, wobei jeder Muskel ihres Gesichts ihr Missfallen ausdrückte.

JT entließ sie mit einem ungeduldigen Winken seiner Hand.

Im Türrahmen zögerte die Schwester einen Augenblick. „Mr Lance braucht seine Ruhe. Selbst wenn *er* es nicht glauben will." Ihre Augen richteten sich auf Rhianna, in der sie eine Konkurrentin witterte. „Oder jemand anders, was das betrifft."

„Vielleicht sollten wir uns später weiter unterhalten", murmelte Rhianna.

„Unsinn", widersprach JT. „Bleib eine Weile bei mir."

Der Butler sah zur Tür. „Warum nehmen Sie sich nicht zwei Stunden frei, Mrs Simpson?"

JT nickte. „Anna wird sich gut um mich kümmern."

Nachdem die Tür laut hinter der Schwester ins Schloss gefallen war, trat Rhianna einen Schritt näher an das Bett heran. „Mr Lance, mein Name ist Rhianna McLeod."

„Rhianna?" JT seufzte. „Ach ja. Das stimmt wohl."

Verwirrt wandte sie sich an Higginson. „Offensichtlich erinnert er sich nicht daran, dass er mich wegen der Stelle als Palliativpflegerin angeschrieben und sogar Verbindung mit dem Krankenhaus aufgenommen hat, in dem ich gearbeitet habe."

„Ich hasse es, wenn sich Leute um mich herum unterhalten, als sei ich nicht im Raum", fauchte JT. „Natürlich kann ich mich an Sie erinnern, ähm ... Rhianna. Und ich will, dass Sie meine Pflegerin werden. Higginson! Bereiten Sie das Rosenzimmer für Ms McLeod vor. Sie wird auf unbegrenzte Zeit bei uns bleiben."

„Sind Sie sicher?", fragte Rhianna überrascht. „Vielleicht wäre Ihnen doch jemand mit mehr Erfahrung lieber. Ich war bislang nur in einem Krankenhaus und in einem Pflegeheim tätig, bevor ich mich jetzt bei Ihnen vorstelle."

Higginson räusperte sich. „Haben Sie ihre Referenzen überprüft, Sir?"

„Empfehlungsschreiben sind etwas für misstrauische Trottel. Mein verdammtes Erinnerungsvermögen macht mir zu schaffen, nicht meine Augen." JT sah zur Tür. „Und die Referenzen von Schwester Dracula waren eindeutig bedeutungslos. Und da wir gerade von ihr sprechen ... Sehen Sie zu, dass die alte Schachtel eine großzügige Abfindung bekommt."

Die Schritte des Butlers verhallten, während Rhianna noch nach Worten suchte. „Ich ... ähm ... Vielen Dank."

„Bedanken Sie sich, indem Sie mir die Tabletten dort drüben geben." JT zeigte auf den Nachttisch. „Die in der roten Dose."

Sie fand das Medikament und las sich kurz die Beschreibung durch. Es handelte sich um Dicodid, ein Narkotikum. Sie entnahm zwei Tabletten, füllte ein Glas mit Wasser und brachte sie ihm ans Bett.

„Danke, Ann... Rhianna." Er atmete schwer.

„Alles in Ordnung, Mr Lance?"

„JT, meine Liebe. Wenn Sie mich Mr Lance nennen, fühle ich mich wie ein alter Knacker, der nur darauf wartet, abzunippeln." Er kicherte über seinen eigenen Scherz.

Nachdem er sich behaglich zurückgelegt hatte und zur Ruhe gekommen war, nahm Rhianna im Sessel Platz und betrachtete ihn etwas genauer. Sein mittlerweile schütter gewordenes graues Haar und sein immer noch gut aussehendes Gesicht ließen auf den schneidigen jungen Mann schließen, der er einst gewesen sein musste. Seine ehemals ausgeprägte Kinnpartie, der das Alter und die Krankheit zugesetzt hatte, zeigte noch immer Spuren von Eigensinnigkeit. Seine Augen aber waren es, die sie in ihren Bann zogen. Sie schienen traurig zu sein. Müde und traurig.

„Nun, Rhianna, erzählen Sie mir ein wenig von sich."

„Ich bin in Bangor, Maine, aufgewachsen und studierte …"

„Nicht den Unsinn eine formellen Vorstellungsgesprächs, meine Liebe. Ich möchte etwas über Sie persönlich erfahren. Was sind Ihre Ziele, Ihre Träume?"

Niemand hatte sich jemals für ihre Träume interessiert. Die beiden letzten Jahre hatte sie sich in einem Pflegeheim in Portland verkrochen und sich davor gefürchtet, jemanden zu nahe an sich heran zu lassen. Viel weniger noch hatte sie sich das Träumen erlaubt.

In diesem Schlafzimmer lag nicht nur ihr neuer Arbeitgeber, ein todkranker Mann - darüber hinaus hatte sie in ihm auch einen Freund gefunden. Zögernd begann sie, ihm Bruchstücke ihres Lebens zu erzählen. Ihre Geschichte entwickelte sich langsam, wie das sanfte Plätschern des Wassers, das aus einer Quelle vom Zentrum der Erde aus nach oben sprudelt.

Innerhalb einer Stunde hatte Rhianna ihm alles über ihre Kindheit erzählt, über das Grauen, das sie hatte ertragen müssen, und über die Furcht und die Misshandlung, die ihrer Seele jegliches Selbstwertgefühl geraubt hatte.

Kapitel 2

Rhianna hatte sich schnell an ihren neuen Aufgabenbereich gewöhnt. JT hatte es ihr einfach gemacht. Trotz gelegentlicher Reizbarkeit war ihr Patient überwiegend einfühlsam und freundlich. Während er schlief, was oft der Fall war, stand Rhianna das Herrenhaus zur freien Verfügung.

Oft durchwanderte sie die verschiedenen Räume und bewunderte das antike Mobiliar, die teuren Dekorationsstücke und eine Sammlung hochwertiger Ölgemälde in kunstvoll verzierten Rahmen. Ein Bild in der Eingangshalle hatte ihre besondere Aufmerksamkeit bereits vor über sechs Wochen erregt, als sie die Villa Lance zum ersten Mal betreten hatte. Ein rechteckiges Messingschild am unteren Rahmen verriet weder ein Datum noch den Namen des Künstlers. Allein der Name des Werkes war dort festgehalten. Und die unleserliche Unterschrift auf dem Gemälde selbst half ihr ebenfalls nicht weiter.

Dame im Nebel.

Die Leinwand zeigte den nackten Körper einer Frau, der - von einem leichten Nebelschleier umhüllt - von weichem, blauem Mondlicht liebkost wurde. Die schimmernde Oberfläche eines unergründlichen Sees umspülte ihre langen, schlanken Beine. Prachtvolles rötliches Haar floss in weichen Wellen über ihre Schultern und umspielte die Spitzen ihrer festen Brüste. Jadegrüne, leuchtende Augen drückten Sehnsucht und Verlangen aus. Der Nebel über dem See glich einer Feenhand, die den Körper der Frau sanft berührte. Der Wind flüsterte in heißen, feuchten Atemzügen. Das plätschernde Nass eines Wasserfalls überzog die Pflanzen, die den See umringten, mit feuchtem Glanz, während die

Dame im Nebel auf etwas zu warten schien.

Oder auf jemanden, dachte Rhianna.

Das Gemälde hatte etwas Ursprüngliches an sich.

Es lebte.

„Ein wunderschönes Gemälde, nicht wahr, Miss McLeod?"

Beim Klang von Higginsons Stimme fuhr sie herum.

„Die Ähnlichkeit ist bemerkenswert", stellte er fest. „Sie ist Ihnen wie aus dem Gesicht geschnitten."

„Das sagen Sie jedes Mal - als ob sie meine Ankunft prophezeit hätte."

„Nun ja, sehen Sie sich um", lächelte Higginson. „Sie sind hier, ein Teil der Familie."

„JT und Sie haben mir gezeigt, was es bedeutet, eine Familie zu haben – das werde ich nie vergessen."

„Reden Sie nicht so, als ob Sie uns verlassen werden", rügte Higginson sie.

„Das werde ich. Eines Tages."

Dieser Gedanke schmerzte Rhianna. Ihre Arbeit konnte mit dem Schlag eines Herzens enden - oder mit dem Mangel eines solchen. Das wussten sie beide nur zu genau. Obwohl die Ärzte JT einen Zeitrahmen von sechs Monaten gegeben hatten, konnten sie nicht eindeutig bestimmen, wie viel Zeit ihm tatsächlich noch verblieb.

Zunächst war es schwer gewesen, einen erwachsenen Mann abrupt zwischen klarem Bewusstsein und einem Zustand, in dem er kaum ansprechbar war, hin- und herschwanken zu sehen. Es gab Tage, an denen er die einfachsten Dinge nicht mehr nachvollziehen konnte, etwa wie er seine Schuhe zu binden hatte und dass die Milch in den Kaffee und nicht über die Eier gehörte. Aber sie liebte den alten Mann. JT schien ihr wie der Vater, der ihr immer gefehlt hatte.

Als Waisenkind hatte Rhianna von Geburt an bei der Schwester ihrer Mutter gelebt, bis Tante Madeline und Onkel Bernard bei einem Fährunglück ums Leben gekommen waren. Nach der Beerdigung fand sich Rhianna bis zu ihrem sechzehnten Lebensjahr in diversen Pflegefamilien wieder. Der letzte Ort, an den man sie verfrachtet hatte, war das Haus von Gwen und Peter Waverley. Dort hatte sie drei lange Jahre verbracht – drei Jahre in der Hölle.

Sie schüttelte den Kopf. *Was vorbei ist, ist vorbei.*

Ein kurzer Blick auf Higginson offenbarte ihr, dass ihm eine einzelne Träne die Wange hinunterrollte. Der Mann war ein loyaler Angestellter, eher ein Gefährte und geschätzter Freund als ein gut bezahlter Butler, der schon seit über zwanzig Jahren für JT tätig war. JT hatte sich bereits vor langer Zeit die ewige Ergebenheit seines Butlers gesichert, in dem er Higginsons Meinung bei der Diskussion geschäftlicher Angelegenheiten stets respektiert hatte.

„Sie verfügt über eine magische Anziehungskraft", erklärte Higginson, bevor er sie Rhianna allein zurückließ.

Rhiannas Blick wurde erneut von dieser mysteriösen Leinwand angezogen. Oft schien es ihr, als ob die Frau im Bild sie beobachten würde. Der Künstler hatte das sinnliche Verlangen der jungen Frau in ihrem Gesichtsausdruck verewigt, ein Ausdruck voller Verzweiflung, Qual und Leidenschaft, der in ihren wunderschönen Augen loderte. Dennoch, eines war bedauerlich - ein Makel, wenn man es so nennen wollte. Die Unterschrift des Künstlers war unleserlich.

„Guten Abend, meine Liebe."

Lächelnd wandte sich Rhianna JT zu. „Sie tragen Ihren neuen Bademantel."

Er runzelte die Stirn. „Ein neuer? Ach ja. Ich kann den alten einfach nicht finden."

Sie hatte ihm zu seinem siebenundsechzigsten Geburtstag einen neuen Bademantel geschenkt. Hin und wieder vergaß er das und machte sich dann auf die Suche nach dem verschlissenen, abgetragenen Mantel, den sie und Higginson heimlich entsorgt hatten.

„Warum haben Sie nicht reagiert, als ich Sie zum ersten Mal ansprach?", erkundigte er sich.

„Tut mir leid, ich war in Gedanken versunken." Erneut betrachtete sie das Bild. „Es ist so schön, dass ich mich darin verliere."

„Ich weiß, meine Liebe. Ihr Lieblingsgemälde."

„Wer hat es gemalt?"

JTs Augen verloren ihren Glanz. „Wer hat was gemalt?"

Sie deutete auf das Bild.

„Keine Ahnung." Er verzog das Gesicht. „Ich glaube, ich wusste es einmal, aber …" Er verstummte.

„Nicht wichtig, JT."

„Was ist nicht wichtig?"

Sie stieß einen Seufzer aus. JTs Erinnerungslücken zeigten sich immer häufiger.

Higginson kam auf sie zu. „Alles ist vorbereitet, Sir."

„Na dann wollen wir mal."

JT zwinkerte und Higginson entfernte sich.

„Gibt es etwas Besonderes?", erkundigte sich Rhianna. „Sie sollten oben sein und sich ausruhen."

„Dazu habe ich Zeit, wenn ich tot bin."

Tränen traten ihr in die Augen. „Sagen Sie das nicht."

„Tut mir leid, meine Liebe. Sie wissen, ich würde nie etwas tun, was Ihnen weh tut, aber falls ich doch bald sterben muss, sollte ich das Leben jetzt wohl noch genießen." Geheimnisvoll lächelte er ihr zu. „Außerdem kann ich doch wohl kaum die heutige Feier verpassen, oder?"

„Welche Feier?"

Fragend sah er sie an. „Ihre Geburtstagsparty natürlich, meine Liebe."

Oh nein. Das war das Letzte, was Rhianna wollte.

„Das ist doch kein besonderer Anlass", murmelte sie.

„Kein besonderer Anlass?" JT legte seinen Arm um ihre Schultern. „Meine liebe Rhianna, Sie werden fünfundzwanzig Jahre alt. Wenn Sie so alt sind wie ich, sind Sie für jeden Geburtstag dankbar, den sie erleben durften. Ein Geburtstag bedeutet, dass Sie ein Jahr länger gelebt, ein Jahr zusätzlicher Eindrücke gewonnen und ein Jahr länger geliebt haben."

Sie lächelte. „Da muss ich Ihnen wohl Recht geben."

„Natürlich habe ich Recht. Außerdem muss ich wenigstens einmal mit dem Geburtstagskind tanzen dürfen." Er küsste sie auf die Stirn. „Mein Geburtstag steht auch bald vor der Tür, wissen Sie. Ich werde siebenundsechzig Jahre alt. Oder sind es vielleicht sechsundsiebzig Jahre?" Nachdenklich kratzte er sich am Kinn.

Sie brachte es nicht übers Herz ihm zu erklären, dass sein Geburtstag bereits hinter ihm lag.

JTs plötzlicher Auftrieb an Energie über die letzten Wochen hinweg beunruhigte sie. Ebenso wie das abendliche Glas Brandy, auf das er vor dem Zubettgehen bestand, obwohl die Ärzte es ihm verboten hatten.

JT hängte sich zur Sicherheit bei ihr ein. „Begleiten Sie mich ins Esszimmer. Keine Widerrede."

Das Erste, was ihr beim Betreten des Raums ins Auge sprang, war eine Kristallvase mit langstieligen rosa- und malvenfarbenen Rosen, die, statt das Herzstück des Tisches zu sein, auf ihrem Teller platziert waren. Neben dem Rosenstrauß lag eine in pastellfarbenes Papier eingewickelte große Schachtel, die mit einer schiefsitzenden rosafarbenen Schleife verziert war.

„Die dumme Schleife wollte mir einfach nicht gelingen", murrte JT.

„Oh JT", brachte sie hervor. Rhianna wusste nicht, ob sie lachen oder weinen sollte. „Sie mussten mir doch kein Geschenk machen. Ich bin doch Ihre Angestellte."

„Nein, Anna, du bist wie eine Tochter für mich." JTs Augen leuchteten. „Na los doch. Mach es auf."

An manchen Tagen ist er wirklich wie ein Kind, dachte Rhianna mit gesenktem Blick. Er sollte nicht sehen, wie sehr sie seine Fürsorglichkeit zu schätzen wusste.

Mit rotem Kopf packte sie einen mintgrünen Bikini aus, der mit winzigen lila Rosenknospen bedruckt war. „Ich … ähm … vielen Dank."

„Da ist noch mehr", ermunterte sie JT.

Unter mehreren Lagen Seidenpapier fand sie zwei Strandkleider und ein Paar weiße Ledersandalen.

„Das ist sehr großzügig von Ihnen, JT, aber ich bin mir nicht sicher, wann und wo ich diese Dinge jemals tragen kann. Für eine Krankenschwester sind sie nicht gerade praktisch."

JTs Augen blitzten schalkhaft auf. „Genau das ist der Punkt, Rhianna. Denken Sie nur daran, wie schwer Sie es mir gemacht haben, Sie zu überreden, normale Kleidung statt dieser grauenhaften Schwesterntracht zu tragen. Die erinnert mich nur daran, dass ich sterben muss." Lächelnd fuhr er fort: „Außerdem sollte eine hübsche junge Frau wie Sie an ihrem Geburtstag verwöhnt werden. Jemand muss Sie schließlich daran erinnern, dass das Leben gelebt und nicht damit vergeudet werden sollte, sich mit einem schlechtgelaunten alten Kauz wie mir in einem leeren Haus zu verkriechen."

„Sie verstehen es wirklich, ein Mädchen zu verwöhnen." Sie lächelte ihn an. „Ich denke, ich werde es überstehen, es mit einem ‚schlechtgelaunten alten Kauz' wie Ihnen aushalten zu müssen. Sie halten mich schon auf Trapp."

„Und jetzt zum eigentlichen Geschenk", verkündete JT.

Higginson reichte ihm einen weißen Umschlag, bevor er den Raum wieder verließ.

Verblüfft fragte Rhianna: „Feiert er nicht mit uns, JT?"

„Oh, keine Sorge. Er wird sofort zurück sein."

Sie öffnete den Umschlag und schnappte nach Luft. „Was ist das?"

„Ihr Urlaub. Ein Flugschein auf die Insel Angelina, eine Luxusinsel nordöstlich von Nassau in den Bahamas. Ich möchte, dass Sie in den kommenden drei Wochen dort Ferien machen."

„Aber ich kann jetzt unmöglich Urlaub machen."

„Doch, das können Sie. Und das werden Sie. Sie haben etwas Spaß verdient."

„Spaß? Wie können Sie so etwas vorschlagen während Sie …"

„Ich gehe nirgendwo hin", versicherte er ihr. „Ich werde hier auf Ihre Rückkehr warten."

Ihre Stimme zitterte. „Wie können Sie das wissen?"

„Ich weiß es eben."

„Was, wenn etwas passiert, während ich weg bin?"

„Higginson wird dafür sorgen, dass mir fachkundige Hilfe zur Seite steht."

„Aber warum schicken Sie mich fort? Ich verstehe nicht …"

Langsam rollte ihr eine Träne die Wange herunter

„Rhianna, nicht weinen. Ich will nur Ihr Bestes. Vertrauen Sie mir." Er sah ihr in die Augen. „Ich möchte, dass Sie ein unvergessliches Abenteuer erleben. Hier werden Sie das nicht finden. Außerdem haben Sie sich etwas Erholung verdient. Sie sind Ihrer Arbeit zu sehr ergeben."

Ich bin dir ergeben, wollte sie sagen.

„Nach Ihrer Rückkehr werden Sie erholt und in der Lage sein, sich dem Unausweichlichen zu stellen", fügte er hinzu.

Sie wussten beide, dass er auf seinen bevorstehenden Tod anspielte.

„Sie bezahlen mich dafür, dass ich mich um Sie kümmere", protestierte Rhianna, „nicht dafür, mich in einem Resort auf den Bahamas zu vergnügen."

Noch während sie das sagte, regte sich ein Gefühl der Vorfreude in ihr. Außer Maine und Florida hatte sie noch nichts von der Welt gesehen. Es gab so Vieles, was sie erleben wollte, so viele Dinge, die sie nie kennengelernt hatte. Wie etwa die Freiheit, ein Abenteuer … oder die Liebe.

„Sie haben sich rührend um mich gekümmert", lobte JT sie. „Aber das Leben bietet weit mehr, als sich nur um einen alten Mann zu sorgen. Higginson wird Sie morgen früh zum Flughafen fahren. Nach Ihrem Urlaub will ich Sie sonnengebräunt, gesund und glücklich wiedersehen."

Sie öffnete den Mund, um zu protestieren, aber er unterbrach sie mit einer Handbewegung. „Wenn Sie es schon nicht für sich selbst tun wollen, tun Sie es bitte für mich."

Sie stieß einen tiefen Seufzer aus. „Also schön. Für Sie."

Rhianna konnte sehen, dass JT sich über ihre Entscheidung freute. Den Ratschlägen nach, die er ihr erteilte, hätte man ihn für ihren Vater halten können.

Der alte Mann griff nach ihrer Hand, als ob er ihre Gedanken lesen konnte. „Du weißt, dass ich dich liebe wie mein eigen Fleisch und Blut. Du hast mir weit mehr Zuneigung entgegen gebracht, als es mein Sohn je getan hat."

„Sie haben mir nie von einem Sohn erzählt."

„Er hat das Haus vor Jahren verlassen. Kurz nach seiner Hochzeit hatten wir eine schreckliche Auseinandersetzung. Seitdem habe ich nichts mehr von ihm gehört."

„Sie wollen sagen, er ist einfach verschwunden? Hat er Ihnen zumindest geschrieben?"

„Er wollte mich für meine Sünden bestrafen", sagte JT, während sich seine Augen verdunkelten. Einen Moment später sah er sie verwirrt an. „Wovon haben wir gerade gesprochen?"

Bevor sie antworten konnte, betrat Higginson erneut den Raum. In der Hand hielt er einen rechteckigen Gegenstand, der seinem Umfang nach ungefähr einem größeren Buches entsprach und der in ein weiches Baumwolltuch eingehüllt war.

„Und jetzt habe ich noch zwei weitere Geschenke für dich", kündigte JT mit einem verschwörerischen Grinsen an.

In Gedanken verwünschte Rhianna immer noch JTs fehlgeleiteten Sohn, während der vor ihr einen Miniaturdruck der *Dame im Nebel* enthüllte, der mit seinem tiefblauen Passepartout in einem versilberten Rahmen in seiner Güte dem Original in nichts nachstand.

„Wie wundervoll", flüsterte sie und wischte sich über ihre feuchten Augen. „Vielen Dank."

„Nimm es mit in den Urlaub", schlug er vor. „Dann wird dich ein Stück deines Zuhauses begleiten."

Nun konnte sie ihre Neugier nicht länger unterdrücken. „Was ist das zweite Geschenk?"

JT grinste so breit, dass er sich in einem Weihnachtsmannkostüm jederzeit für den guten alten Gesellen hätte ausgeben können. Na ja, vielleicht als Santa der Weight Watchers.

„Das Original der *Dame im Nebel* hängt in deinem Zimmer." Als Reaktion auf ihren verblüfften Ausdruck fügte er hinzu: „Es gehört dir."

Rhianna war mehr als überrascht. Sie war sprachlos. Das Bild, das sie zwei Monate lang täglich bewundert hatte, gehörte nun ihr. Im Herrenhaus der Lances hingen weitere Gemälde, einige sogar vom gleichen Künstler, aber keines hatte sie so angesprochen wie die Dame mit dem langen roten Haar und den intensiven grünen Augen.

„JT ... mir fehlen die Worte. Sie sind zu gut zu mir."

„Dazu sind Freunde da", erwiderte er mit gespielter Strenge. „Und jetzt mache einen alten Mann glücklich und sag einfach danke."

Sie lächelte ihn an. „Vielen Dank!"

Ohne Zögern nahm sie den dem Tod geweihten Mann in die Arme und drückte ihn fest an sich. „Sie sind ein wahrer Freund, JT. Ich bin so froh, Sie in meinem Leben zu haben."

„Ich war nicht immer charakterfest. Ich habe einige Dinge in meinem Leben getan, auf die ich nicht stolz bin. Ich habe Menschen verletzt." Er senkte seine Stimme. „Im Leben gibt es keine Garantie. Aber die Liebe zu einem anderen Menschen ist jedes Risiko wert. Glaub mir, Rhianna."

Vom Zittern seiner Stimme alarmiert gab sie ihn frei und entdeckte Tränen in seinen Augen. „Was ist denn?"

Er blinzelte wiederholt und sah sie dann mit leerem Blick an.

„JT?"

„Anna ...."

Sie seufzte. „Zeit, zu Bett zu gehen."

„Seit wann bist du hier, Anna? Hast du das Baby mitgebracht?"

Rhianna hatte sich bei Higginson nach dieser Anna erkundigt, mit der JT sie immer verwechselte. Der Butler hatte ihr diesbezüglich keinerlei Auskunft geben können. Jetzt schien es, als ob diese geheimnisvolle Frau ein Baby gehabt hatte.

Sie muss jemand aus seiner Vergangenheit sein. Vielleicht die Mutter seines Sohnes.

Auf dem Weg zu JTs Zimmer versuchte Rhianna nicht daran zu denken, wie sich ihr Leben nach seinem Tod verändern würde. Auf gewisse Weise hatte er sie bereits verlassen. Es brach ihr das Herz, ihn zwischen Phasen totalen Erinnerungsverlustes und klarem Verstand hin- und herschwanken zu sehen und Zeugin des Verfalls dieses großartigen Mannes zu sein. Rein äußerlich gesehen würde es derzeit wohl niemand für möglich halten, dass ihm nur noch so wenig Zeit blieb.

Sie zwang sich, ihren Kummer zu verdrängen und setzte stattdessen ein zuversichtliches Lächeln für den Mann auf, der ihr so viel bedeutete. Er gab ihr mehr als nur einen Gehaltsscheck, mehr als einen Ort, den sie ihr Zuhause nennen durfte. Er hatte ihr ein lang vermisstes Gefühl der Geborgenheit und Zugehörigkeit geschenkt.

Ja, JT war ein besonderer Mensch.

Sie runzelte die Stirn. *Zu schade, dass sein Sohn das nicht erkannt hatte.*

Falls ihr der Typ je über den Weg laufen sollte, würde sie ihm Einiges zu sagen haben - und zwar sehr direkt.

Kapitel 3

Das Dröhnen des Flugzeugs über den bauschigen Wolken ließ Rhianna schläfrig werden. In ihrem Traum kehrte sie nach Hause zurück, nur um JT still und leblos in seinem Bett vorzufinden. Dieses ungute Gefühl ließ sie abrupt zu sich kommen.

Nur ein Albtraum.

Lächelnd erinnerte sie sich an das Versprechen, das JT ihr vor der Abreise gegeben hatte.

„Vor deiner Rückkehr gehe ich nirgendwo hin", hatte er ihr geschworen. „Weder durch die Himmelspforte – noch an den anderen Ort – wer immer mich auch haben will."

Lieber Gott, nimm ihn mir bitte nicht, bevor ich nach Hause komme. Ich könnte mir nie vergeben.

Sie gähnte und lehnte ihren Kopf gegen das Fenster.

Erneut setzten ihr ruhelose Träume zu …

Nachdem sie der Pflegemutter Mrs Emerson zugewiesen worden war, die zu wenig Geld aber zu viele Kinder zu versorgen hatte, hatte Rhianna endgültig die Hoffnung aufgegeben, eine eigene Familie zu finden. Dann hatte sie „das System" im Alter von beinahe sechzehn Jahren ein letztes Mal an neue Pflegeeltern weitergereicht.

Zunächst machten Peter und Gwen Waverley einen ausnehmend freundlichen Eindruck, der sich jedoch schnell in Luft auflöste. In der zweiten Woche bereitete Rhianna das Abendessen zu, spülte das Geschirr, saugte das Haus und an den Wochenenden wusch sie die Wäsche. Zudem musste ihr eigenes Zimmer stets makellos sauber und aufgeräumt sein. Neben der Schule, den Hausaufgaben und ihren täglichen häuslichen Plichten ließ ihr das nur wenig Zeit für Freunde und Vergnügen.

Schnell wurde Rhianna klar, dass die Waverleys mehr an einer im Haus lebenden Haushälterin als an einer Tochter interessiert waren. Zudem musste sie später die Erfahrung machen, dass sie der Sicht ihres Pflegevaters nach weniger eine Tochter als ein Besitztum darstellte. Ein Besitztum, das er haben musste.

Peters lüsterne Nachstellungen hinter dem Rücken seiner Frau machten Rhianna nervös. Sie zog sich ganz auf ihr Zimmer zurück, außer, wenn sie ihren häuslichen Verpflichtungen nachkommen musste. Nachts verschloss sie ihre Schlafzimmertür und hielt jedes Mal den Atem an, sobald leise Schritte vor ihrer Tür verharrten.

In der Regel gelang es Rhianna, ein Alleinsein mit Peter zu vermeiden - bis Gwen sich eines Abends entschied, *Das Phantom der Oper* zu sehen.

Rhianna konnte das bösartige Funkeln in Peters Augen sehen.

„Bitte gehen Sie nicht, Mrs Waverley", flehte Rhianna sie an. „Ich möchte nicht, dass Sie gehen."

„Hör auf zu jammern", fuhr Peter sie an.

Der Schweiß lief ihm das Gesicht herunter, während er sich schwergewichtig auf seine Frau zubewegte und ihr zwanzig Dollar in die Hand drückte. „Amüsiere dich gut."

Gwen sah Rhianna voller Abneigung an. „Sieh zu, dass alle Arbeiten erledigt sind, bevor du zu Bett gehst. Wenn ich nach Hause komme, will ich weder einen Berg schmutziger Teller noch ungebügelte Wäsche vorfinden. Und hör endlich mit dem Jammern auf."

„Aber Mrs Waverley, ich würde mich so viel besser fühlen, wenn Sie zu Hause blieben. Ich denke nicht, dass es der Agentur Recht wäre …"

Peter fuhr herum. „Denkst du vielleicht, ich kann mich nicht um dich kümmern?"

„Schon gut, Peter", seufzte Gwen. „Das Mädchen wird mich vermissen, das ist alles. Ich bin mir sicher, du wirst dich ganz ausgezeichnet um unsere … *Tochter* kümmern." Mit zusammengekniffenen Augen sah sie Rhianna an. „Und keine Sorge, sie wird der Agentur nichts sagen. Sie weiß, dass es weit und breit keine andere Familie gibt, die Interesse an ihr hat."

Mit kalter Stimme sagte Peter: „Gut, dass deine Eltern tot sind. Dein undankbares Verhalten würde ihnen sicher nicht zusagen."

„Ganz recht. Du benimmst dich besser", wies Gwen Rhianna zurecht. „Und erledige deine Arbeit während ich weg bin. Ich bin gegen zweiundzwanzig Uhr zurück."

Die Tür fiel hinter ihr ins Schloss.

Ängstlich sah Rhianna zu, wie Peter den Riegel vorlegte und sich dann zu ihr umdrehte.

Seine Augen glänzten und sein Mund war zu einem sadistischen Lächeln verzogen. „Komm zu Papa."

Ihr Herz stand still.

„Miss?", holte sie eine Stimme aus der Dunkelheit zurück. „Wachen Sie auf."

Rhianna öffnete die Augen. Verschwommen tauchte ein Gesicht vor ihr auf.

„Willkommen zurück", begrüßte sie die Flugbegleiterin mit irischem Akzent. „Junge, das war vielleicht ein Albtraum, wenn ich das mal so sagen darf. Besser, Sie trinken einen Schluck, und ich rede nicht von Wasser. Darf ich Ihnen etwas bringen?"

„Nein, vielen Dank." Rhianna versuchte, die Spinnweben aus ihrem Kopf zu vertreiben. „Wann werden wir landen?"

„In circa zwanzig Minuten. Vorausgesetzt, wir schaffen es durch das Bermudadreieck."

Rhiannas Puls beschleunigte sich. „Das Bermudadreieck?"

Die Flugbegleiterin lächelte sie an. „Nur ein Scherz. Nichts Wahres dran."

Der Geschäftsmann auf der anderen Seite des Ganges nickte Rhianna beruhigend zu. „Ich bin diese Route schon hundert Mal geflogen, und sie können diesen uralten Bermudadreieck-Witz einfach nicht lassen." Er lächelte. „Wo fliegen Sie hin?"

„In eine Urlaubsanlage auf der Angelina-Insel. Kennen Sie sie vielleicht?"

Der Mann runzelte die Stirn. „Nein, das sagt mir leider nichts."

Über den Lautsprecher forderte der Kapitän alle Passagiere auf, sich in Vorbereitung auf die Landung anzuschnallen. Sanft setzte das Flugzeug auf der Rollbahn auf und kam am Ende der Landebahn zum Stehen.

Rhiannas Herz hämmerte in freudiger Erwartung so laut, dass es dem Motorengeräusch des Flugzeugs Konkurrenz zu machen schien. Fünfzehn Minuten später verließ sie das Flugzeug und folgte der langen Schlange der Touristen und Einheimischen den engen Gang hinunter.

Nachdem sie die erforderlichen Einreiseformalitäten am Flughafen hinter sich gebracht hatte, eilte sie nach draußen. Hitze und Luftfeuchtigkeit schlugen ihr wie eine Wand entgegen. Sie atmete tief durch, grinste und stieg in eines der wartenden Taxis ein.

„Zur Bayshore Marina", wies sie den Taxifahrer an. JT hatte ihr genaue Anweisungen erteilt.

Ein Kaleidoskop der Farben und der Inselszenerie rauschte durch das offene Taxifenster an ihr vorbei. Das verführerische Aroma exotischer Blumen mischte sich mit dem frischen Geruch eines Platzregens, dessen hohe Luftfeuchtigkeit sich schnell verflüchtigende Pfützen auf der Straße zurückgelassen hatte. Zwischen üppigen Palmen fuhren sie an in leuchtend tropischen Farben getünchten Häuser vorbei.

Es war atemberaubend; eine scheinbar unberührte Welt.

Beinahe zu schnell erreichte das Taxi den Bayshore Yachthafen. Zahlreiche Boote verschiedener Größe und Bauarten lagen in dem kleinen Hafenbecken vor Anker, während andere sich draußen auf dem Wasser vergnügten. In der Ferne schienen kleine Inseln auf der Meeresoberfläche zu schweben.

Rhianna fragte sich, welche der Inseln wohl die Angelina war.

Am Kai fiel ihr Blick auf zwei Männer. Sie stritten sich um mehrere Kisten, die sie auf einem in grellen Farben bemalten Rennboot unterzubringen versuchten. Bei näherem Hinsehen war offensichtlich, dass der Anstrich des Bootes dazu dienen sollte, seinen schlechten Zustand zu verschleiern. „Wir haben nicht genug Platz für die gesamte Ladung!", gab der dunkelhäutige Mann aufgebracht von sich.

„Du wirst den Platz finden müssen, Roland", erwiderte sein älterer Kollege. „Tyler erwartet seine Vorräte *diesen* Monat, nicht erst im nächsten."

„Hör mir zu, Denny, vollkommen unmöglich, all das zu transportieren. Das Boot wird untergehen."

Der alte Mann fluchte vor sich hin. „Tyler bezahlt dich dafür, seine Versorgung sicherzustellen. Du willst schließlich nicht in Ungnade fallen. Erinnerst du dich an Daniel O'Brien? Tyler hat ihm beinahe den Kopf abgerissen, als der arme Junge seine Pinsel vergessen hatte."

„Entschuldigen Sie", sprach Rhianna die Männer an.

Keiner der beiden nahm Notiz von ihr.

„Ahoi!", versuchte sie es erneut.

Vollkommen überrascht sahen die Männer nach oben. Roland ließ die Kiste fallen, die er in den Händen hatte. Denny stolperte und konnte nur knapp einen Fall ins Wasser vermeiden.

„Ich suche ein Boot namens *Siren's Call*", erklärte Rhianna. „Können Sie mir sagen, wann sie erwartet wird?"

„Was wollen Sie von der *Siren*?", fragte Roland, der sie mit strahlend weißen Zähnen anlächelte.

„Der Kapitän soll mich zur Angelina-Insel bringen", erklärte sie. Erschrocken wich sie zurück, als die beiden Männer zu ihr auf den Kai sprangen. „Wenn Sie mir bitte sagen, wann er eintreffen wird, werde ich …"

„Der Kapitän wird Sie nirgendwo hinbringen", antwortete Denny ihr knapp. „Die *Siren* befördert heute keine Passagiere."

„Ich verstehe nicht. Mir wurde gesagt, dass der Kapitän mich übersetzen wird." Mit einer Hand beschattete sie ihre Augen und besah sich die umliegenden Boote. „Vielleicht kann ich ein anderes Boot finden."

„Auf dieser Insel legen keine anderen Boote an", zerstörte Roland ihre Hoffnung. „*Lancelot's Landing* ist Privatbesitz."

„Gut, dann warte ich eben auf die *Siren's Call*", erwiderte sie konsterniert. „Sobald er erfährt, warum ich hier bin, wird der Kapitän mich sicher übersetzen."

Roland lachte. „Ma'am, dies *ist* die *Siren's Call*. Zumindest war sie das, bevor der Chef sie umgetauft hat."

Denny stieß ein verächtliches Schnauben aus. „Das war schon längst überfällig, wenn du mich fragst."

„*Misty's Dream*, so heißt sie jetzt", verkündete Roland voller Stolz.

„Und Sie sind ihr Kapitän?", fragte Rhianna.

Der junge Mann nickte. „Aber wie Denny Ihnen schon sagte, ich kann heute keine Passagiere befördern. Das Boot ist bereits überladen. Außerdem hat der Chef mit keinem Wort erwähnt, dass er jemanden erwartet."

„Dann steht Ihrem Chef eine große Überraschung bevor." Mit einem Griff in ihre Handtasche zog Rhianna einen Umschlag hervor, der an den ‚Kapitän' adressiert war. „Der ist für Sie. Von meinem Arbeitgeber."

Misstrauisch beäugte Roland den Umschlag. Schließlich riss er ihn auf und las die Notiz.

„Ihr Arbeitgeber hat mir fünfhundert Dollar gezahlt. Sieht aus, als ob Sie auf dem Weg zu *Lancelot's Landing* sind."

„Roland", warnte Denny ihn.

„Ich brauche das Geld. Lass die restlichen Kisten auf dem Kai stehen. Die nehme ich Tyler beim nächsten Mal mit."

Fürsorglich half er Rhianna an Bord und verstaute ihren Koffer unter der Sitzbank.

„Sie werden doch nicht in Schwierigkeiten geraten, weil Sie Vorräte zurückgelassen haben?", erkundigte sich Rhianna besorgt.

„Nicht genug, um das Geld auszuschlagen, das Sie mir gegeben haben."

Nach einem kurzen Winken an Denny gab Roland Gas. Das Rennboot schoss nach vorn und ließ eine Woge schaumigen Kielwassers hinter sich zurück.

„Ihr Chef muss wohl vergessen haben, dass heute ein neuer Gast eintrifft", meinte Rhianna und lächelte, als der Wind sich in ihren Haaren verfing.

„Tyler vergisst nie etwas."

Dieses Mal schon, wollte sie antworten.

Sie konnte nicht umhin, sich über den Manager der Urlaubsanlage zu wundern. Wie konnte er die bevorstehende Ankunft seiner Gäste außer Acht lassen? Und wie würde er es aufnehmen, wenn Roland ihn darüber informierte, dass er zwei Kisten zurücklassen musste, um sie an Bord nehmen zu können?

Mit geschlossenen Augen lehnte Rhianna sich zurück, während das Boot dank seines präzise schnurrenden Außenbordmotors über das Wasser dahinraste. Die kühle Brise war eine willkommene Abwechslung zu der brennenden Hitze, die ihr außerhalb des Flughafengebäudes entgegengeschlagen war. Sie befreite ihr Haar von dem elastischen Band, mit dem sie es zurückgehalten hatte, und strich sich mit den Fingern durch die Locken.

„Du bist nicht mehr in Maine, das steht fest", murmelte sie vor sich hin.

Roland zeigte in Richtung einer kleinen Insel. „Das ist die Angelina."

„Sie liegt sehr abgeschieden."

„Da haben Sie wohl Recht."

Die Art, wie er das sagte, versetzte Rhiannas überschwänglichem Gefühl der Erwartung einen kleinen Dämpfer.

Einige Minuten später drosselte Roland den Motor und lenkte das Boot auf einen wettergegerbten Steg zu, der weit ins Wasser hinausragte.

Ein verwittertes Schild am Ende des Stegs besagte: *Lancelot's Landing. Willkommen auf Angelinas Insel.* Darunter warnte ein zweites Schild: PRIVATEIGENTUM. UNBEFUGTES BETRETEN WIRD STRAFRECHTLICH VERFOLGT.

Interessante Begrüßung für die Gäste eines Resorts, ging es Rhianna durch den Kopf. Gegen die Sonne blinzelnd sah sie sich am Strand entlang nach einem Lebenszeichen um. Sie konnte weder ein Gebäude noch eine Straße noch eine Person entdecken.

Roland hob den Koffer über die Seite des Bootes und stellte ihn neben den Kisten ab, die er bereits auf den Steg entladen hatte. Dann öffnete er einen kleinen Briefkasten, der unter dem Warnschild angebracht war.

„Tylers nächste Bestellung", erklärte er. „Er wird sicher jeden Moment hier sein." Mit diesen Worten sprang Roland in die *Misty's Dream* zurück und bereitete sich auf das Ablegen vor.

„Warten Sie! Wo wollen Sie hin? Noch ist niemand hier."

„Keine Sorge. Tyler wird kommen. Er verpasst so gut wie nie eine neue Lieferung." Er winkte ihr zum Abschied zu und lenkte sein Boot ohne Verzug auf das offene Wasser hinaus.

„Was soll das heißen, *so gut wie nie?*", rief sie ihm hinterher.

Er blieb ihr die Antwort schuldig.

Rhianna stöhnte. „Und wohin soll ich gehen, falls Tyler nicht auftaucht?"

Das sich schnell entfernende Rennboot ließ ein banges Gefühl in ihr aufsteigen. Ihr Innerstes kribbelte wie eine Kolonie von Feuerameisen, die auf ein Picknick zumarschierte. Keine Menschenseele weit und breit, nicht einmal ein ausgetretener Pfad durch das Gestrüpp, der ihr den Weg hätte weisen können. „Wehe, wenn ich diesen Tyler in die Finger bekomme", schwor sie sich. „Dem werde ich etwas über Kundenservice flüstern. Ein schönes Resort ist das."

Sie schnappte sich ihren Gucci-Koffer - ein Geburtstagsgeschenk von Higginson - und setzte sich in die Richtung in Bewegung, in der sie die Urlaubsanlage vermutete. Dank ihrer Handtasche, die sie als Schild gegen herabhängende Äste benutzte, gelang es ihr, sich Schritt für Schritt durch die dichte Vegetation in das Innere der Insel vorzuarbeiten. Das Gras war feucht und sie wäre mehr als einmal beinahe gestürzt.

„Wo zum Teufel ist das Hotel?"

Nachdem sie zehn Minuten lang den unnachgiebigen Dschungel bekämpft hatte, gab sie sich geschlagen und kehrte an den Strand zurück.

Sobald der Typ seine Vorräte einsammeln kommt, gehört er mir!

Sie würde eine Beschwerde an der Rezeption einreichen. Gäste sollten nicht wer weiß wo in der Wildnis ausgesetzt und danach wer weiß wie lange ignoriert werden.

Sie sah auf die Uhr. Beinahe fünfzehn Uhr.

Mist. Wie lange wird Tyler mich hier warten lassen?

Vorsichtig, um Splitter zu vermeiden, setzte sie sich an das Ende des Stegs und badete ihre nackten Füße. Die Reise war lang gewesen, und die Sorge um JT hatte sie ihr nicht leichter gemacht. Im Gedanken an den Stolz des eigensinnigen alten Mannes musste Rhianna lächeln. Er mochte es nicht, verhätschelt zu werden, insbesondere nicht von ihr.

Mit dem Blick auf das Meer hinaus durchfuhr sie plötzlich ein tiefer Schmerz. Ihre einzige positive Erfahrung sich wahrhaftig als Teil einer Familie zu fühlen, würde in weniger als sechs Monaten zu Ende gehen.

Sie konnte unmöglich nach Maine zurückkehren. Nicht mehr.

Nie wieder.

Tränen rollten ihr die Wangen hinunter und zum ersten Mal seit Monaten übermannte sie die Verzweiflung. Wenn sie sich doch nur einen Vater aussuchen dürfte. Ihre Wahl würde auf JT fallen.

Der schrille Schrei eines Vogels drang zu ihr vor, in die

überwältigende Einsamkeit, die sie in ihrer Erschöpfung zu ersticken drohte. Sie konnte dem Drang nicht widerstehen, sich nach hinten fallen zu lassen. Bevor der Schlaf sie überkam, hatte sie einen letzten Gedanken.

Ich bin wie die ‚Dame im Nebel'. Ich warte ...

Ein vom Nebel verhangener Traumsee lockte sie, rief sie beim Namen.

Rhianna ...

Erwartungsvoll sah sie auf seine stille Oberfläche hinaus. Warmes Wasser umspülte ihre Zehen, während sie in ihrem weißen Nachtgewand, das ihre Kurven wie eine zweite Haut umschmeichelte, wartend am Uferrand verharrte.

Leichte Wellen kündigten Bewegung an und plötzlich tauchte aus der Mitte des Sees eine schlanke und graziöse Gestalt vor ihr auf.

Er war es! Endlich hatte sie ihn gefunden.

Der braungebrannte und muskulöse Mann ihrer Träume strich sich das Wasser aus dem tiefschwarzen Haar. Vom Mondlicht angestrahlt trat er nackt wie ein neugeborenes Baby aus dem See heraus auf sie zu. Seine Augen schwelten voller Leidenschaft. Seine ausgestreckten Arme griffen nach ihr und zogen sie an sich.

Sanft liebkosten ihre Fingerspitzen die Muskulatur seiner geschmeidigen Brust, bevor sich ihre Arme um seinen Hals legten. Eng an ihn geschmiegt wagte sie kaum zu atmen.

Seine tiefblauen Augen hielten sie in Bann. Sie drohte, in ihnen zu ertrinken. Kein Wort fiel. Als seine Lippen die ihren berührten, entbrannte in ihr ein alles verzehrendes Feuer, das sie bis auf den Grund ihrer Seele aufwühlte.

Sein Kuss vertiefte sich, wurde fordernder.

Er flüsterte ihren Namen.

Kapitel 4

„Hey, Sie! Was zum Teufel machen Sie auf meiner Insel?"

Rhianna hielt den Atem an und die Augen geschlossen. Das Gesicht dieses Mannes wollte sie nicht sehen. Er sah sicher so hässlich aus, wie es der Zorn in seiner Stimme befürchten ließ.

Endlich hob sie den Kopf und zwang sich, dem Blick des stattlichen Mannes vor ihr standzuhalten. Sie registrierte seine mit Farbe bespritzten Jeans, die gute geformte Oberschenkel eng umspannten. Dazu trug er ein lila T-Shirt, das ebenfalls voller Farbe war. Herausfordernd hatte er seine muskulösen Arme vor einem beeindruckenden Brustkorb verschränkt. In seinem Nacken ringelte sich dichtes schwarzes Haar.

Die Konturen seines attraktiven Gesichts konnten nur von einem begnadeten Bildhauer stammen. Die starken Linien dieses Gesichts wurden auf der linken Wange von einem Grübchen unterbrochen – auf der einzigen Seite seines Gesichts, die frei von Farbklecksen war. Seine Nase war gerade und stolz und vermittelte den Eindruck leichter Arroganz. Seine Augen aber waren das Besondere an ihm. Eingerahmt von dichten schwarzen Wimpern waren sie von dem tiefsten Meeresblau, das Rhianna je gesehen hatte. Und genau diese Augen waren in diesem Moment mit Scharfschützenpräzision auf sie gerichtet.

Sie war sich nicht sicher, ob sich ihre Kehle aus Angst oder dank seiner Anziehungskraft verengte. Eines stand jedoch zweifelsfrei fest. Er war der atemberaubendste Mann, der ihr je begegnet war.

„Ich habe Sie etwas gefragt!", schnauzte sie der Adonis an. „Wer sind Sie und was haben Sie hier zu suchen?"

Starr erwiderte sie seinen Blick. „Mein Name ist Rhianna McLeod.

Und *Sie* sind …?"

„Niemand von Bedeutung."

Dem konnte Rhianna nur zustimmen. So wie er aussah, war er wohl ein Gelegenheitsarbeiter.

„Ms McLeod, Sie befinden sich auf Privatgelände", fuhr der Mann fort. „Ich würde es begrüßen, wenn Sie schleunigst wieder dorthin verschwinden, wo Sie hergekommen sind." Zur Unterstützung seiner Aussage trat er kräftig gegen ihren Koffer.

„Hey, was soll das?"

Sein Finger pochte auf das Schild. „Können Sie lesen?"

„Jetzt machen Sie mal halblang, wie immer Sie auch heißen. Ich bin hier zu Gast. Wenn Sie mich jetzt bitte sofort zu ihrem Geschäftsführer bringen, bin ich mir sicher, dass er Ihnen das hinreichend deutlich machen wird."

Abrupt stand sie auf und versuchte nicht zu erröten, während sie ihre Hosenbeine herunterrollte. Mit Sandalen und Handtasche in der einen und dem Koffer in der anderen Hand, wandte sie sich vom Steg ab.

Vom sandigen Strand her warf sie ihm einen auffordernden Blick zu. „Wo bleiben Sie denn?" Sie musste gegen den Impuls ankämpfen, ihm den überheblichen Ausdruck aus dem Gesicht zu wischen. „Na los doch!"

„Gehen Sie einfach zurück auf Ihr Boot und …"

„Mein Boot?", kreischte sie. „Sehen Sie hier irgendwo ein Boot?" Wutentbrannt ruderte sie mit den Armen durch die Luft. „Der Kapitän hat mich kurzerhand mitten im Niemandsland abgesetzt und ist dann mit seinem verdammten Boot verschwunden."

Falls Sie den jungen Roland je wieder zu Gesicht bekommen sollte, würde sie ihm ordentlich den Kopf waschen. Garantiert.

„Hier liegt offensichtlich ein Missverständnis vor", folgerte der Mann.

„Ganz Ihrer Meinung", stimmte sie ihm aufgebracht zu. „Wenn Ihr Manager davon erfährt, wird er nicht gerade erfreut sein, schätze ich. Behandeln Sie all Ihre Gäste so?" Sie wühlte in ihrer Handtasche nach einem Stift und einem Stück Papier.

„Was zum Teufel tun Sie da?"

Zornbebend ignorierte Rhianna ihn. Dieser Urlaub verlief nicht nach Plan. Statt in ihrem neuen Bikini am Strand zu liegen und Erdbeermargaritas zu genießen, wie JT es ihr versprochen hatte, stritt sie sich hier mit einem nervigen, farbbekleckerten, schwarzhaarigen Traummann herum, während sie selbst wie eine Obdachlose aussah.

„Wie heißen Sie?"

„Jonathan."

„Nachname?"

„Einfach nur Jonathan. Hier kennt mich jeder."

Sie notierte sich seinen Namen.

„Wozu soll das gut sein?", erkundigte er sich.

„Ich werde mich bei Ihrem Arbeitgeber über Sie beschweren. Und jetzt bringen Sie mich gefälligst zum Resort – oder zum Landhaus – wie immer Sie es auch nennen."

Jonathan lachte laut auf, was sie vollkommen durcheinanderbrachte. Seine tiefe Stimme jagte ihr einen Schauer über den Rücken. Und dann konnte sie ihm nur noch ungläubig nachsehen, wie er ohne ein weiteres Wort zu verlieren zwischen den Büschen verschwand.

„Jonathan?"

Keine Antwort.

Gerade als sie Anstalten machte, ihm zu folgen, kehrte er mit einer großen Schubkarre zurück. In einer einzigen flüssigen Bewegung streifte er sich das T-Shirt über den Kopf und drapierte es über einen der Schubkarrengriffe.

Nervös beobachtete sie ihn. „Was tun Sie da?"

„Meine Vorräte laden." Er legte den Kopf zur Seite. „Sie wissen schon, die, die ... *zusammen mit Ihnen* ... angeliefert wurden."

Die Art, wie er diese Aussage betonte, klassifizierte sie als ein lästiges Ungeziefer. Eines, das ausgemerzt werden musste.

Sie sah ihm zu, wie er die Schubkarre belud. Es war ihr unmöglich, den Blick auf seine spielenden Muskeln zu vermeiden, insbesondere da jede seiner Bewegungen Stärke, Selbstbewusstsein und Arroganz ausdrückte. Noch nie hatte sie einen Mann getroffen, der sie innerlich so aufwühlen und gleichzeitig einen solchen Zorn in ihr erwecken konnte.

Etwas an ihm kam ihr ... bekannt ... vor?

Plötzlich kehrte die Erinnerung an ihren Traum zurück und sie stieß einen verhaltenen Laut aus. *Er war es!*

Der Mann ihrer Träume.

~ * ~

Jonathan hätte die Frau beinahe ausgelacht. Wie konnte sie es wagen, ihn zu mustern, als ob er ein ungebildeter, bettelarmer Penner sei? Sie sollte sich besser selbst im Spiegel ansehen. Die meisten Frauen seiner Bekanntschaft würden sich nicht in solch einem aufgelösten Zustand sehen lassen. Ihr Haar war vom Wind zerzaust, keine Spur von Make-up – nicht, dass sie welches nötig hatte – und müde, zornige Augen. Unauffällig sah er sie sich näher an. Die verknitterten Baumwollhosen der Frau waren am Umschlag leicht feucht. Ihre Bluse - obwohl sie weiblich war und ihr schmeichelte - war züchtig bis oben hin zugeknöpft. Und ihr Koffer, der nicht einen einzigen Kratzer aufwies, ließ den Schluss zu, dass die Frau bisher entweder wenig von der Welt gesehen hatte oder dass sie für jede Reise einen neuen Koffer erwarb.

Rhianna war ihr Name.

Ihre jadegrünen Augen durchbohrten ihn gerade mit messerscharfem Blick.

Er lachte verhalten. *Mut hat sie, das muss man ihr lassen.*

Jetzt, wo sie ihm gegenüberstand, konnte er erkennen, dass ihr Kopf ihm zwar nur bis an die Brust reichte, ihr Körper aber über Kurven an den richtigen Stellen verfügte. Sie hatte lange, schlanke Beine – die Art, die er gerne um sich geschlungen sah.

Wie zum Teufel kam er plötzlich auf diesen Gedanken?

„Wo kommen Sie her?", fragte er unfreundlich.

„Aus Miami."

Er stieß ein verächtliches Schnauben aus. „Eine Stadtpflanze."

Beim Blick in ihre dicht bewimperten Augen durchfuhr ihn der Schock eines *déjà vu*, obwohl er sich absolut sicher war, dass er diese Frau nie zuvor gesehen hatte. Kopfschüttelnd erinnerte er sich daran, dass Frauen nichts als Ärger brachten. Davon hatte er ein Leben lang genug.

Lügnerinnen und Betrügerinnen. Ausnahmslos!

„Wie weit ist es bis zum Resort?", unterbrach Rhianna seinen Gedankengang.

Sein Gelächter fing sich in den Bäumen.

Ohne ihr eines Blickes zu würdigen, schob er die Schubkarre vom Ende des Bootstegs aus vorsichtig an Land. Es war anstrengend, die Räder der Karre durch den Sand zu schieben, aber endlich erreichte er festen Boden.

Er wischte sich den Schweiß, der ihm auf der Stirn stand, mit seinem T-Shirt ab und hakte dann nach: „Welches Boot hat Sie hier abgesetzt?"

„Die Misty's Dream."

„Roland", fluchte er verhalten. Der konnte was erleben. Er sollte es besser wissen, jemanden auf die Insel zu bringen.

„Tut mir leid wegen der anderen Kisten", entschuldigte Rhianna sich hinter ihm.

Er blieb stehen. „Welche anderen Kisten?"

„Die, die wir am Kai zurücklassen mussten."

Mit offenem Mund starrte er sie an. „Sie haben meine Vorräte stehen lassen?"

„Das war der einzige Weg, um genug Platz für mich an Bord zu …" Ihre Stimme versiegte, als er lautstark zu fluchen begann.

„Sie haben vielleicht Nerven, meine Liebe."

„Ich werde Ihrem Chef erklären, warum die Kisten fehlen", bot sie ihm an.

„Sie werden es erklären?" Seine Fäuste verkrampften sich. „Das wird sicher alles besser machen."

Verärgert sah sie ihn an. „Kein Grund, so aufgebracht zu sein."
Ganz recht, Jonathan war aufgebracht. Wütend auf Roland, der seine Vorräte auf dem Kai zurückgelassen hatte, wo jeder sie stehlen konnte. Zornig, dass diese Frau in seine Privatsphäre eingedrungen war. Erbost, dass sie ihm vorwarf, aufgebracht zu sein

„Ich bin nicht aufgebracht", versicherte er ihr mit zusammengebissenen Zähnen. „Ich koche vor Wut."

„Ich sagte ja schon, dass es mir Leid tut."

„Gehen wir einfach zum Haus." Er schnappte sich die Griffe der Schubkarre und stapfte in Richtung der Bäume davon.

„Warten Sie!", rief Rhianna hinter ihm her. „Wer wird meinen Koffer tragen?"

Mit einem Blick über die Schulter antwortete er: „Na wer wohl? Was glauben Sie?"

Jonathan empfand ein Gefühl der Schadenfreude in dem Wissen, dass sich sein ungebetener Gast den ganzen Weg zum Haus mit ihrem dämlichen Koffer herumschlagen musste.

Hinter ihm vernahm er Worte, die eine Dame nie in den Mund nehmen sollte. Seine Mundwinkel verzogen sich mit der Andeutung eines Lächelns.

„Es ist nicht allzu weit", log er.

~ * ~

Im Bewusstsein, dass er nicht auf sie warten würde, stolperte Rhianna hinter ihm her. Halb trug sie, halb zog sie ihren Koffer, dessen Gewicht sich in den letzten Minuten verdoppelt zu haben schien. Innerlich stöhnte sie auf. Geschah ihr recht. Sie hätte leichter packen sollen.

Hinter Jonathans Rücken verzog sie das Gesicht und wünschte sich, dass er ebenso heiß, müde und schweißgebadet wie sie war. Außerdem wäre es nett, wenn er direkt vor ihr eine Bauchlandung machen würde, damit sie sich über ihn lustig machen konnte. Sie hatte etwas Aufmunterung nötig. Der Mann hatte nicht mal den Anstand, sich nach ihr umzusehen und sich zu erkundigen, ob sie in Ordnung war.

Eine ausgemachte Frechheit!

Während sie sich durch das hohe Gras schleppte, warf sie dem Flegel vor ihr versteckte Blicke zu. Obwohl die angestrengten Muskeln seiner Arme gegen das Gewicht der Schubkarre protestierten, schien ihm die Last wenig auszumachen. Enge Jeans saßen ihm auf den Hüften - an den richtigen Stellen wie maßgeschneidert.

Ohne Vorwarnung drehte er sich um und erwischte sie in ihrer Betrachtung. Spöttisch zog er eine Augenbraue hoch, gefolgt von einem ärgerlichen Schnauben. Er trat auf sie zu und riss ihr den Koffer aus der Hand. Nachdem er ihn oben auf der Karre verfrachtet hatte, setzte er seinen Marsch durch den Wald fort, ohne sich noch ein weiteres Mal umzudrehen.

Rhianna hatte das schreckliche Gefühl, dass sich ihre Urlaubsträume gerade in Luft aufgelöst hatten.

Kapitel 5

Voller Überraschung rief Rhianna aus: „Wie wunderschön."

Überall blühten Blumen – Rosen in allen nur erdenklichen Farben, neben Prachtwinden und blühendem Hibiskus. Die Luft war von einem Potpourri verschwenderischer Düfte durchdrungen, das sich mit dem leichten Sommerwind vermischte. Inmitten der Pracht stand ein pfirsichfarbenes Haus.

„Nicht ganz die Urlaubsanlage, die Sie erwartet haben?", bemerkte er trocken.

Sie zuckte mit den Achseln. „Nein, aber es hat seinen eigenen … Charme."

Das Dach des zweistöckigen Hauses war weißgetüncht. Das gesamte Haus war von einer breiten Veranda umgeben, von dessen Vordach eine zweisitzige Schaukel herabhing. Fliegengitter umspannte einen getrennten Teil der Terrasse.

Es war tatsächlich nicht das, was sie erwartet hatte.

„Ich bin von einer größeren Anlage ausgegangen", entfuhr es ihr.

„Zum letzten Mal, Sie sind hier nicht in einem Urlaubsparadies", knirschte Jonathan mit zusammengebissenen Zähnen. „Ich dachte, das hätten Sie mittlerweile registriert."

„Wenn dieser Ort kein Resort ist, was ist er dann?"

„Lancelot's Landing. Mein Zuhause."

Nach dieser verblüffenden Aussage wurde ihr bewusst, dass Jonathan dem großen Boss Tyler womöglich näher stand, als sie vermutet hatte. Das würde es ihr weit schwerer machen, sich über Jonathans schlechtes Benehmen zu beklagen.

„Alles in Ordnung?", fragte er und griff nach ihrer Hand.

Ihr Puls beschleunigte sich. Diese Reaktion konnte sie nur ihrer Erschöpfung und dem erlittenen Stress anlasten. Sie hatte absolut nichts mit dem Mann zu tun, der ihr hier gegenüberstand und ihre Hand hielt. Und sicher nichts mit dem Verlangen, das sie empfand, sobald sie in seine unergründlichen Augen sah.

Nein, dachte sie. *Es hat nichts mit Jonathan zu tun.*

~ * ~

Jonathan fiel das leichte Erröten der Frau auf. „Ms McLeod?"

„Das sollte ein Scherz sein, nicht wahr? Mir wurde gesagt, dass ich auf eine Urlaubsinsel reise. Mein Arbeitgeber hat …"

„Ihr Arbeitgeber hat sich getäuscht." Er konnte das Zittern ihrer Hand spüren und seufzte. „Uns wird wohl nichts anderes übrigbleiben, als das Beste aus einer schlechten Situation zu machen. Dies ist vielleicht kein Resort, aber ich denke, Sie werden es überstehen."

Plötzlich kam es Jonathan zu Bewusstsein, dass er immer noch ihre Hand hielt. Befangen ließ er sie los.

„Hier entlang", forderte er sie auf, während er die Schubkarre vor dem Haus abstellte.

Jonathan hielt ihr die Haustür offen und Rhianna duckte sich unter seinem Arm hindurch. Ein Geruch nach Zitrusfrüchten und Vanille folgte ihr.

Sie riecht gut.

„Wollen Sie nicht auch hereinkommen?", erkundigte sich Rhianna.

„Ich … ähm … natürlich."

Jonathan folgte ihr in das Haus und fragte sich, wie lange es nun her war, dass sie das letzte Mal Gäste gehabt hatten.

Dieser Gedanke brachte ihn in die Realität zurück. *Sie war kein geladener Gast.*

„Es ist wunderschön hier", stellte Rhianna fest, „aber ich sollte wirklich wieder auf das Festland zurück. Können Sie mir ein Boot besorgen?"

„Es gibt kein Boot."

Die Frau sah aus, als ob sie in Tränen ausbrechen wollte.

„Roland kümmert sich auf dem Festland um mein Boot", erklärte er. „Sein nächster Besuch steht erst in sechs Wochen an, sobald die nächste Bestellung fällig ist." Er fuhr sich mit den Fingern durch die Haare. „Wenn Sie Glück haben, kommt er dieses Mal früher zurück, da der Rest der Lieferung noch aussteht."

Er war müde und fühlte sich schmutzig. Heute hatte er länger als gewöhnlich gearbeitet. Das war auch der Grund, warum er die Vorräte erst so spät abgeholt hatte. Er sehnte sich nach einem Bad und nach einer

Nacht erholsamen Schlafs. Was er nicht brauchte war das Eindringen eines verwöhnten Stadtmädchens in seine Privatsphäre.

„Können Sie ihn nicht einfach anrufen und ihn darum bitten, zurückzukommen?", flehte Rhianna ihn an. „Ich bezahle ihn gern für diese Unannehmlichkeit."

„Kein Telefonanschluss hier draußen." Der Unglauben in ihren Augen veranlasste ihn, hinzuzufügen: „Auch kein Handyservice. Kein Turm. Der Nächstgelegene ist immer noch zu weit entfernt. Und den Funksender habe ich noch nicht repariert. Aber da die Ersatzteile jetzt eingetroffen sind ..." Er zuckte mit den Achseln. „Sieht so aus, als ob Sie hier festsitzen, bis ich ihn repariert habe."

Egal, ob uns das passt oder nicht.

Er beobachtete Rhianna, die sich in dem großräumigen Wohnzimmer umsah und sich dann in einen breiten Sessel am Fenster fallen ließ. Ihre Haut war von der Sonne leicht gerötet und sie rutschte unbehaglich in dem Sessel hin und her. Für ein Stadtmädchen aus Miami schien ihr die Hitze ungewöhnlich stark zuzusetzen.

„Möchten Sie etwas trinken?", fragte er sie auf dem Weg zur Hausbar.

„Ein Wasser bitte."

Er entnahm dem kleinen Kühlschrank eine Flasche Wasser.

„Ein Glas?"

Wortlos schüttelte sie den Kopf.

Ihre Finger berührten sich, als er ihr die Flasche reichte. Ruckartig zog er seine Hand zurück, verwirrt von dem plötzlichen Schub an Energie, der ihm durch den Körper gefahren war.

„Ich werde Ihnen das Haus zeigen, Ms McLeod."

„Rhianna", erwiderte sie mit gedrückter Stimme. „Wenn ich schon hier festsitze, können wir auch auf freundschaftlicher Basis miteinander umgehen ... Jonathan."

Er verzog das Gesicht.

Das war sicher das Letzte was er wollte – sich mit dieser Schiffsbrüchigen anzufreunden. Aber wer konnte sagen, wie lange sie tatsächlich hier festsitzen würde.

Er schluckte schwer. „Möchten Sie eine Tour?"

~ * ~

Jonathans Frage überraschte Rhianna. Zunächst schien ihn ihr Eindringen nicht sonderlich glücklich gestimmt zu haben. Warum war er plötzlich so freundlich zu ihr?

Dann fiel es ihr wie Schuppen von den Augen.

Er will vermeiden, dass ich mich bei seinem Chef über ihn beschwere.

Sie folgte ihm in die Küche, deren Mitte von einer großen Kücheninsel mit integriertem Indoor-Grill dominiert wurde. Durch ein Oberlicht über der Insel filterten Strahlen warmen Sonnenlichts in den Raum. Die Essecke war mit einem kleineren Eichenholztisch und zwei Stühlen, einer Porzellanvitrine aus Eiche und einer Reihe von Topfpflanzen ausgestattet. Neben dem Tisch gewährte eine Schiebetür den Zugang auf eine zweistöckige Terrasse aus Zedernholz.

„Nichts Besonderes, aber es ist mein Zuhause."

„Es ist wunderschön. Wie viele Personen leben hier?"

„Außer der Hilfe? Zwei."

Tyler muss verheiratet sein, dachte sie.

„Haben Sie Hunger?" Jonathan sah sie fragend an. „Wir haben schon zu Abend gegessen, aber wir werden sicher etwas für Sie finden."

Rhianna unterdrückte ein Gähnen. „Ich habe im Flugzeug gegessen. Jetzt möchte ich nur noch ins Bett kriechen."

„Da haben Sie Glück. Ich habe ein leeres Bett, in das Sie kriechen können."

Eine feurige Hitze breitete sich über ihren Hals bis hoch in ihre Haarspitzen aus. Hastig wandte Rhianna sich ab und hoffte, dass ihm das nicht aufgefallen war.

„Würden Sie mir mein Zimmer zeigen?"

Jonathan führte sie in das Arbeitszimmer, das eine umfangreiche Bücherei beherbergte, die sie mit Freuden durchstöbert hätte. Tylers Sammlung zufolge musste er ein reicher Mann sein. Es gab Bücher jeden Genres, bis hin zu Kinderbüchern.

„Ein Sammler?", fragte sie Jonathan.

„Ja. Ein Hobby."

Statt näher auf seinen mysteriösen Arbeitgeber einzugehen, führte er sie nach oben. Dort folgten sie einem offenen Gang, der den Blick auf das darunterliegende Wohnzimmer freigab. Am Ende des Ganges kamen sie vor einer geschlossenen Tür zum Stehen.

„Das ist das freie Zimmer." Zögernd öffnete er die Tür.

Überwältigt blinzelte Rhianna mit den Augen. Das Schlafzimmer war einfach umwerfend. An den mit einer blass-lilafarbenen Tapete versehenen Wänden hingen erlesene Wasserfarbengemälde. Großblättrige Grünpflanzen verschönerten den Raum. In einer Ecke des Zimmers standen eine antike Kommode und ein Toilettentisch. Eine Glastür öffnete sich auf einen kleinen Balkon hin, der die Aussicht über den hinteren Teil des Gartens bot. Ein ausladendes Himmelbett, das unter einem Bogenfenster mit türkisblauen und malvenfarbigen Gardinen seinen Platz gefunden hatte, vervollständigte die Ausstattung des Zimmers. Rhiannas Augen ruhten einen Moment auf dieser verführerischen Ansicht. Die Ereignisse dieses Tages hatten sie so ermüdet und verwirrt, dass sie nur noch in ein Bett fallen und schlafen wollte. Eine ganze Woche lang. Aber dann kam ihr die Realität wieder zu Bewusstsein. Sie befand sich auf einer privaten Insel – ungeladen und unerwünscht. Ihr Urlaub hatte sich zu einem Albtraum entwickelt.

Wie konnte das nur passieren? Innerlich kochte sie. *Wie war es möglich, dass JT, der immer so organisiert war, solch ein Fehler unterlaufen konnte? Higginson hatte doch alle Details bestätigt.*

Sie hatte zufällig mitbekommen, wie JT ihn mit der Aufgabe betraut hatte, sicherzustellen, dass alles arrangiert war. Und jetzt steckte sie auf dieser Insel fest, mit einem Mann, der absolut keinen Wert auf ihre Anwesenheit legte und mit einem Chef, den zu treffen sie sich scheute.

„Gefällt Ihnen das Zimmer?", fragte Jonathan.

Sie wandte sich zu ihm um. „Es ist wundervoll. Vielen Dank."

„Kein Problem", beteuerte er mit offensichtlicher Erleichterung. „Falls Sie etwas brauchen …"

Ihre Haut brannte mit der Doppeldeutigkeit seiner Worte.

Hatte er es auf diese Art gemeint?

Überzeugt davon, dass ihre Fantasie mit ihr durchgegangen war, wechselte Rhianna das Thema. „Wann werde ich Ihren Chef treffen?"

Jonathan verzog das Gesicht. „Glauben Sie mir, morgen früh werden Sie Antwort auf all Ihre Fragen bekommen. Gute Nacht."

Nachdem er gegangen war, starrte Rhianna auf die geschlossene Tür und fragte sich, welche Verfehlung sie begangen hatte, um ihn so zu verärgern. Frustriert wanderte sie durch das Zimmer und ließ ihre Finger über das geschliffene Holz und die weichen Stoffe gleiten. Wer wohl für diese Perfektion verantwortlich war?

Auf der Insel muss es noch eine Frau geben.

Mit einem Finger schob sie die luftigen Vorhänge zur Seite. Ihr Zimmer lag über einer hinter dem Haus liegenden Veranda. Keine Menschenseele war zu sehen, aber in der Entfernung konnte sie zwei kleinere Gebäude ausmachen. Eines davon war ein Stall, da war sie sich sicher. Welche Tiere wohl darin untergebracht waren? Aus dem Kamin des kleineren Häuschens, das einem Thomas Kinkade Gemälde nicht unähnlich war, stieg ein dünner Rauchfaden auf.

Ich frage mich, ob …

Ein Klopfen an der Tür unterbrach ihren Gedankengang. Vor der Tür stand ihr Koffer. *Jonathan musste ihn dort abgestellt haben.*

Der Mann war ihr ein Rätsel. Erst kalt und unfreundlich und im nächsten Moment fürsorglich und aufmerksam.

„Heute Abend wirst du dich entspannen", versprach sich Rhianna mit Nachdruck.

Im angrenzenden Badezimmer weiteten sich ihre Augen beim Anblick des in den Boden eingelassenen Jacuzzi und der Flasche Rosenöl, die dort auf sie wartete. „Genau das, was ich jetzt brauche."

Während sich die Badewanne füllte, steckte Rhianna ihre Haare hoch und entledigte sich ihrer Kleidung. Nachdem sie die Kerzen um die Wanne herum angezündet und das Licht gelöscht hatte, ließ sich in das duftende Wasser sinken.

„Ah", seufzte sie genüsslich. „Das lasse ich mir gefallen."

Wohltuend warmes Wasser umspielte sie. Sie schloss die Augen. Langsam fielen die Anstrengungen des Tages von ihr ab und ließen sie müde, aber entspannt zurück. Während sich Rhianna ihrem Bad hingab, ließ sie ihren Gedanken freien Lauf, um sie dann danach dem unendlichen Universum zu übergeben.

Bis die Erinnerung an Jonathans prachtvollen Körper ihren inneren Frieden zerstörte.

Sie sah ihn vor sich. Die überladene Schubkarre in der Hand. Die Stärke seiner Arme, das Funkeln seiner Augen. Selbst im Zorn war er ein ungewöhnlich attraktiver Mann.

Sie seufzte. Was hatte er nur an sich, das ihr so zusetzte?

Das flackernde Kerzenlicht warf einen unruhigen Schatten auf die Wand. Rhianna fragte sich, was Jonathan Tyler wohl berichten würde. Wenn er schon etwas gegen ihre Anwesenheit hatte, wie würde sich sein Chef dazu stellen? Und gab es wirklich keinen Weg, die Insel vor Ablauf von sechs langen Wochen zu verlassen? Grübelnd kaute sie auf ihrer Unterlippe.

Vielleicht könnte ich in der Küche aushelfen und Jonathan aus dem Weg gehen. Das wird Tyler sicher besänftigen, und die Zeit wird wie im Flug vergehen.

Eine Stunde später kletterte sie aus der Wanne und beäugte nach dem Abtrocknen ihren Koffer. Ihr Nachthemd lag ganz unten.

„Heute wirst du nicht mehr ausgepackt", schüttelte sie den Kopf.

Vor dem Bett zog sie die Steppdecke zurück und glitt nackt zwischen die blütenweichen Laken, deren Duft ihre Haut umfing. Es fühlte sich einfach himmlisch an, voll sinnlichen Vergnügens.

„Es hätte schlimmer kommen können", versicherte sie sich, bevor sie die Augen schloss.

Es gab sicher weit unangenehmere Vorkommnisse, als auf einer privaten tropischen Insel gestrandet zu sein. Sie war in einem wunderschönen Heim untergebracht, selbst wenn sie es sich mit dem unausstehlichsten − wenn auch umwerfend gut aussehenden − Mann teilen musste, der ihr je über den Weg gelaufen war.

Im Schlaf wurde sie bereits von ihrem Traumliebhaber erwartet.

Still trat er aus den Tiefen einer natürlichen Thermalquelle auf sie zu, eingehüllt einzig in das Licht des Mondes und begleitet von einer warmen Brise.

Tief sah sie in seine blauen Augen und flüsterte seinen Namen.

Jonathan.

Kapitel 6

Der Morgen kam zu früh. Das fröhliche Zwitschern der Vögel, das durch das Fenster zu ihr vordrang, weckte Rhianna auf. Sie streckte sich und öffnete die Augen.

Das Gähnen blieb ihr im Hals stecken.

Nein, es war kein Albtraum gewesen. Sie steckte tatsächlich auf einer Insel in den Bahamas fest.

„Mit einem Mann, der mich hasst."

Frustriert zog sie sich die Bettdecke über den Kopf. Während sie so dalag, hörte sie in der Entfernung ein helles Lachen.

Zeit aufzustehen und dem Oberboss gegenüberzutreten.

Ob Jonathan Tyler schon von ihr erzählt hatte? Hoffentlich nicht. Ihr wäre es lieber, der Chef würde sich seine eigene Meinung über sie bilden, anstatt von einem unwirschen Handlanger beeinflusst zu werden.

Nach einer kurzen Dusche wählte Rhianna ein türkisfarbenes Sonnenkleid und bändigte ihre langen Locken in einem hohen Pferdeschwanz. Leider entzogen sich um ihr Gesicht herum einige eigensinnigen Locken ihrem Zugriff.

Ich bin soweit, dachte sie. Sie legte etwas Rouge und einen hellen Lippenstift auf, wobei sie sich nicht sicher war, auf welches Treffen sie sich vorbereitete – auf das mit Tyler oder darauf, Jonathan gegenüberzutreten zu müssen.

Hoch erhobenen Hauptes ging sie auf die Treppe zu, nur um wie angewurzelt auf der obersten Stufe stehenzubleiben.

„Herr, erbarme dich unser!"

Eine pummelige Frau karibischer Herkunft verharrte am Fuß der

Stufen. Sie starrte Rhianna an, als ob sie einen Geist gesehen hätte.

„Entschuldigen Sie, ich wollte Sie nicht erschrecken."

Die Frau fächelte sich mit einer Hand Luft zu. „Ich habe meinen Ohren nicht getraut, als ich hörte, wir haben einen Gast."

„Es tut mir leid, dass ich Ihnen das zumute ..."

„Hören Sie auf, sich zu entschuldigen, meine Liebe. Es ist schon viel zu lange her, dass wir eine schöne junge Frau im Haus hatten."

Rhianna errötete.

„Sie müssen Ms McLeod sein", lächelte die Frau sie an und wischte sich etwas Mehl von den Händen. „Ich bin Mrs Atkinson, die Haushälterin. Bitte kommen Sie nach unten und setzen Sie sich, meine Liebe. Sie müssen hungrig sein."

„Ich sterbe vor Hunger."

„Haben Sie gut geschlafen?"

Sobald Rhianna im Esszimmer Platz genommen hatte, erschien ein Teller mit Pfannkuchen und Würstchen vor ihr, begleitet von einer Schüssel mit frischem Obst.

„Wie ein Baby", versicherte sie Mrs Atkinson und langte zu.

Mrs Atkinson entfernte schmutzige Teller vom Tisch. Jonathan und Tyler mussten schon gegessen haben.

„Tut mir leid", entschuldigte Rhianna sich. „Ich hätte früher aufstehen und zusammen mit allen anderen frühstücken sollen. Tyler ist sicher schon wach?"

„Oh, er ist schon seit Stunden auf", bestätigte Mrs Atkinson.

„Wissen Sie, wo er ist? Ich muss mit ihm reden."

„Während des Sommers arbeitet Mr Tyler immer sehr lange und wird dabei nur sehr ungern gestört."

„Um welche Zeit wird er zurück sein?"

„Oh, Mr Tyler wird den ganzen Tag beschäftigt sein, meine Liebe. Wenn wir Glück haben, sehen wir ihn zum Abendessen." Mit einem ermunternden Nicken drückte die Haushälterin Rhianna eine Serviette in die Hand. „In der Zwischenzeit machen Sie es sich einfach gemütlich."

Nach dem Frühstück kehrte Rhianna auf ihr Zimmer zurück, um ihren Koffer auszupacken. Nachdem alles ordentlich untergebracht war, durchwühlte sie ihre Handtasche nach ihrem Flugschein und ihrem Ausweis. Unter dem Ticket fand sie ihr Handy.

Draußen auf dem Balkon versuchte sie, eine Verbindung herzustellen. „Mist. Kein Service."

Jonathan hatte ihr nichts vorgemacht.

„Sechs Wochen?" Laut stöhnte sie auf. „Du schaffst das schon", redete sie sich selbst gut zu. Was konnte während dieser Zeit schon schiefgehen?

Gegen das Geländer des Balkons gelehnt sah sie sich das Grundstück näher an. Eine Ecke des Häuschens, das sie bereits gestern Abend gesehen hatte, lag in ihrem Blickfeld. Vor ihm rührte sich etwas. Sie blinzelte gegen die Sonne. In der Nähe der Hütte stand ein Mann. Rhianna konnte seine Züge nicht erkennen, aber einer Sache war sie sich sicher.

Er sieht mich an.

Jonathan – oder der geheimnisvolle Tyler?

Einen Moment lang überlegte sie, ob sie dem Mann nachgehen und ihn ansprechen sollte, dann rief sie sich ins Gedächtnis, was Mrs Atkinson ihr gesagt hatte. Tyler wurde nur ungern bei der Arbeit gestört. Und falls es Jonathan war, würde es alles nur noch schlimmer machen.

Rhianna zog sich wieder in ihr Schlafzimmer zurück. Ihr Ausweis, das Flugticket und ihr Handy fanden einen Platz unter einem Stapel ihrer T-Shirts in der Kommode. Danach holte sie tief Luft und ging wieder nach unten.

„Mrs Atkinson?"

Keine Antwort.

Rhianna konnte der Versuchung nicht widerstehen, das Arbeitszimmer zu betreten. In der Luft hing ein angenehm männlicher, moschusartiger Geruch. Tylers Raum. Sie dachte an die Art, wie Mrs Atkinson seinen Namen gebrauchte. Mr Tyler. Sehr formell. Wie achtungsgebietend war dieser Mann wohl?

Die Vielfalt der Titel in den Regalen überraschte sie, insbesondere, da sie einige ihrer Lieblingsautoren entdeckte - Dean Koontz, Stephen King, Andrew Gross, M.J. Rose, Rick Mofina, Lisa Unger und Daniel Kalla, nur um einige zu nennen.

„Eine interessante Sammlung, Tyler", kommentierte sie laut, während ihre Hand über einem Regal schwebte. „Was ist denn das?"

Neben einem Lehrbuch der amerikanischen Zeichensprache fand sie ein Buch über den Verlust der Hörfähigkeit. Auf Lancelot's Landing studierte jemand die Zeichensprache.

Stirnrunzelnd wunderte sie sich, wer das wohl war. Und wozu?

Sie zog beide Bücher aus dem Regal und nahm sie mit nach draußen. „Warum nutze ich die Gelegenheit nicht, meine Fähigkeiten aufzufrischen? Ich werde mich schon bald nach einem neuen Job umsehen müssen."

„Reden Sie mit mir?"

Laut schlugen die Bücher auf der Veranda auf.

„Jonathan", murmelte sie mit klopfendem Herzen.

„Tut mir leid, dass ich Sie erschreckt habe." Unfreundlich schob er sich an ihr vorbei. „Ich brauche etwas aus dem Haus. Wir sehen uns später."

Und schon war er wieder verschwunden. *Wie eine Fata Morgana.*

Sie hob die Bücher auf und machte es sich in dem Gartenstuhl unter der heißen tropischen Sonne bequem. Das Einzige was ihr an diesem ‚Urlaub' fehlte, war ein einladender Pool. Natürlich konnte sie den Strand suchen, um dort zu schwimmen, aber mit hoher Wahrscheinlichkeit würde sie sich verlaufen. Der Busch war zu dicht und die Pfade waren für jemanden, der sich auf der Insel nicht auskannte, kaum erkennbar.

Sie schlug das Lehrbuch der Zeichensprache auf. Während ihrer Zeit mit Mrs Fletcher hatte sie das gleiche Buch benutzt. Das Erlernen der Zeichensprache war Rhianna leicht gefallen und hatte ihr die Arbeit mit dem schrulligen, alten Mädchen sehr erleichtert.

Jonathan kam aus dem Haus und stolzierte mit einem Buch unter dem Arm an ihr vorbei. Weder er noch Rhianna sagten ein Wort. Ohne sie im Geringsten zu beachten, eilte er zielstrebig auf die Hütte mit dem Kamin zu, die am Ende des Grundstücks lag.

„Kein Schwimmbad?", rief sie ihm verärgert nach.

„Wir sind von einem umgeben", rief er ihr über die Schulter hinweg zu.

Sie schnaubte. *Er will, dass ich mich verlaufe.*

Kurz vor dem Mittagessen sah sie sich die Gemälde im Wohnzimmer und in den Fluren an. Sie war sich ziemlich sicher, dass sie einige von ihnen vor Monaten in einer Kunstgalerie gesehen hatte. Und das nur, da JT sie darauf gedrängt hatte, doch endlich einen Tag frei zu machen.

Rhianna fragte sich, wie es ihm wohl ging. Machte er sich Gedanken, da sie ihn noch nicht angerufen hatte? Sie musste eine Möglichkeit finden, eine Nachricht an das Festland zu schicken.

„Hallo", begrüßte Mrs Atkinson sie von der Tür her. „Haben Sie schon zu Mittag gegessen?"

Rhianna schüttelte den Kopf. „Ich wollte nicht in Ihren Bereich eindringen."

„Die Küche steht Ihnen jederzeit offen, meine Liebe. Ich hätte Sie informieren sollen. Das Frühstück wird um acht Uhr serviert, Mittagessen ist um dreizehn Uhr und Abendessen um achtzehn Uhr. Wenn Sie zwischendurch etwas möchten, bedienen Sie sich einfach selbst."

„Kein Problem. Solange Mr Tyler keine Einwände hat."

„Darauf kommt es nicht an." Mrs Atkinson lächelte. „Es ist mehr meine als seine Küche. Da ich schon hier bin und Sie noch nicht gegessen haben, was kann ich Ihnen zum Mittagessen anbieten?"

„Etwas, was ich mit nach draußen nehmen kann?"

Während sie gemeinsam in der Küche ein leichtes Mittagessen zubereiteten, konnte sich Rhianna ein Lächeln über Mrs Atkinsons fröhliches und aufgeräumtes Temperament nicht verkneifen. Geduldig beantwortete sie alle Fragen der Haushälterin und versuchte, deren gelegentlich neugierigen Blick zu ignorieren.

„Sie dachten also, Sie besuchen ein Resort?", lachte Mrs Atkinson. „Die Realität muss ein Schock für Sie gewesen sein."

Rhianna nickte, vermied es aber der Frau von ihrem Entsetzen über Jonathans ungehobeltes Benehmen zu erzählen.

„Das kann ich unmöglich alles essen", sagte sie.

Sie hatten eine Platte mit Käse, Crackern, Gemüse und einem Dip angerichtet. Genug, um eine kleine Familie zu ernähren.

„Gewöhnlich bringe ich Mr Tyler sein Mittagessen", erklärte Mrs Atkinson. „Ich richte Ihnen einen Teller her, wenn Ihnen das Recht ist. Sie können ihn dann in der Mikrowelle wärmen." Sie sah auf die Uhr. „Und Misty sollte bald zurück sein. Sie isst wie ein Fass ohne Boden."

„Misty?" *Sicher Tylers Frau.*

Die Frau lächelte. „Sie werden sie mögen, Ms McLeod."

„Nennen Sie mich Rhianna … bitte."

„Misty verbringt den Tag in der Regel mit Mr Tyler", fuhr Mrs Atkinson fort, während sie sich bemühte, die Küche wieder auf Vordermann zu bringen. „Sie werden hier sicher viel Zeit auf sich allein gestellt verbringen."

„Schon in Ordnung. Ich bin gern allein."

Rhianna war von der Eröffnung überwältigt, dass sich eine zweite Frau auf der Insel aufhielt. Das erklärte den weiblichen Touch der häuslichen Einrichtung und all die Grünpflanzen im Haus. Eine Unterhaltung zwischen Frauen würde ihr gut tun, insbesondere da Mrs Atkinson offensichtlich nur vor den Mahlzeiten erschien. Vielleicht würde Misty ihr die nötige Ablenkung bieten, um nicht ständig an einen schlanken, muskulösen Mann mit lockigem, schwarzem Haar denken zu müssen, dessen Gesichtszüge so fein gemeißelt waren wie die eines römischen Gottes.

Kopfschüttelnd rief sie sich selbst zurecht.

Was soll dieser Unsinn?

Bewusst vertrieb Rhianna alle Gedanken an Jonathan und seine Muskeln und kehrte mit einem Teller in der Hand auf ihren Gartenstuhl zurück. Sie aß etwas Käse und einiges von dem Gemüse. Sie fühlte sich verkrampft und angespannt, aber im Laufe des Tages gelang es ihr, sich nicht länger über den mysteriösen Tyler und seine Frau Gedanken zu machen.

Und über den irritierend unfreundlichen Handlanger Jonathan.

~ * ~

Kurz nach neunzehn Uhr an diesem Abend hörte Rhianna, wie die Vordertür ins Schloss fiel.

Misty? Oder Jonathan?

Sie wartete, aber niemand gesellte sich zu ihr.

„Wenn der Berg nicht zum Propheten kommt ...“

Rhianna wanderte in der Erwartung durch das Haus, einer wunderschönen, modisch gekleideten Frau zu begegnen. Nur so konnte sie sich die Frau von Tyler vorstellen, dem geheimnisvollen Mann, der ganz offensichtlich über viel Geld verfügte. Wie sonst konnte er sich seine eigene Insel mitten im Paradies leisten?

Am Fuß der Stufen hielt sie inne.

Über ihr schloss sich eine Tür.

Rhianna holte tief Luft und folgte der Treppe nach oben. Sie hoffte nur, dass ihre Neugierde sie nicht in Teufels Küche bringen würde. Sie hatte vor, ihr Leben noch eine Weile zu genießen.

Im oberen Stockwerk fiel etwas zu Boden.

Hastig eilte sie die letzten Stufen nach oben. Ein schneller Blick den Gang hinunter verriet ihr, dass hier oben nur eine einzige Tür geschlossen war. Am gegenüberliegenden Ende des Gangs. Vor der Tür sammelte sie sich einen Moment und klopfte dann nervös an. Keine Reaktion.

Sie klopfte erneut. „Hallo, ist da jemand?“

Rhianna überlief ein Frösteln. Natürlich glaubte sie nicht an Gespenster, aber die unheimliche Stille gepaart mit dem Wissen, dass sich in diesem Raum jemand hinter der Tür versteckte, entnervte sie.

Sie hielt ihr Ohr gegen die Tür gepresst. Drinnen bewegte sich jemand – oder *etwas*.

„Ich weiß, dass Sie da sind“, entfuhr es ihr.

Sie versuchte, den Türknopf zu drehen. Die Tür war nicht abgeschlossen.

Das ist doch lächerlich, dachte sie sich. *Warum ignorieren sie mich?*

„Ich komme herein.“

Rhianna schob die Tür auf und die Worte blieben ihr im Hals stecken.

Der Raum lag im Dunkeln. Die schweren Rollos, die tief herabgezogen waren, verhinderten, dass von außen Licht eindrang. In der hinteren Ecke des Raums strahlte eine Tischlampe warmes, goldenes Licht aus. In deren Radius konnte sie einen aufwendig geschnitzten Schaukelstuhl sehen, der mit dem Rücken zur Tür stand. Der Stuhl knarrte und schaukelte, langsam und beständig. Obwohl Rhianna die Person im Stuhl nicht eindeutig erkennen konnte, gab es keinen Zweifel, dass dort jemand saß.

Ein Mensch oder ein Gespenst - sie konnte sich nicht sicher sein.

Rhianna betrat das Zimmer in der Erwartung, dass die Person im Stuhl ihre Anwesenheit registrierte und entweder aus dem Stuhl springen oder sich zu ihr umwenden würde.

Nichts geschah.

Das Licht vom Gang her vermischte sich mit den Schatten, und die unheimliche Stille – mit Ausnahme des Knarrens – verlieh dem Schaukelstuhl eine überirdische, beinahe gespenstige Qualität.

Rhianna bekam es mit der Angst zu tun. Ihre Handflächen schwitzten.

Mit angehaltenem Atem näherte sie sich dem Stuhl.

„Hallo?"

Der Stuhl knarrte weiter.

„Entschuldigen Sie die Störung, aber ich …"

Sobald sie die Insassin des Stuhls zu Gesicht bekam, blieb sie wie angewurzelt stehen.

Ein kleines Mädchen von etwas sechs oder sieben Jahren starrte ihr ins Gesicht. Ihre schmalen Finger hielten sich verkrampft an den Armlehnen fest. Der Kontrast zwischen ihrem rabenschwarzen Haar und ihrer blassen, weißen Haut ließen die Augen des Kindes unnatürlich groß und glänzend erscheinen.

Rhianna lächelte. „Hallo."

Das Mädchen beobachtete sie, machte aber keinerlei Anstalten, ihr zu antworten.

Rhianna streckte ihre Hand vor, um dem Mädchen über das volle, lockige Haar zu streichen und war überrascht, dass das Kind ruckartig seinen Kopf abwandte.

Sie hat Angst vor mir.

„Wie heißt du denn?", wollte Rhianna sie aus der Reserve locken.

Keine Antwort.

„Ich heiße Rhianna. Ich bin zu Besuch hier. Aus Florida."

Ohne Vorwarnung sprang das Mädchen aus dem Stuhl und rannte zur Tür. Bekümmert sah Rhianna ihr nach.

„Es tut mir so leid. Ich wollte dich nicht erschrecken."

Rhianna folgte dem Mädchen auf den Gang hinaus und sah sie zu ihrer Überraschung in das Zimmer neben ihrem verschwinden. Das Mädchen hatte die Tür nur angelehnt. Rhianna riskierte einen Blick.

Der Raum war eindeutig einem Märchen entsprungen. An einer Wand tanzten Einhörner, während an der anderen ein Puppenschloss seinen Besuchern offenstand. Zwischen zwei Fenstersitzen stand ein breites Himmelbett. Auf einem hüfthohen Bücherregal warteten die verschiedensten Kinderbücher auf einen Leser, während sich daneben zwei echte Chamäleons in einem begrünten Terrarium tummelten.

Alles war an Ort und Stelle.

Außer dem Kind. Sie war unauffindbar.

Ein schneller Blick durch das Zimmer verriet Rhianna, dass es hier nur wenige Verstecke gab. Vorsichtig klopfte sie an die Schranktür und öffnete sie behutsam. Kein kleines Mädchen.

Damit blieb nur noch ein Versteck.

Langsam ging sie auf das Himmelbett zu.

„Dein Zimmer ist wunderschön."

Unter einem mit Rüschen besetzten Bettvolant war die Spitze eines schwarzen Schuhs sichtbar, die dann augenblicklich wieder verschwand.

„Entschuldige bitte." Rhianna kniete neben dem Bett. „Ich wollte dich wirklich nicht erschrecken."

Sie wagte einen Blick unter das Bett. „Da bist du ja. Willst du nicht herauskommen?"

Das Mädchen schüttelte den Kopf.

„Es würde mich freuen. Mein Name ist Rhianna."

Der Kehle des Mädchens entkamen kratzende Geräusche.

„Fehlt dir etwas?" *War sie etwa krank?*

Die seltsamen Geräusche, die das Mädchen ausstieß, kamen Rhianna bekannt vor. In Verbindung mit den Büchern, die sie im Arbeitszimmer entdeckt hatte, machte nun alles vollkommenen Sinn.

Das Kind war taub.

Kapitel 7

„Mein Name ist Rhianna", zeichnete sie. „Wie heißt du?"

„Misty", erwiderte das Kind. Sorgfältig formten ihre Hände die Buchstaben. „Ich will nicht mit Ihnen reden."

„Ich will dir nicht wehtun. Ich möchte nur …"

„Gehen Sie weg!"

Misty wandte sich ab, aber Rhianna tippte ihr auf die Schulter und zeichnete: „Ist Tyler dein Vater?"

„Ja, aber gehen Sie jetzt. Ich will nicht, dass Sie hier sind. Ich hasse die Schule und ich hasse Lehrer."

„Ich bin keine Lehrerin. Ich bin zu Besuch hier."

Misty wanderte zum Regal hinüber, griff in das Terrarium und begann, eines der Chamäleons zu streicheln.

Rhianna zuckte zusammen. Wenn es etwas gab, was sie verabscheute, dann waren es Eidechsen. Und Ungeziefer. Und Schlangen.

Misty wirbelte herum, eine Spur des Lächelns auf dem Gesicht. Sie bot der kleinen Echse ihre Hand, die dann flink behende an ihrem Arm hochkletterte. Misty deutete Rhianna an, dass sie das Chamäleon halten sollte.

Rhianna erzitterte. „Nein danke."

Die Eidechse hatte es bis hoch auf das gelbe T-Shirt des Mädchens geschafft und begann, seine Farbe zu wechseln.

Misty sah Rhianna einen Augenblick lang forschend an, bevor sich ihre Augen verengten und sie näher an sie heran trat.

„Schon in Ordnung", zeichnete Rhianna. „Eidechsen liegen mir nicht besonders."

Misty ignorierte das. Stattdessen setzte sie das Chamäleon auf Rhiannas Kleid ab, direkt über ihrer Taille.

„Bitte, Misty, nimm es runter von mir."

Rhianna streckte die Arme von sich und erstickte einen Schrei, als die Echse sich nach oben in Bewegung setzte, während ihr Schwanz Anstalten machte, sich Blaugrün zu verfärben.

„Misty, bitte!", zeichnete sie.

Das Mädchen rührte sich nicht, sondern grinste nur amüsiert, insbesondere dann, als Rhianna einen nervösen Tanz aufzuführen begann und versuchte, sich mit den Fingern den Kleiderstoff von der Haut fernzuhalten.

„Hilf mir! Nimm das Ding weg von mir!"

Mistys Blick zog an Rhianna vorbei. Ihre Mundwinkel verzogen sich noch weiter nach oben.

In all der Aufregung und der Panik hatte Rhianna nicht registriert, dass eine weitere Person den Raum betreten hatte.

„Was ist denn hier los?", donnerte eine tiefe Stimme.

So ein Mist. Jonathan.

Rhianna drehte sich zu ihm um. Diese Chance nutzte das Chamäleon um bis hoch an den Ausschnitt ihres Kleides vorzudringen. Rhianna fiel beinahe in Ohnmacht, als die Kreatur ihren Kopf zur Seite neigte und sie neugierig anstarrte. Rhiannas flehentlicher Blick um Hilfe blieb unbeantwortet. Vielmehr sah Jonathan sie finster an.

„Wie ich sehe, kann man Sie nicht unbeaufsichtigt lassen, ohne dass Sie Probleme verursachen."

„Sprechen Sie mit mir?", keuchte sie außer sich vor Zorn.

„Mit wem sonst?"

Mit erzwungener Ruhe sah sie ihm in die Augen und richtete sich zu ihrer vollen Größe auf. „Würden Sie mich bitte von dieser Kreatur befreien?"

Jonathan beäugte das Chamäleon. Sein Blick folgte dem weichen Ansatz von Rhiannas Brust bis hoch zu ihrer Halsbeuge. Rhiannas Haut brannte, als ob er entlang des Wegs ein Streichholz angezündet hätte.

„Bitte", flüsterte sie.

Er verzog das Gesicht. „Das ist doch nur ein Chamäleon. Die beißen nicht."

Er zupfte die Echse vom Ausschnitt ihres Kleides. Dabei streiften seine Finger ihre Haut, was ein erregendes Prickeln durch ihren Körper jagte.

Erleichterung, sagte sie sich. Nur das Gefühl der Erleichterung.

Jonathan setzte die bedauernswerte Kreatur zurück in ihr gewohntes

Umfeld und sah dann zu Misty hinüber. „Ich sehe, Sie haben den wahren Chef kennengelernt, Ms McLeod."

„Ich weiß, dass sie Tylers Tochter ist."

„*Meine* Tochter."

„Ihre Tochter? Aber ich dachte …"

„Ja, ich weiß."

Hinter dem plötzlichen Aufblitzen von Jonathans Augen steckte mehr. Der Rüpel lachte sie doch tatsächlich aus und machte sich nicht mal die Mühe, dies zu verbergen.

„Wenn sie Ihre Tochter ist, dann heißt das also, dass Sie …"

„Jonathan Tyler", verbeugte er sich spöttisch. „Zu Ihren Diensten, Gnädigste. Aber hier rufen mich alle nur Tyler."

Rhianna starrte ihn an. „Und Sie hielten es nicht für nötig, mir das mitzuteilen, nachdem ich die ganze Zeit von Ihrem Boss geredet und Ihnen gedroht habe, mich bei ihm über Sie zu beschweren?" Die Zornesröte stieg ihr in das Gesicht. „Von all den …"

„Ja?" Er zog die Augenbrauen hoch und sah sie herausfordernd an.

Misty wählte genau diesen Moment, um ein Buch nach Rhianna zu werfen. Der gelang es gerade noch, sich rechtzeitig zu ducken. Das Mädchen raste durch ihr Schlafzimmer, schrie mit heiserer Stimme so laut sie konnte und warf Spielzeuge und Bücher zu Boden.

„Misty!", rief Jonathan sie zurecht und zeichnete ihr gleichzeitig, sich zu beruhigen.

Mit Tränen in den Augen zupfte Misty ihn am Ärmel. Ihre Hände bewegten sich langsam. „Daddy, ist sie meine neue Lehrerin?"

„Nein", zeichnete er.

Rhianna konnte sein hämisches Lächeln nicht entgehen. Wie sehr er es genoss, dieses Wort auszusprechen.

„Jonath… Tyler, wer zum Teufel Sie auch sein mögen, kein Grund, sich so …"

„Misty fürchtet, dass ich Sie als Ersatz für Mrs Vermont eingestellt habe." Zärtlich strich er seiner Tochter über die wilden Locken. „Ich habe ihr nur versichert, dass dem nicht so ist."

„Was ist mit ihrer Lehrerin geschehen?"

„Mit welcher?" Zynisch lächelte er. „Misty hat innerhalb von sieben Monaten drei Lehrerinnen zermürbt. Sie kann gelegentlich etwas anstrengend sein, und es ist schwer, jemanden mit Erfahrung im Lehren der Zeichensprache zu finden. Zudem hat Misty … nennen wir es mal so … eine Tendenz zu Starrköpfigkeit." Seine Stimme wurde sanft, während er seine Tochter ansah. „Ich bin mit meiner Weisheit am Ende."

„Was ist mit Ihrer Frau? Kann sie Misty nicht daheim unterrichten?"

Mit zusammengebissenen Zähnen und Augen, die vor Verachtung brannten, sah er sie an. „Ihre Mutter ist nicht länger bei uns. Selbst wenn sie es wäre, wäre sie absolut nutzlos."

Rhianna schluckte schwer. „Eine ziemlich brutale Einstellung, denken Sie nicht? Schließlich ist sie Mistys Mutter."

Jonathan griff sie am Arm und zog sie in den Flur hinaus.

„Meine Frau hat uns vor sieben Jahren verlassen, Ms McLeod. An dem Tag, an dem uns der Arzt bestätigt hat, dass Misty taub ist – an dem Tag, an dem sie erfuhr, dass ihr Kind nicht *perfekt* ist."

Geschockt stand Rhianna still.

Wie konnte eine Mutter ihr Kind freiwillig verlassen – insbesondere ein Kind, das zwar taub aber nichtsdestotrotz ein wunderschönes kleines Mädchen war, das sie gebraucht hätte?

Sie dachte an ihre eigene Mutter und an den tragischen Verkehrsunfall, der Rhianna ihre Eltern genommen und sie dazu verdammt hatte, verängstigt, misshandelt und einsam aufzuwachsen.

„Das wusste ich nicht", flüsterte sie.

„Natürlich nicht", fuhr er sie an. „Sie sind eine Fremde. Sie wissen nichts."

„Sie haben Recht."

Er verstummte.

„Ich … Es tut mir sehr leid."

Ihre Entschuldigung schien seinen Ärger zu besänftigen. Seine Schultern entspannten sich, seine Fäuste entkrampften sich und sein Mund verlor den scharfen Zug. Rhianna konnte die Augen nicht von seinen Lippen wenden.

Einen Moment sah Jonathan ihr ins Gesicht, dann wandte er den Blick ab. „Ein heikles Thema. Bitte verzeihen Sie mir, Ms McLeod."

Zurück im Schlafzimmer musterte Rhianna das kleine Mädchen mit den wilden Haaren und dem ungezügelten Temperament.

„Auf dem Festland muss sich doch eine geeignete Lehrerin finden lassen", hakte sie nach. „Eine, die qualifiziert ist."

Jonathan schüttelte den Kopf. „Ich glaube, die haben wir alle schon kennengelernt. Ich werde eine Anzeige in einigen der anderen Inselzeitungen aufgeben müssen."

Misty saß still auf ihrem Bett und spielte mit zwei Barbiepuppen. Ein Streit zwischen den beiden Puppen endete damit, dass die eine der anderen auf die Hand schlug. Misty sah hoch, direkt in Rhiannas Augen.

„Ich werde es tun."

Diese Worte sprudelten Rhianna aus dem Mund, noch bevor sie sich Gedanken um die Konsequenzen machen konnte.

~ * ~

Schockiert fuhr Jonathan herum. Goldbraunes Haar umrahmte ein herzförmiges Gesicht - Rhianna McLeod sah keiner Lehrerin ähnlich, die er je gekannt hatte.

Eher könnte ich ihr wohl etwas beibringen.

Er konnte nicht umhin, ihre vollen Lippen zu bewundern, die nur einen Hauch von Lipgloss trugen. Er fragte sich, wie es wohl wäre, diese Lippen zu küssen. Wie würden sie schmecken? Wie Zuckerwatte?

„Sie wollen meine Tochter unterrichten?"

„Ganz recht."

„Die letzte Lehrerin sagte, Misty ist undiszipliniert und es mangelt ihr an Kooperationsbereitschaft. Wieso glauben Sie, dass Sie mehr Glück haben werden?"

Rhiannas Augen funkelten herausfordernd.

„Hier geht es nicht um Glück. Es ist eine Sache des Vertrauens."

Er lächelte. „Und Sie denken, Sie können Misty dazu bewegen, Ihnen zu vertrauen?"

Sie zuckte mit den Achseln.

„Und warum sollte *ich* Ihnen vertrauen, Ms McLeod?"

„Weil Sie sonst niemanden haben."

Mit verschränkten Armen lehnte er sich gegen die Wand. „In Miami gibt es eine Privatschule für taube Kinder, die großartige Erfolge verzeichnet. Ich ziehe in Erwägung, sie dort anzumelden."

„Sie würde ihre eigene Tochter wegschicken?", fragte sie entsetzt. „Um mit wildfremden Menschen zu leben?"

„Es ist nicht die beste Lösung, aber für sie wäre es vielleicht besser."

„Wie können Sie nur so herzlos sein?"

„Vielleicht braucht sie genau das."

„Misty braucht ihren Vater", zischte Rhianna aufgebracht. „Nicht eine kalte Institution, in der sie von Fremden umgeben ist."

„Es ist nur eine Idee. Die Entscheidung ist noch nicht gefallen, aber es könnte gut für sie sein. Sie wird andere Kinder zum Spielen haben, eine gute Ausbildung erhalten, und …"

„Und es wird der größte Fehler sein, den Sie je machen werden."

Ihre Worte trafen ihn zutiefst. „Wie können Sie so etwas behaupten?"

„Glauben Sie mir. Ich weiß, was es bedeutet, von seinen Eltern getrennt und an Fremde ausgeliefert zu werden. Das wollen Sie Misty nicht antun. Oder sich selbst."

Rhianna hatte Recht. Er konnte seine Beziehung zu Misty nicht gefährden. Dazu liebte er seine Tochter viel zu sehr.

„Was soll ich Ihrer Meinung nach also tun, Ms McLeod?"

„Als Erstes dürfen Sie mich Rhianna nennen."

Ein Lächeln spielte um seine Lippen. „Das kann ich tun ... *Rhianna.*"

Sie ging auf die Tür zu. „Wenn ich schon sechs Wochen hier festsitze, würde ich gerne etwas Sinnvolles tun. Ich habe einige nützliche Talente."

„Haben Sie Erfahrung?", erkundigte er sich.

Sie wirbelte herum. „Wie ... Wie bitte?"

„Haben Sie Erfahrung? Als Lehrerin?"

Sie stieß einen verhaltenen Laut aus. „Nein, unterrichtet habe ich bisher noch nicht. Aber ich bin Krankenschwester, Mr Tyler, und eine meiner Patientinnen war taub. Ich beherrsche die Zeichensprache fließend."

„Ich verstehe. Dann tun Sie das. Machen Sie sich nützlich."

„Vielen Dank, Mr Tyler."

Er runzelte die Stirn. „Auf eines muss ich aber bestehen."

„Und das wäre?"

„Wenn ich Sie beim Vornamen nenne, machen Sie bitte das Gleiche mit mir."

„Also schön, Jonathan", nickte sie. „Oder wäre Ihnen lieber, wenn ich Sie Tyler rufe?"

„Jonathan klingt gut." Er grinste und bot ihr seine Hand. „Besiegeln wir den Handel, Rhianna."

Vorsichtig schlug sie ein. Die Wärme ihrer Hand überraschte ihn. Als sie sie ihm Sekunden später wieder entzog, ballte er unbewusst die Faust. Ein unerwartetes Verlangen durchfuhr ihn, eine Sehnsucht so intensiv, dass sie ihn regungslos verharren ließ.

Er stieß einen unhörbaren Seufzer aus.

Rhianna McLeod übte eine sonderbare Wirkung auf ihn aus.

Und das gefiel ihm ganz und gar nicht.

~ * ~

„Sobald du im Bett liegst, werde ich dir eine Geschichte vorlesen", bot Rhianna an.

Misty sah sie misstrauisch an. „Wozu?"

Diese Frage überraschte Rhianna.

„Weil ich es gern tun würde", zeichnete sie. „Magst du keine Bücher?"

Eifrig nickte Misty und lächelte sie an. „Oh doch."

Rhianna erwiderte ihr Lächeln. *Eins zu Null für die neue Lehrerin.*

Sie warf einen flüchtigen Blick auf Jonathan. Er heuchelte Desinteresse, beobachtete sie aber weiter aus den Augenwinkeln.

„Möchten Sie ihr vorlesen?", zeichnete sie.

Jonathan lief rot an. „Ich fürchte, ich beherrsche die Zeichensprache noch weniger als Misty."

Rhianna sah ihn überrascht an. „Oh, tut mir leid. Den Büchern im Arbeitszimmer nach dachte ich, sie sprechen fließend."

„Ich würde es gerne lernen." Er sah zu seiner Tochter hinüber. „Um Mistys Willen."

„Ich verstehe, glauben Sie mir. Kinder erfassen die Zeichensprache so viel einfacher als Erwachsene."

„Mistys kann sich nur bedingt ausdrücken. Ihre Lehrerinnen schoben ihre eingeschränkte Kommunikationsfähigkeit auf ihr aufrührerisches Verhalten. Sie sagten, sie will nicht lernen."

Rhianna runzelte die Stirn. „Das Gegenteil trifft da wohl eher zu."

„Was wollen Sie damit sagen?"

„Da sie sich nur schlecht verständigen kann, führt die daraus resultierende Frustration zu Verhaltensproblemen."

„Nach Ansicht der letzten Lehrerin ist Misty die aufsässigste, ungeduldigste und starrsinnigste Sechsjährige, die ihr je untergekommen ist."

Rhianna warf ihm einen bedeutungsvollen Blick zu. „Ich frage mich, von wem sie das wohl hat."

Jonathan musste tatsächlich lächeln. „Ja, der Apfel fällt nicht weit vom Stamm, was?"

Rhianna konnte ihn kaum hören, so sehr nahm sie sein Lächeln gefangen.

Er sieht wirklich gut aus - wenn er lächelt.

Sie räusperte sich. „Ich möchte nicht neugierig erscheinen, aber was haben die Ärzte gesagt? Können Sie etwas für Misty tun?"

Jonathan seufzte. „Sie hat ein Hörgerät, weigert sich aber, es zu tragen. Ich habe es mit Bestechung, mit Drohungen und mit Betteln versucht. Ohne Erfolg."

Misty erschien im Türrahmen. „Lesen", zeichnete sie Rhianna und hielt ihr ein Märchenbuch entgegen.

Jonathan nahm seine Tochter an der Hand und führte sie in ihr Zimmer zurück. „Zuerst ziehen wir dir deinen Pyjama an", sagte er und zeichnete die Buchstaben *PJ.*

„Nein!" Misty warf den zweiteiligen Schlafanzug auf den Boden und versuchte, ihm etwas zu zeichnen. Sie stieß ein erbostes Brummen aus und wiederholte dieselben ungelenken Zeichen.

Jonathans Gesichtsausdruck verhärtete sich. „Ich verstehe nicht, was du willst", erwiderte er, die Hände an seiner Seite.

„Sie möchte lieber das lila Nachthemd tragen", übersetzte Rhianna leise. „Das, das in ihrem …" Sie hielt inne, sah Misty fragend an und zeichnete: „Schrank?"

Das Mädchen nickte.

Minuten später kuschelte sich Misty zusammen mit einem Pinguinstofftier in ihr Bett. „Geschichte?", zeichnete sie.

Sie überraschte Rhianna damit, dass sie neben sich auf das Bett klopfte.

„Du möchtest, dass ich mich neben dich setze?", fragte sie.

„Ja."

„Sieht aus, als hätten Sie Eindruck gemacht", bemerkte Jonathan hinter ihr.

Sie sah ihn an. „Habe ich das?"

Einen Moment lang herrschte Stille.

„Auf Misty", schränkte er seine Aussage ein.

Langsam ließ sie den Atem entweichen, den sie unbewusst angehalten hatte. Mit gesenktem Kopf öffnete sie das Buch. „Ich wusste, von wem sie sprachen."

Sie erhielt keine Antwort.

Jonathan war verschwunden.

Kapitel 8

Rhianna schloss die Tür zu Mistys Zimmer. Sie dachte über die Versuche des kleinen Mädchens nach, sie beim Zeichnen der Geschichte zu kopieren. Misty war intelligent. Zweifellos. Mit etwas Förderung konnte sie lernen, weit flüssiger zu zeichnen.

Der Gedanke an Jonathan ließ sie ebenfalls nicht los. Wo war seine Exfrau? Hatte sie wieder geheiratet? Kam sie je zu Besuch?

Liebt er sie immer noch?

Kopfschüttelnd wandte sie sich von der Tür ab.

„Schläft sie?"

„Himmel noch mal!", entfuhr es ihr erschrocken. „Schleichen Sie sich nie wieder so an mich an."

Jonathan trat aus einem dunklen Türrahmen in den spärlich beleuchteten Flur hinaus. „Entschuldigen Sie, ich wollte Sie nicht erschrecken."

„Sie können mich nicht erschrecken."

„Kann ich das nicht?" Langsam breitete sich ein leichtes Grinsen über seinem Gesicht aus.

Rhianna runzelte die Stirn.

Warum klang alles, was dieser Mann zu sagen hatte, so aufreizend?

„Ich will Misty gute Nacht sagen", erklärte Jonathan.

„Sie ist vor Ende des vierten Buchs eingeschlafen."

„Sie hätten mir Bescheid sagen sollen."

„Sie hätten bleiben können, während ich ihr vorlas."

„Um Ihnen zu erlauben, auch mich ihrem magischen Zauber zu unterwerfen?"

Sie lachte. „Wovon reden Sie?"

„Meine Tochter hat sich noch nie so schnell mit jemandem angefreundet. Den anderen Lehrerinnen war es nicht gestattet, auch nur einen Fuß in ihr Zimmer zu setzen."

„Ich bin keine Lehrerin", korrigierte sie ihn auf dem Weg nach unten. „Sie denkt, ich bin Ihre ..."

Am Fuß der Treppe drehte er sich um. „Meine was?"

„Eine Freundin", brachte sie hervor. „So etwas in der Art. Einfach eine Unbekannte, die hier unvermittelt aufgetaucht ist."

„Und dennoch saßen Sie neben ihr, eine vollkommen Fremde, ohne das Misty ihren gewohnten Wutanfall hatte." Verwundert schüttelte er den Kopf. „Die reinste Zauberei."

Mit einem einfachen Ausstrecken der Hand wäre es ihr ein Leichtes, seine Schultern zu berühren. Rhianna hielt die Arme fest an ihre Seiten gepresst.

Aus der Ferne bewundern, ja, aber Berühren verboten.

Jonathan war gerade dabei, seine eigenen Betrachtungen anzustellen, was sie in Verlegenheit brachte und sie befangen machte. Seine Augen glitten langsam über sie hinweg, angefangen von ihrem Kopf bis hinunter auf ihre schuhlosen Füße. Als sein Blick auf ihrem Mund verharrte, stockte ihr der Atem.

Mit der Zunge befeuchtete sie sich die Lippen.

Plötzlich wandte sich Jonathan in Richtung Wohnzimmer um. „Ich denke, wir haben uns einen Schlaftrunk verdient."

Der Bann war gebrochen. Rhianna folgte ihm die letzten beiden Stufen hinunter. An der Bar schenkte er zwei Gläser Wein ein und reichte ihr eines davon.

„Danke". Rhianna nahm auf dem Sofa Platz.

„Nein, ich muss mich bei *Ihnen* bedanken." Er trank einen Schluck, bevor er fortfuhr. „Mistys Lehrerinnen sagten mir, dass sie im Zeichnen so weit zurückliegt, dass sie keine Zeit auf Vorlesen verschwenden konnten."

„Ich betrachte das Lesen nicht als Zeitverschwendung."

„Es waren ihre Worte, nicht meine." Er studierte ihre Hände. „Sie zeichnen gekonnt."

„Ich bin etwas aus dem Training", gab sie zu. „Aber es ist wie das Radfahren. Wenn Sie die Zeichensprache erst einmal gelernt haben, vergessen Sie sie nie wieder."

„Ich bin da wohl die Ausnahme", sagte er kleinlaut.

„Fixieren Sie sich nicht darauf, dass Sie perfekt sein müssen. In der Hauptsache geht es um die Kommunikation mit jemandem, den Sie lieben." Rhianna errötete. „Und ich weiß, dass Sie Ihre Tochter lieben."

„Das tue ich. Also bringen Sie es mir bei."

Der Wein begann ihr zu Kopf zu steigen. „Was soll ich Ihnen beibringen?"

„Die Zeichensprache. Ich könnte etwas Unterricht gebrauchen."

„Ich bezweifle, dass Sie ein guter Schüler sein werden", entfuhr es ihr.

Seine Augenbrauen hoben sich. „Ich bin mir nicht sicher, ob Sie eine gute Lehrerin sein werden."

Dieser Herausforderung konnte sie nicht wiederstehen.

„Mein Name ist Rhianna", zeichnete sie.

Er zeichnete seinen Namen.

„Freut mich, Sie kennenzulernen, Jonathan."

Er griff nach ihrem leeren Weinglas. Versehentlich streifte er dabei ihre Hand. Ein solch starker Funke der Energie durchfuhr sie, dass ihr das Lächeln auf den Lippen gefror.

Hat er es auch gespürt?

Rhianna war am heutigen Tag zum ersten Mal mit Jonathan allein. Sie fühlte sich wie ein verunsichertes Schulmädchen, schüchtern und unfähig, einen intelligenten Gedanken zu fassen, viel weniger ihn auszusprechen.

Deshalb sah sie ihn einfach nur wortlos an. Er durchquerte den Raum gleich einer jungen Dschungelkatze, mit katzenhafter Grazie. Ihre Augen trafen sich und sie senkte den Kopf. Hochaufgerichtet setzte er sich auf die Armlehne eines Sessels, fertig zum Sprung.

Die Stille war qualvoll.

Sie musste an JT denken. Ob es dem alten Mann wohl gut ging? Machte er sich Sorgen, weil sie ihn nicht angerufen hatte? Sie hoffte nicht. JT konnte keinen Stress vertragen.

Jonathan räusperte sich und brachte sie damit in die Gegenwart zurück. „Rhianna, ich … ähm … Ich möchte Ihr Angebot annehmen. Misty braucht Unterricht in der Zeichensprache, und da Sie schon hier sind, dachte ich mir, Sie könnten vielleicht …"

„Sie möchten, dass ich sie unterrichte." Es war eine Feststellung, keine Frage.

„Wenn es Ihnen Recht ist." Er atmete tief durch. „Ich weiß, dass Sie eigentlich Urlaub machen sollten …"

Belustigt sah sie ihn an. „Ein gelungener Urlaub, zweifellos."

„Ich werde Sie natürlich bezahlen. Im gleichen Umfang wie die anderen Lehrerinnen."

Sie stellte das Weinglas auf dem Wohnzimmertisch ab. „Sie müssen mich nicht bezahlen, Jonathan. Sie konnten nicht ahnen, dass ich auf Ihrer Insel landen würde. Sechs Wochen sind eine zu lange Zeit, um untätig herumzusitzen. Ich helfe Misty gerne. Sie ist ein wunderbares Kind."

Mit traurigen Augen sah er unter sich. „Das ist sie."

~ * ~

Jonathan blickte in sein Weinglas, dessen wohlriechenden Inhalt er im Glas herumschwenkte. *Misty ist ein wundervolles Kind, obwohl sie ihrer Mutter wie aus dem Gesicht geschnitten ist.*

Er versuchte, den Gedanken an Sirena zu verdrängen. Jedes Mal wenn er an sie dachte, übermannte ihn ein unkontrollierbares Gefühl des Zorns gegenüber seiner Exfrau. Sie hatte ihre Familie verlassen, als Mann und Tochter sie am meisten brauchten. Er konnte sich an den Tag erinnern, als ob es gestern gewesen wäre. Sie wollte ihre Schauspielerkarriere weiter verfolgen und war davon überzeugt, dass Mistys besondere Bedürfnisse sie zurückhalten würde. Sirena lehnte ihre Tochter ab, aber ihre Abneigung gegen ihn war noch stärker gewesen.

„Du hast keine Zeit für mich", hatte sie gesagt.

Er hatte nie verstanden, wie einfach es ihr gefallen war, ihre Familie zurückzulassen. Als die Scheidungspapiere eintrafen, hatte er sie mit einem Gefühl der Erleichterung unterzeichnet. Jetzt war Sirena in Europa, und wenn man den Zeitungen glauben wollte, schlief sie dort mit jedem, der ihrer Karriere dienen konnte.

Er schenkte sich etwas Wein nach, verdrängte die Gedanken an seine Exfrau und beobachtete Rhianna. Was hatte diese Frau nur an sich, dass sie ihn einerseits so aufbringen und er sich andererseits ihr gegenüber so dankbar fühlen konnte?

Die Antwort war einfach.

Rhianna war äußerst attraktiv – und sie hatte Misty vorgelesen. Keine der anderen Lehrerinnen hatte sich die Mühe gemacht.

„Es war sehr großzügig von Ihrem Arbeitgeber, Sie auf die Bahamas zu schicken." Jonathan wollte die Stille unterbrechen. „Sie müssen schon lange für ihn arbeiten."

„Tatsächlich nur knapp ein Jahr."

„Ach ja?"

Sie nickte.

Misstrauisch kniff er die Augen zusammen. Welche Art von Gefallen hatte sie ihrem Arbeitgeber wohl getan, dass er ihr einen solch teuren Urlaub spendieren wollte?

~ * ~

Jonathans Gesichtsausdruck konnte Rhianna nicht entgehen. *Er sieht aus, als ob ihm eine Laus über die Leber gelaufen wäre.*

„Mein Arbeitgeber ist der netteste Mensch, der mir je begegnet ist", erklärte sie. „Er dachte, ich könnte eine Pause gebrauchen, deshalb hat er alles organisiert und mir diese Reise zum Geburtstag geschenkt." Sie schnaubte. „Wenn er wüsste, dass ich auf Ihrer Insel gelandet bin, wäre er absolut entsetzt. Da bin ich mir sicher."

Jonathan starrte sie an. In seinen Augen brannte eine Flamme.

War sie etwa die Motte?

Ein merkwürdiges Prickeln breitete sich über Rhiannas Körper aus. Seine intensive Musterung schien so intim, als ob seine Fingerspitzen ihre Haut berührten.

Sie erzitterte. Warum fühlte sich ihr Körper so entflammt an?

Jonathan trank einen Schluck Wein und fuhr sich mit der Zunge über die Lippen. Dann lächelte er mit einem zufriedenen Glanz in seinen tiefblauen Augen.

Ihr stockte der Atem.

Er weiß, dass ich ihn attraktiv finde.

Ihre Wangen erhitzten sich, und Rhianna hoffte, dass das sanfte Licht des Raums ihre Reaktion verbergen möge. Innerlich verwünschte sie diese plötzliche Schwäche. Was war nur los mit ihr? Sie hatte nie so auf Männer reagiert. Nie zuvor. Die Männer, die ihr bisher begegnet waren, waren allesamt uninteressant und einfach zu vergessen. Nicht einem von ihnen hatte sie erlaubt, ihr nahezukommen und ihre Gefühle zu beeinflussen. Geschweige denn ihr Leben.

Aber wie viele Männer wie Jonathan waren ihr bisher über den Weg gelaufen? Jahrelang hatte sie abgeschirmt, umgeben von alten Menschen – von sterbenden Menschen – gelebt. Die Welt der Verabredungen und der Liebesabenteuer hatte sie nie kennengelernt. Sie wollte oder brauchte keinen Mann, um ein erfülltes Leben zu führen, genauso wenig wie sie die körperliche Intimität vermisste.

Und trotzdem saß sie nun da und wünschte sich, dass Jonathan sie küssen möge.

Sie musste an etwas anderes denken. *Egal an was.*

Higginsons Gesicht erschien vor ihrem geistigen Auge. Wie würde er wohl reagieren, wenn er sie hier mit einem Glas Wein in der Hand ausgestreckt auf dem Sofa sehen könnte, in der Gesellschaft eines unerhört attraktiven Mannes? Ein Mann, dessen Sinnlichkeit sie ansprach, der sie sich wünschen ließ …

Daran darfst du nicht denken, Rhianna!

Wenn Higginson sie so sehen könnte, würde er sicher einen Schwächeanfall erleiden.

Bei dem Gedanken musste sie kichern.

„Was ist denn so lustig?", erkundigte sich Jonathan.

„Ich … ähm … Ich dachte gerade an jemanden in Florida. Wenn er wüsste, dass ich hier festsitze, wäre er außer sich vor Entsetzen."

Erneut blitzte in Jonathans Augen ein Warnzeichen auf.

Himmel noch mal, dachte sie. *Worüber regt er sich denn jetzt auf?*

„Ihnen wurde ein Urlaub geschenkt", sagte er mit heiserer Stimme. „An Ihrer Stelle würde ich ihn genießen." Mit einem großen Schluck leerte er sein Glas und stand auf. „Ich erwarte nicht, dass Sie sich nach Mistys Unterricht für den Rest des Tages in Ihrem Zimmer verkriechen. Hier gibt es viele Dinge, mit denen Sie sich unterhalten können, und falls es Ihnen wirklich zu langweilig werden sollte, denken Sie einfach daran, dass es nur sechs Wochen sind. Vielleicht kürzer, falls die Ersatzteile für das Funkgerät früher eintreffen."

„Sagten Sie nicht, dass die nötigen Ersatzteile in den Kisten waren, die Roland Ihnen angeliefert hat?"

Hämisch lächelte er sie an. „Sie reden von den Kisten, die noch am Kai warten?"

Sie zuckte zusammen. „Oh … Mist."

Jonathan sah sie kritisch an. „Mist? Ist das alles, was Sie dazu zu sagen haben?"

„Tut mir leid, aber es war nicht meine Schuld."

„Wessen Schuld war es dann?"

Der ärgerliche Ausdruck in Jonathans Gesicht ließ Rhianna vermuten, dass sich ein Sturm zusammenbraute. Ein Sturm, den sie nicht kontrollieren konnte.

„Ihre Gegenwart hat mein ruhiges Leben aus dem Gleichgewicht geworfen", warf er ihr vor. „Erst schneien Sie unerwartet hier herein, und dann gelingt es Ihnen auch noch, die Kiste, die wir am nötigsten brauchen, zurückzulassen. Ohne Funkgerät sind wir dem Schicksal auf Gedeih und Verderb ausgeliefert."

Rhianna biss sich auf die Lippe. „Lassen Sie uns einfach das Beste daraus machen."

„Das Beste daraus machen!" Sein Gesicht verdüsterte sich. „So einen Spruch kann nur von einem verwöhnten Stadtmädchen stammen."

„Hey!" Leicht taumelnd vom Wein sprang sie auf die Füße. „Ich bin keine *Stadtpflanze.* Ich wuchs in einer kleinen Stadt in Maine auf, nur damit Sie es wissen." Sie gab ein nicht unbedingt damenhaftes Prusten von sich. „Und ich wurde nie verwöhnt. Sie haben keine Ahnung, wie hart ich für alles arbeiten musste."

„Ich bin mir sicher, dass Sie … hart arbeiten."

Aufgebracht starrte sie ihn an, unfähig, eine Erwiderung zu finden, die scharf genug war, ihn in seine Schranken zu weisen. Das machte sie nur noch zorniger.

„Womöglich hatte Ihr Arbeitgeber vor, Ihnen in Ihrem Urlaub Gesellschaft zu leisten", griff er sie weiter an. „Ich wette, er ist verheiratet. Reich und verheiratet."

Rhianna war absolut schockiert. Die Tatsache, dass Jonathan sie für das Spielzeug eines reichen Mannes hielt, überstieg ihr Verständnis.

Ein Anfall eines uralten Schuldgefühls drehte ihr beinahe den Magen um. Peter Waverleys Gesicht stand vor ihr. Er hatte sie ebenfalls für einen Gegenstand gehalten, einen, der seinem Vergnügen dienen sollte – für ein unschuldiges Kind, das nie ein Widerwort geben oder sich ihm wiedersetzen würde.

Daran darfst du nicht denken!

Ein Blick in Jonathans Augen traf sie mitten ins Herz. „Sie kennen mich nicht, Mr Tyler", entgegnete sie kalt. „Es steht Ihnen nicht zu, über mich zu richten."

„Solange Sie meine Tochter unterrichten, steht mir das sehr wohl zu."

Rhianna riss der Geduldsfaden. „Ich habe mich freiwillig angeboten. Was Ihnen offensichtlich entgangen ist."

Die Muskeln in Jonathans Nacken verkrampften sich. Er biss die Zähne zusammen. Ohne ein weiteres Wort trat er an die Bar und füllte sein Glas.

„Vielleicht sollte ich mir Ihr Angebot noch einmal überlegen."

„Wie bitte?" Rhianna glühte vor Zorn. „Das ist ja wohl das …"

„An Ihrer Stelle wäre ich vorsichtig."

Die Warnung in Jonathans Stimme versetzte sie in Angst und Schrecken.

Ohne nachzudenken wirbelte Rhianna herum und stürzte zur Tür. Sie griff sich ihre Sandalen, eilte in die feuchte Nachtluft hinaus und warf die Tür hinter sich ins Schloss. Dann schlug sie sich durch das dichte Gebüsch hindurch und betete, dass sie die richtige Richtung eingeschlagen hatte – zurück an den Strand und an die Anlegestelle. Falls nötig, würde sie dort schlafen. In keinem Fall würde sie eine weitere Nacht unter dem Dach dieses unerträglichen Mannes verbringen.

„Wie kann er es wagen, mir zu unterstellen, dass ich mit meinem Chef schlafe, um mir einen Urlaub zu verdienen!", murmelte sie empört vor sich hin. „Verdammt noch Mal, was glaubt er …"

Plötzlich fiel der Boden unter ihren Füßen scharf ab. Ihre Sandalen fanden in dem feuchten Gras keinen Halt. Hilflos stürzte Rhianna durch das Gebüsch nach vorn, begleitet vom Geräusch abknickender Zweige und prasselndem Unterholz.

Endlich stoppte ein Baum ihren Fall. Unter Schmerzen gelang es Rhianna, sich aufzurichten und ihren Atem unter Kontrolle zu bekommen. Erleichtert darüber, dass ihr Sturz einigermaßen glimpflich verlaufen war, strich sie ihr Kleid glatt und entdeckte dann, was sich hinter dem üppigen Wachstum versteckt hielt.

Sie stieß einen unterdrückten Schrei aus.

Kapitel 9

Vor ihr lag eine von steilen Kalksteinwänden umgebene tiefe Senke, die die begnadeten Hände von Mutter Natur kreiert hatte. Aus einer der Wände trat ein bescheidener Wasserfall aus, der etwa vier Meter in die Tiefe plätscherte um dann in einem länglichen Pool dunklen, mysteriösen Wassers zu verschwinden.

Rhianna hatte noch nie einen solch atemberaubenden Anblick genossen.

Sie lächelte. „Ein verborgenes Paradies."

Sie schloss die Augen. Die warme Nachtluft trug den süßen Geruch von Goldtrompeten und Rotem Frangipani zu ihr hinüber. Das Rauschen des Wasserfalles verlangsamte ihren Puls. Einen Moment lang war sie Eins mit dem Herzschlag der Insel.

Abrupt wurde ihre Andacht von einem heiseren, krächzenden Geräusch unterbrochen.

Erschrocken öffnete sie die Augen und suchte nach einem Hinweis, dass sie nicht alleine war. Sie entdeckte niemanden. Das einzige Geräusch, das sie vernahm, war das Plätschern des Wasserfalles.

Über ihr teilte eine sanfte Brise das dichte Dschungeldach. Die Blätter raschelten und gaben einen kurzen Blick auf den wie eine Perle glänzenden Mond frei.

Es war eine wunderschöne Nacht – der perfekte Abend für eine Romanze unter den Sternen.

Die dieser Urlaub garantiert nicht bot.

Dessen war Rhianna sich sicher.

Sie dachte an Jonathan und überlegte, was ihn wohl so aufgebracht hatte. Zunächst schien er recht umgänglich, nur um sie kurz danach ohne vorherige Provokation anzufahren. Obwohl ihr das eigentlich nicht zusetzen sollte, bedrückte es sie.

Das könnten die längsten sechs Wochen meines Lebens werden.

Sie tröstete sich. „Sobald du Lancelot's Landing verlassen hast, wirst du nie wieder ein Wort mit diesem arroganten Jonathan Tyler wechseln müssen."

Ein verwirrender Gedanke.

Rhianna stand im Schatten der sie umgebenden Kokosnuss- und Kasuarinenbäume, deren dünne, nadelähnliche Blätter den Waldboden überzogen.

Plötzlich überfiel sie der sehnsüchtige Wunsch, dass JT lange genug leben möge, um eine solch wundervolle Ansicht, wie die, die sich ihr hier bot, mit ihr teilen zu können.

„JT wollte, dass ich mich entspanne", ermahnte sie sich und entledigte sich ihrer Sandalen.

Mit einem vorsichtigen Blick über die Schultern zog sie sich das Sonnenkleid über den Kopf und hängte es an einen Ast. Nur mit BH und Höschen bekleidet umrundete sie eine Schlammpfütze und schritt über den Waldboden hinweg auf den kleinen See zu.

Vorsichtig näherte sie sich dem Wasser. Das Ufer fiel nicht so behutsam wie etwa beim Betreten eines Ozeans ab, vielmehr reichte ihr das Wasser mit dem ersten Schritt bereits unerwartet bis an das Knie. Beinahe hätte Rhianna die Balance verloren. Gerade rechtzeitig gelang es ihr noch, den anderen Fuß nachzuziehen. Der Boden des Pools fiel zur Mitte hin schräg ab. Rhianna watete so weit hinaus, bis ihr das Wasser bis zum Bauch stand.

Kichernd wie ein kleines Mädchen hüpfte sie auf und ab. *Eins, zwei drei!*

Rhianna tauchte und schwamm zunächst Richtung Wasserfall. Beim Auftauchen fuhr sie sich mit der Zunge über die Lippen. Das Wasser hatte einen kaum merklichen kreideähnlichen Geschmack. Vom Wasserfall aus schwamm sie gemächlich zum anderen Ende des Pools hinüber, wo sie sich genüsslich unter Wasser auf dem sandigen Boden ausstreckte, während ihr Kopf gegen einen glatten Stein ruhte.

„Ah", seufzte sie. „Das lasse ich mir gefallen."

Hier wollte sie bleiben. Für immer. Erfreut wurde ihr bewusst, dass ihre heutige Entdeckung sie möglicherweise davor bewahren konnte, den Verstand zu verlieren. Wenn sie jeden Abend hierher entfliehen …

Knnnaacks!

Bevor sie reagieren konnte lag ein massiver Schatten über ihr.

Rhianna tat das, was jede Frau tun würde.

Sie schrie auf.

Eine warme Hand legte sich über ihren Mund und ließ ihren Schrei im Keim ersticken. Dann drang eine gereizte Stimme an ihr Ohr: „Ruhig, Sie alberne Gans! Ich bin es nur."

„Sie … Sie …!", stammelte Rhianna, nachdem die Hand sie freigegeben hatte.

Langsam richtete Jonathan sich auf. „Das Letzte was ich erwartet habe, war es, Sie beim Nacktbaden auf meiner Insel zu erwischen."

Im Bewusstsein ihrer spärlichen Bekleidung zog sie sich weiter in die Tiefen des kleinen Sees zurück. Von dort beobachtete sie Jonathan, der ruhelos am Ufer auf und ab ging. Er sah nicht sehr glücklich aus.

„Ich bade nicht nackt."

„Ach wirklich?"

Diese beiden Worte klangen bedrohlich.

„Sie haben mich zu Tode erschreckt", warf Rhianna ihm mit zorniger Stimme vor. „Ich dachte, ein Bär …"

„Ein Bär?" Er kicherte vor sich hin. „Auf einer Insel in den Bahamas?"

„Woher zum Teufel soll ich wissen, welche Art von wilden Tieren hier lebt?" *Wild wie du*, hätte sie beinahe gesagt. „Weshalb sind Sie mir überhaupt gefolgt?"

„Ich wollte sichergehen, dass Sie sich nicht verlaufen. Aber ich hatte keine Ahnung, dass ich Sie hier finden würde." Er klang bitter. „Woher kennen Sie diesen Ort?"

„Ich kannte ihn nicht. Ich bin heute Abend nur zufällig … vorbeigestolpert."

Was die reine Wahrheit war.

„Fürchten Sie sich nicht vor Schlangen?", fragte er. „Oder vor Ungeziefer?"

Panisch beäugte sie die Wasseroberfläche. „Gibt es hier Schlangen?"

„Nein."

„Warum sagen Sie dann so etwas?"

Er zuckte mit den Achseln. „Sie sind ein Stadtmädchen."

Rhianna biss die Zähne zusammen. „Sparen Sie sich das!"

Er ging auf die Bäume zu.

„Was haben Sie vor?" Nervös sah sie Jonathan hinterher.

Mit ihrem Sonnenkleid in der Hand kehrte er zurück.

„Lassen Sie Ihre Finger davon!", fauchte sie ihn an.

„Es lag auf dem Boden", antwortete er trocken.

Einen peinlichen Moment lang herrschte Stille zwischen ihnen. Jonathan stand bewegungslos da, starrte sie an und wartete. Sie beobachtete ihn ebenfalls, unfähig die Augen abzuwenden oder auch nur regelmäßig zu atmen.

Er hielt ihr seine Hand entgegen. „Kommen Sie aus dem Wasser."

„Nein."

„Rhianna …"

Der Klang ihres Namens auf seinen Lippen ließ sie erzittern.

Frustriert forderte sie ihn auf: „Gehen Sie zum Haus zurück."

„Nicht ohne Sie."

Jonathan warf ihr Kleid über den nächstbesten Ast und knöpfte sein Hemd auf.

„Was … Was tun Sie da?", fragte Rhianna mit belegter Stimme.

„Was denken Sie?" Er zog sich das Hemd über den Kopf und hängte es neben ihr Kleid. Dann wandte er sich Rhianna zu. „Wenn Sie nicht freiwillig aus dem Pool kommen, muss ich Sie wohl herausholen."

Das Mondlicht betonte Jonathans gebräunte, seidige Haut und spielte auf seinen Muskeln, die mit jeder seiner Bewegungen hervortraten. Als sich seine Hände dem Reißverschluss seiner Jeans näherten, zog sie hörbar die Luft ein.

„Also, was ist Ihnen lieber?", fragte er mit einer vor Ironie triefenden Stimme.

Rhianna schluckte schwer. Sobald sie seiner Aufforderung folgen würde, würde sie ihm beinahe nackt gegenüberstehen. Ein nasser BH und ein nasses Höschen überließen nicht viel der Fantasie.

Aber wenn er versucht mich aus dem Pool zu holen …

Darüber wollte sie nicht nachdenken. Tatsächlich hätte sie alles darum gegeben aus diesem schrecklichen Albtraum nun endlich aufzuwachen.

„Geben Sie mir mein Kleid und drehen Sie sich um", kommandierte sie.

Sein Lachen drang bis weit in den Busch hinein vor.

Mit dunkler Stimme wiederholte er: „Entweder kommen Sie aus dem Wasser oder ich …"

Rhiannas Wangen glühten vor Scham.

„Da Sie mir keine Wahl lassen, Sie unmöglicher …" Sie unterdrückte die Liste der Beschimpfungen, die sie ihm so dringend an den Kopf werfen wollte. Leider war dieser Mann jemand, mit dem sie für einen Weile jeden Tag zurechtkommen musste.

Zumindest solange, bis das Funkgerät repariert ist oder Roland zurückkommt.

Mit vor ihrer Brust verschränkten Armen watete sie auf den Rand des Pools zu. Der Wasserspiegel fiel mit jedem Schritt ab, bis er nur noch an ihren Bauchnabel reichte.

Jonathan verfolgte jede ihrer Bewegungen mit solch intensivem Blick, dass er sie vollkommen aus dem Konzept brachte.

„Würden … Würden Sie sich bitte umdrehen?" Mit Tränen in der Stimme verschluckte sie sich an ihren Worten.

~ * ~

Etwas in Rhiannas Stimme sagte Jonathan, dass er weit genug gegangen war. Er hatte vorgehabt, sie ein wenig in Verlegenheit zu bringen, nicht aber, die Frau Weinen zu sehen. Ein Teil von ihm fühlte sich schuldig, der andere empfand großes Vergnügen daran, zuzusehen, wie sich das Stadtmädchen wand.

„Bitte", flüsterte sie. Sie sah aus, als sei sie der Ohnmacht nahe.

Mit einem irritierten Seufzer griff er nach dem Kleid, hielt es ihr hin und wandte den Kopf ab. „Da. Zufrieden?"

Das sanfte Plätschern des Wassers war seine einzige Antwort.

Ihre kühle, feuchte Hand streifte versehentlich die seine, als sie ihm das Kleid abnahm. Unfähig, der Versuchung zu wiederstehen, wagte er einen verstohlenen Blick.

Ihm stockte der Atem.

Verdammt. Es war viel zu lange her.

Rhiannas natürliche Kurven und ihre Bewegungen beim Kampf, sich das Kleid über den Kopf zu ziehen, lösten eine körperliche Reaktion bei ihm aus – eine, die er seit Monaten nicht mehr erlebt hatte. Er wollte sie. Daran bestand kein Zweifel. Das Kleid klebte ihr am Leib und absorbierte die Nässe ihrer Haut. Vergeblich versuchte Rhianna, den Stoff glattzustreichen.

„Lassen Sie mich helfen", bot er an.

„In keinem Fall!" Sie wirbelte herum. „Hören Sie auf, mir zuzusehen!"

„Aber Sie brauchen …"

„Fassen Sie mich nicht an!", kreischte sie. „Sie hatten keinen Grund, mir hierher zu folgen. Oder sich heimlich anzuschleichen. Und von Ihnen brauche ich sicher … keine …" Wutentbrannt stieß sie ein ersticktes Schnauben aus.

„Ich habe auf dem Pfad Lärm für Drei gemacht", protestierte er ärgerlich mit ihr zugewandtem Rücken. „Und wenn Sie nicht davongelaufen wären, hätte ich mich nicht verpflichtet gefühlt, sie zu suchen."

Himmel noch Mal, er würde seine Gründe nicht vor irgendeiner Frau verteidigen. Schließlich befanden sie sich auf seiner Insel. Er konnte hingehen, wo immer es ihm beliebte.

Er machte den Fehler gerade dann über seine Schultern zu sehen, als Rhianna sich nach vorn beugte, um das Kleid über ihre Hüften zu manövrieren.

Jonathan versuchte, den Kloss in seinem Hals zu ignorieren. „Seien Sie vorsichtig, dass Sie nicht …"

Seine Warnung kam zu spät.

Ein Schrei durchbrach die Stille der Nacht.

~ * ~

Gerade noch hatte Rhianna eine Armlänge von Jonathan entfernt gestanden; im nächsten Moment saß sie auf dem Boden, über und über mit Schlamm bespritzt. Mit dem Arm wischte sie sich über den Mund und sehnte sich nach nur noch danach, sich gründlich ausweinen zu können. Nach dem heutigen Abend hatte sie sich das verdient.

Reglos sah sie Jonathan an. Dessen Mundwinkel verzogen sich verräterisch nach oben. Der Mistkerl wollte sie auslachen.

„Ich warne Sie", fauchte sie ihn an. „Das ist nicht lustig!"

Ein Grinsen erschien auf seinem Gesicht. „Eigentlich schon."

„Mistkerl."

„Gut möglich." Er zuckte mit den Achseln. „Tut mir leid."

„Sicher. Das nehme ich Ihnen auch ab."

Rhianna konnte ihren Augen nicht von ihm abwenden. Das Mondlicht, das sich hin und wieder zwischen den Bäumen zeigte, betonte die Eleganz seines durchtrainierten Körpers und die Anspannung seines Gesichts. Während seine Augen ihren Körper langsam bis hinunter auf ihre schlammverkrusteten Oberschenkel abtasteten, wurde sie von einem ihr bislang unbekannten Schmerz heimgesucht. Es schien ihr, als hätte er allein mit seinen Gedanken die letzten Überreste ihrer Kleidung entfernt und sie nackt und zitternd zurückgelassen.

Sie fröstelte.

„Nun komm schon, Stadtmädchen", brummte er und brach den Bann. „Nur Tiere suhlen sich im Schlamm. Sie sehen aus … Wie kann ich es höflich ausdrücken? Sie sehen etwas angeschlagen aus. Sie brauchen ein Bad."

Es fiel ihr schwer, seine Dreistigkeit ungesühnt hinzunehmen.

Ihr kam eine verführerische Idee.

„Sie haben Recht", stimmte sie ihm zu und hielt ihm die Hand entgegen.

Jonathan lehnte sich vor und bevor er ihren Plan durchschauen konnte, hatte Rhianna ihn bereits fest bei der Hand. Sie zog mit aller Kraft. Jonathan fiel der Länge nach auf den Bauch und rutschte im Schlamm an ihr vorbei.

Rhianna höhnte: „Sagten Sie nicht, dass nur Tiere sich im Schlamm suhlen? Brauchen Sie etwa auch eine Dusche?"

Langsam hob Jonathan den Kopf. Die Warnzeichen in seinen

zusammengekniffenen Augen waren unverkennbar. Sie wusste, ihr blieb nur eine Wahl.

Verschwinde!

Mit einem unterdrückten Schrei sprang sie auf die Füße und flüchtete in den dichten Busch, wo die Äste ihrem bereits ruinierten Kleid weiter zusetzten und ihm einen langen Riss an der Schulter zufügten. Rhianna konnte Jonathan hören, der sich nicht allzu weit hinter ihr wild durch die Büsche schlug.

„Bleiben Sie stehen, Himmel noch Mal!", schrie er hinter ihr her.

Darauf kann er lange warten.

Rhianna floh so schnell sie nur konnte auf das goldene Licht zu, das sie in der Ferne erkennen konnte und hoffte inständig, dass es sich dabei um das Haus handelte. Sie hatte nur zwei Gedanken: War Jonathan wirklich so wütend, wie er ausgesehen hatte?

Und was wird er tun, wenn er mich erwischt?

Kapitel 10

Rhianna versuchte, den Mond als Wegweiser zu nutzen. Letztlich musste sie jedoch zugeben, dass sie sich verirrt hatte. Der Pfad führte nicht zum Haus zurück. Stattdessen endete er an der kleinen Hütte, die sie von ihrem Schlafzimmerfenster aus gesehen hatte. Beim Näherkommen entdeckte sie einen sorgfältig gepflegten Gemüsegarten und liebevoll gestutzte Büsche. Durch ein Fenster war das Flackern einer Kerze zu erkennen. Leise Musik drang an Rhiannas Ohr – eine unausgesprochene Einladung.

Mrs Atkinsons Zuhause.

Rhianna hob die Hand, um zu klopfen, aber die Tür öffnete sich von selbst.

Mrs Atkinson entfuhr ein überraschter Entsetzensschrei. „Ms McLeod! Haben Sie mich erschreckt. Ich dachte schon, mein Mann hat eine zu rege Fantasie, als er darauf bestand, dass jemand vor der Tür steht." Sie lächelte. „Treten Sie ein, meine Liebe."

Rhianna zögerte. Dann erst bemerkte Mrs Atkinson das zerrissene, schlammbespritzte Kleid.

„Was ist denn passiert, meine Liebe? Sind Sie verletzt?"

„Nein, nein, alles in Ordnung, Mrs Atkinson. Ich bin spazieren gegangen und in der Nähe eines Wasserfalls ausgerutscht."

„Und ich habe versucht, sie zu retten", grollte eine bekannte Stimme hinter ihr.

„So nennen Sie das?", brummte Rhianna, ohne sich umzudrehen.

Mrs Atkinson warf Jonathan einen erstaunten Blick zu. „Sie sind auch über und über mit Schlamm bespritzt, Mr Tyler. Was ist Ihnen beiden denn zuge…?" Ihr Satz blieb unbeendet, während ihre Augen aufleuchteten. „Ach so …"

„Es ist nicht das, was Sie denken", protestierte Rhianna sofort.

„Natürlich nicht, meine Liebe."

Rhianna wirbelte herum. „Sagen Sie es ihr."

Jonathans Augen verengten sich und er legte den Kopf zur Seite. „Was soll ich ihr sagen?"

„Das wir nicht … Das wir nie … Sie wissen schon."

„Ach ja?"

Rhianna stieß einen verärgerten Seufzer aus. „Nichts ist vorgefallen, Mrs Atkinson. Ich bin im Schlamm ausgerutscht und als Jonathan mir helfen wollte, ist er ebenfalls ausgerutscht. Das war schon alles."

Bedächtig schüttelte Mrs Atkinson den Kopf. „Jonathan Tyler, bringen Sie Ihren Gast nach Hause. Sie braucht ein warmes Bad. Und Sie könnten auch eines gebrauchen." Sie scheuchte die beiden von der Veranda. „Nun gehen Sie schon. Es wäre schade, wenn Sie sich eine Erkältung holen würden."

„Ja", murrte Jonathan. „Eine verdammte Schande."

Rhianna verbiss sich einen Kommentar.

~ * ~

Rhianna blieb nichts anderes übrig, als hinter Jonathan her zu stolpern, der wortlos in Richtung Haus davonstiefelte. In keinem Fall würde er auf sie warten. Sein gestrandeter Gast entpuppte sich mehr und mehr als echte Nervensäge. Selbst vor der Haushälterin hatte sie ihn schon blamiert.

Auf welcher Seite steht Mrs Atkinson eigentlich?

Das Letzte, was er brauchte, war ein Gast, der ihm Ärger bereitete.

Die Erinnerung an Rhiannas seidige Haut fuhr ihm durch den Kopf. Er erinnerte sich an sanft gerundete Brüste, die ein nasser BH kaum zu bändigen vermochte, an die Wassertropfen, die ihren geschmeidigen Hals hinunterliefen, nur um zwischen ihren Brüsten zu verschwinden und an lange, schlanke Beine, die nur darauf warteten, sich um seine …

Du willst sie nicht!

Aber er wusste genau, dass das eine Lüge war.

~ * ~

Rhianna versuchte mit Jonathan Schritt zu halten, obwohl er es ihr nicht einfach machte. Das Ganze ähnelte eher einem Marathon als einem Spaziergang im Mondschein. Machte er einen Umweg, nur um sich dafür zu rächen, dass sie ihn in den Schlamm gezogen hatte? Den Eindruck hatte sie.

Sie verfluchte den Tag, an dem sie Fuß auf Angelinas Insel gesetzt hatte. Sobald sie nach Hause kam, würden Higginson und JT ihr Rede und Antwort stehen müssen.

Mein Zuhause. Es schien so weit entfernt zu sein.

Sie dachte an Mrs Atkinsons letzte Bemerkung. *‚Ich bin nicht blind.'* Was genau konnte sie sehen, das außer ihr niemand wahrnahm? Oder war es möglich, dass die Haushälterin sie nur beschützen oder bemuttern wollte?

Er weiß sein Glück nicht zu würdigen, dachte Rhianna.

Sie hätte alles darum gegeben, ein starkes mütterliches Vorbild in ihrem Leben zu haben. Aber das Schicksal hatte es nicht so gewollt.

Einige Meter vor ihr wandte sich Jonathan mit fliegenden Hemdzipfeln zu ihr um. „Na los doch. Wir wollen schließlich nicht die ganze Nacht hier draußen verbringen."

„Ich gehe schon so schnell ich kann."

Auf einer Lichtung erhaschte sie einen Blick auf einen kleinen, stallähnlichen Schuppen, der verborgen hinter einer Gruppe von Bäumen stand. „Was ist denn das?"

„Für Sie", betonte Jonathan, „ist dort der Zutritt verboten."

„Wieso? Was ist es denn?"

Als ihre Frage unbeantwortet blieb, konnte Rhianna sich nicht verkneifen, sich auf Jonathans Kosten zu amüsieren.

„Ich wette, es ist eine geheime Schnapsbrennerei. Schwarzgebrannte Spirituosen." Sie stieß einen geheuchelten Entrüstungsschrei aus. „Oder sind Sie etwa ein Drogenschmuggler?"

Unvermutet hielt er direkt vor an und drehte sich langsam zu ihr um.

„Vielleicht bewahre ich dort ja auch die Leiche der letzten Frau auf, die auf meiner Insel gestrandet ist", warnte er sie in einem leisen, gefährlichen Tonfall.

Rhianna schluckte hart. „Das ist nicht lustig."

Mit einem Seufzer erklärte er ihr. „Was dort drin ist, geht Sie nichts an. Und wenn ich Sie auffordere, sich davon entfernt zu halten, erwarte ich, dass Sie dem Beachtung schenken."

Er fasste sie am Arm und zog sie an dem Schuppen vorbei.

„Hey, lassen Sie mich los!", forderte sie.

Nichtsdestotrotz gab Jonathan ihren Arm erst frei, als sich endlich das Blattwerk vor ihnen teilte und sie den Garten hinter dem Haus erreicht hatten. Ohne ein Wort zu verlieren, entledigte er sich seiner schmutzigen Schuhe und fing an, sich vor ihren Augen auszuziehen. Seine Muskeln spannten sich mit jeder Bewegung. Er zog sich das Hemd über den Kopf, gefolgt von seiner Hose, die er zu Boden fallen ließ. Er trug schwarze Boxershorts.

Der Mann verkörperte das Urbild der Männlichkeit. Rhianna konnte ihre Augen nicht abwenden. Während sie ihre eigenen Schuhe auszog, musste sie sich ermahnen, das Atmen nicht zu vergessen. Ihr ganzer Körper wurde von einem kribbelnden Gefühl erfasst und ihre Brustwarzen verhärteten sich.

Die kalte Luft und das nasse Kleid, sagte sie sich.

„Ich sollte ein Bad nehmen und zu Bett gehen", murmelte sie. Sie glitt an ihm vorbei und öffnete die Tür.

„Rhianna?" Leise rief Jonathan ihren Namen.

Erwartungsvoll wandte sie sich um.

„Für ein verwöhntes Stadtmädchen sehen Sie eher angespültem Strandgut ähnlich."

Sein Gelächter folgte ihr den ganzen Weg in ihr Schlafzimmer.

Diese Demütigung trieb ihr das Blut in die Wangen. Rhianna schlug die Tür hinter sich zu. Jonathan Tyler war mit Abstand der unerfreulichste Mann, dem sie je das Unglück hatte, zu begegnen.

„Am Strand angespült", wiederholte sie. „Ich sehe nicht so aus, als ob ich …" Die Worte blieben ihr im Hals stecken, als sie zufällig einen Blick in den Spiegel über der Kommode warf. „Verdammt."

Entschlossen warf sie all ihre Kleider in das Waschbecken. Ein Bad stand außer Frage - nicht, solange sie von oben bis unten mit Schlamm überzogen war. Rhianna stellte sich unter die Dusche und sah zu, wie der Schmutz den Abfluss hinunterfloss.

Sie schloss die Augen. Während das Wasser ihr Gesicht liebkoste, erschien Jonathan vor ihrem geistigen Auge. Ein schlanker, gut gebauter, attraktiver Jonathan. Ein Mann voller Geheimnisse. Ein verschlossener Mann, der unglaublich, unwiderstehlich … schlechte Manieren hatte.

Und sexy war.

Scharf zog sie den Atem beim Gedanken an seine ausgeprägten Muskeln und an seine gebräunte Haut ein, an das feine, dunkle Haar, das sich von seinem Bauchnabel an bis hinunter in den Bund seiner Boxershirts fortsetzte.

Oh, Gott. Warum kann ich keinen vernünftigen Gedanken fassen?

~ * ~

Im Wohnzimmer schenkte Jonathan sich einen zweiten Cognac ein. Ursprünglich hatte er nicht vorgehabt, Rhianna mit seiner letzten Bemerkung erneut aufzubringen, aber er hatte sie sich einfach nicht verkneifen können. Etwas an ihr reizte ihn unablässig, sie zu brüskieren - die einzige Art, gebührenden Abstand von ihr zu halten. Und etwas sagte ihm, dass er gut daran tat, dies beizubehalten.

„Es war doch gar nicht als Beleidigung gemeint", murrte er.

Rhianna McLeod sah *tatsächlich* wie etwas aus, das am Strand angeschwemmt worden war. Wie eine Meerjungfrau. Wie die aus der Geschichte, die ihm seine Mutter als Kind immer vorgelesen hatte.

Hart stellte er das Glas ab und tadelte sich selbst für seine kindischen Fantasien. Rhianna war keine Meerjungfrau. Sie war eine Fremde, der es bislang gelungen war, Mrs Atkinson zu bezaubern, Mistys Vertrauen zu erlangen und ihn zur Weißglut zu treiben.

Jonathan stieg die Stufen nach oben und hatte plötzlich das Gefühl, fünfzig Jahre gealtert zu sein. Vor Rhiannas Tür hielt er inne. Kein Laut drang zu ihm vor. Er presste eine Hand gegen die Tür und sehnte sich nach etwas, dessen Existenz er verneinen wollte. Mit einem leichten Stöhnen ballte er die Hand zur Faust und wandte sich ab.

Jonathan duschte kurz, bevor er sich in seinem Schlafzimmer auf das Bett fallen ließ und an die Decke starrte. Wieso war diese Frau auf seiner Insel gelandet? Es machte einfach keinen Sinn. Er nahm sich vor, Rhianna am nächsten Morgen über ihren Arbeitgeber zu befragen.

Bevor er in einen ruhelosen Schlaf verfiel, trat ihm das Bild von Rhianna vor Augen, ihre langen, im Schlamm gespreizten Beinen und ihr nasses Kleid, das ihre Hüften wie eine zweite Haut umspielte. Sie war wunderschön. Selbst voller Schlamm.

Sein Traum begann ganz unschuldig. Es war Nacht und er wanderte durch den Wald - alleine. Vor ihm war der Pool, dessen Wasseroberfläche täuschend still dalag. Er konnte die Geräusche der Nacht hören – Frösche, Grillen, Nachtvögel … und Stammestrommeln. Und dann ein musikalisches Lachen.

Was war das?

Eine unwirkliche Vision im Wasserfall - hinter dem Schleier des Wassers bewegte sich etwas.

Er kniff die Augen zusammen und versuchte, dem was er sah, Sinn zu geben.

Eine Frau trat unter dem Wasserfall hervor und tauchte graziös in den Pool ein. Sie hatte einen bunt schillernden Schwanz.

Eine Meerjungfrau?

Angezogen von einer magnetischen Anziehungskraft, die zu stark war, um sich ihr zu wiedersetzen, watete Jonathan in den Pool. Er versuchte, die Meerjungfrau einzuholen, aber seine Kleidung beschwerte ihn, und sie war zu schnell. Endlich gab er auf und watete an das Ufer zurück.

Ein letztes Mal drehte er sich um. Erstaunt rief er aus: „Rhianna?"

Die Meerjungfrau, die Rhiannas Gesicht trug, lächelte und warf ihm eine Kusshand zu. Ihr goldbraunes Haar breitete sich hinter ihr auf der Wasseroberfläche aus und in ihren jadegrünen Augen stand der Schalk. Dann tauchte sie unter.

Jonathan hielt den Atem an und wartete auf die Rückkehr der Meerjungfrau. Das Trommeln um ihn herum wurde intensiver, sein Puls beschleunigte sich, seine Wahrnehmungskraft steigerte sich. Eine Vorahnung überkam ihn. Er konnte das Gefühl eines unmittelbar bevorstehenden Verhängnisses nicht abschütteln. Mit jedem Trommelschlag wurde ihm deutlicher, dass ein unbekanntes Etwas immer näher kam. Ein außerordentlich gefährliches Etwas.

Die glatte Oberfläche des Pools glänzte wie Glas.

„Komm zurück", flüsterte er im Traum.

Kapitel 11

Strahlendes Sonnenlicht weckte Rhianna aus einem ihrer Träume, in denen der Star Jonathan Tyler mehr nackte Haut zeigte, als sie sich je vorstellen wollte.

„Nur ein Traum", versicherte sie sich selbst und gab ihrem Puls Zeit, sich zu beruhigen.

Rhianna wählte ein Kleid, das dem einer Lehrerin am ehesten entsprach und bereitete sich sorgfältig auf ihren ersten Unterrichtstag vor. Sie überlegte sogar, ihr Haar in einen festen Knoten zu stecken. Zu guter Letzt hielt sie es mit einer Plastikspange zurück.

Im Flur wartete Misty bereits auf sie.

„Die Schule kann beginnen", zeichnete das kleine Mädchen.

Rhianna lächelte. „Zuerst brauche ich eine Tasse Kaffee. Ist dein Vater unten?"

Misty schüttelte den Kopf. „Er arbeitet."

Rhianna akzeptierte die ausgestreckte Hand des Mädchens und folgte ihr nach unten.

„Guten Morgen", begrüßte Rhianna Mrs Atkinson in der Küche.

„Kaffee, meine Liebe?" Die Haushälterin eilte mit einer Warmhaltekanne auf sie zu. „Ich habe frische Muffins gebacken. Blaubeeren oder Kleie. Oder falls Sie lieber ein Ei möchten …?"

„Kaffee und ein Muffin klingen perfekt."

Misty nahm neben Rhianna Platz.

„Was möchtest du zum Frühstück?", erkundigte sich Rhianna.

Das Mädchen zeichnete etwas, änderte dann aber seine Meinung.

„So geht das jeden Morgen", erläuterte Mrs Atkinson. „Ich verstehe einfach nicht, was sie sagen will."

„Toast!", zeichnete Misty. „Mit ..." Sie fauchte und ließ die Hände fallen.

„Toast mit Marmelade?", zeichnete Rhianna.

Misty schüttelte den Kopf. „Toast mit ..." Ihre Hände sanken nach unten.

Ratlos hielt Rhianna ihre Hände hoch. „Es tut mir leid. Ich verstehe nicht, was du möchtest."

Mit einem lauten Heulen sprang Misty auf die Beine und fuhr mit dem Arm über den Tisch, wobei sie ein Glas Orangensaft umstieß.

„Ich will braunen Toast!"

Fragend sah Rhianna Mrs Atkinson an. „Verstehen Sie, was sie mit braunem Toast meint?"

„Nein, meine Liebe. Wir haben Weizenvollkornbrot, aber den wirfst sie immer wutentbrannt auf den Boden." Liebevoll lächelte die Frau Misty an. „Die arme Kleine ist schrecklich frustriert. Das wäre ich sicher auch, wenn mich niemand verstehen würde."

Missmutig stand Misty in einer Ecke der Küche. Sie hatte die Arme vor der Brust verschränkt und starrte mit brennenden Augen Löcher in die Keramikkacheln.

Rhianna runzelte die Stirn. „Dann müssen wir sicherstellen, dass alle hier lernen, sie zu verstehen." Dabei sah sie Mrs Atkinson an. „Das gilt auch für Sie."

Die Haushälterin lächelte skeptisch. „Die letzte Lehrerin sagte mir, ich sei zu alt zum Lernen. Sie wissen schon, einem alten Hund bringt man keine neuen Kunststücke mehr bei."

„Eine meiner Patienten lernte im Alter von siebenundachtzig Jahren die Zeichensprache", ermutigte Rhianna sie. „Verglichen mit ihr sind Sie noch taufrisch."

„Da wäre ich mir an Ihrer Stelle nicht so sicher", kicherte Mrs Atkinson. „Aber ich werde mich bemühen, wenn Sie willens sind, es mit mir zu versuchen. Einige Zeichen kenne ich schon." Diese Aussage untermauerte sie mit der geschickten Demonstration von einem Dutzend oder mehr Zeichen.

„Setz dich", deutete Rhianna Misty an. Überraschenderweise gehorchte das Mädchen.

„Wie wäre es, wenn wir Mrs Atkinson täglich nachmittags eine Stunde lang in der Zeichensprache unterrichten?"

Mistys vergrämter Gesichtsausdruck verflog. „Auch meinen Daddy?"

Rhianna schluckte schwer. „Ich ... ähm ..."

„Natürlich werde ich es auch lernen", versprach eine männliche

Stimme.

Rhianna sah Jonathan an, der in zerrissenen Shorts und einem verwaschenen T-Shirt vor ihr stand. Zumindest war er heute Morgen sauberer als bei ihrem letzten Treffen.

Aber in deinem Traum hat er weniger getragen.

~ * ~

Jonathans Albtraum hatte ihn um einen erholsamen Schlaf gebracht. Eine lange Nacht lang war er einer nebelhaften Rhianna tief in den Dschungel hinein gefolgt, wo gefährliche Raubtiere auf der Lauer lagen. Er musste sie einholen, da sie beide von einem etwas Uraltem und Bösen verfolgt wurden. Endlich war er schweißgebadet und mit stark klopfendem Herzen aufgewacht, was ihn dazu veranlasst hatte, eine ruhelose Wanderung durch sein Zimmer aufzunehmen.

Irgendetwas kam auf sie zu. Und es war nichts Gutes.

Er unterdrückte ein verächtliches Schnauben. *Du Idiot. Was soll schon passieren?*

Er warf einen Blick auf seine Tochter. Die kleine Verräterin saß neben ihrer Lehrerin, voller Übermut und mit fröhlichem Gesicht.

„Wie wäre es dann mit vierzehn Uhr für uns alle?", schlug Rhianna vor, ohne Jonathan anzusehen.

„Geht in Ordnung", erwiderte er.

„Das passt mir gut", bestätigte Mrs Atkinson. „Das wird ein richtiger Familiennachmittag werden."

Stirnrunzelnd sah Jonathan sie an. Was hatte die Frau denn vor?

„Setzen Sie sich, Mr Tyler", wies ihn Mrs Atkinson an.

Er ließ sich Misty gegenüber in einen Stuhl fallen. „Schwarzen Kaffee bitte, Mrs Atkinson."

Überrascht hielt die Haushälterin inne. „Ohne Sahne?"

„Genau. Füllen Sie einfach nur den Becher auf."

„Du solltest doch arbeiten, Daddy", zeichnete Misty ihm.

„Ich wollte zuerst sicher sein, dass du und Ms McLeod euren ersten Schultag gut anfangt", zeichnete er befangen. „Wie geht es dir heute Morgen, mein Engel?"

Misty kicherte. „Ich bin kein Engel."

„Dann musst du wohl eine …" Fragend sah er Rhianna an. „Wie zeichne ich ‚Fee‘ oder ‚Prinzessin‘?"

Rhianna zeigte es ihm und er kopierte ihre Handbewegungen, sehr zu Mistys Vergnügen.

„Ich bin eine Elfenprinzessin", zeichnete Misty Mrs Atkinson.

„Das bist du, Liebchen. Das bist du."

Jonathan lehnte sich in seinem Stuhl zurück und nahm die merkwürdige Szene in sich auf. Sie saßen nur noch selten so wie jetzt zusammen. Gewöhnlich hielt er sich um diese Tageszeit bereits in seinem Studio auf, wo ihn Misty meist nach dem Mittagessen besuchen kam. In der Regel verpasste er das Abendessen.

Es war schon irgendwie .... nett.

Er beobachtete Rhianna. Sie konnte gut mit seiner Tochter umgehen. Geduldig, freundlich und liebevoll. Er sah, wie sie Misty einen Tropfen Orangensaft vom Mund wischte - ein natürlicher Akt, der ihn ungewollt aufbrachte. Sirena sollte hier sitzen und sich um ihre Tochter kümmern. Nicht eine Fremde.

Jonathan zeigte auf einen Stapel Bücher, den er bei seiner Ankunft auf dem Küchentresen abgelegt hatte. „Das sind die Bücher der letzten Lehrerin, Ms McLeod. Nachdem Mrs Atkinson den Tisch abgeräumt hat, können Sie hier arbeiten. Falls Sie sonst noch etwas brauchen, lassen Sie es mich am Abend vorher wissen.

„Ausgezeichnet."

Und dann ignorierte sie so weit wie möglich seine Anwesenheit, was ihn enorm ärgerte.

~ * ~

Rhianna konnte Jonathan nicht ansehen. Es war ihr immer noch ausgesprochen peinlich, beinahe nackt von ihm in dem kleinen See erwischt worden zu sein. Obwohl es ihr gelungen war, sich erfolgreich für sein Anschleichen zu ‚rächen'. Ihre Handlungsweise war absolut gerechtfertigt gewesen, oder etwa nicht? Sie hatte ihn in den Schlamm gezogen. Na und?

Verstohlen beobachtete sie ihn. Eine eigenwillige Locke fiel ihm in sein markantes männliches Gesicht, und seine gebräunte Haut ließ seine blauen Augen nur noch intensiver leuchten. Am Hals konnte sie seinen starken, beständigen Puls klopfen sehen.

Seine langen, gebräunten Finger umklammerten die Kaffeetasse. Rhianna erinnerte sich daran, wie sich diese Finger auf ihrem Mund angefühlt hatten, weich und dennoch stark. Ihr Körper kribbelte bei dem Gedanken, dass er mit diesen Händen ihre Haut liebkosen könnte. Wie würde es sich anfühlen, diese Hände auf anderen Teilen ihres Körpers zu spüren?

„Rhianna?"

Jonathan hatte sie etwas gefragt. Mit hochrotem Kopf sah sie unter sich. „Tut mir leid. Was sagten Sie gerade?"

„Sie sehen gesund aus. Kein Hinweis auf eine Erkältung heute Morgen?"

Er lachte sie aus. Sie konnte es in seiner Stimme hören.

Endlich erhob sich Jonathan und verließ das Zimmer. Rhianna sah ihm nach.

Gott sei Dank ist er nicht der Typ, der auf Revanche besteht.

~ * ~

Tatsächlich war Jonathan im Begriff, seine Rache zu planen. Allerdings eine weit süßere. An diesem Morgen hatte er absichtlich die Arbeit aufgeschoben, nur um Rhianna sehen zu können. Ihre hauchdünne, pfirsichfarbene Bluse unterstrich den bronzefarbenen Schimmer ihrer Haut, und ihre dunkelblaue, eng anliegende Hose betonte ihre langen Beine. Sie strahlte Frische und Schönheit aus.

Und totale Ahnungslosigkeit.

Die Art von Revanche, die er im Sinn hatte, war persönlicher Natur. Er vermied es, darüber nachzudenken, warum er sie für notwendig hielt. Sicher, sie hatte ihn so nachhaltig frustriert, dass er ihr in die Nacht hinaus gefolgt war, was er noch hätte verwinden können. Dann aber war sie zu weit gegangen. Mit ihrem Sturz neben dem Pool hatte sie ihn in Verlegenheit gebracht und später hatte sie ihn dann unvorbereitet überrumpelt. Das konnte sein Stolz nicht verkraften.

Er hatte den ganzen Morgen an seinem Plan geschmiedet. Er würde einen abgelegenen Ort finden, wo er mit der mühseligen Ms McLeod allein sein konnte. Und dann würde sie dafür zahlen, ihm das Schlammbad verabreicht zu haben.

Ihr Haar sieht offen viel besser aus, entschied er.

In seiner Fantasie konnte er ihr seidiges Haar fühlen, wie wunderschön es in sanften Wellen über ihre Schultern fiel. Sie würde ihm gnadenlos ausgeliefert sein, und er würde sich das nehmen, wonach es ihm verlangte. Das würde Rhianna hinreichend klarmachen, dass sie nicht mit ihm spielen und erwarten konnte, ungestraft davonzukommen.

Und was genau war es, was er von ihr wollte?

Nur einen Kuss.

Dann wäre er fertig mit ihr.

Beim Durchqueren des Gartens grinste er erwartungsvoll. Ja, seine Rache würde wahrhaftig sehr süß sein. Ohne Frage. Und das Beste daran war, dass das Stadtmädchen keine Ahnung hatte, was ihr bevorstand.

~ * ~

Rhiannas Vormittag verging schnell. Sie ging mit Misty die Grundbegriffe der Zeichensprache durch, um das akademische Niveau des Mädchens zu testen. Jonathans Tochter war sehr intelligent, insbesondere wenn es darum ging, Zeichen für Objekte ihrer Umwelt zu erlernen. Diese Methode hatte Rhianna bereits erfolgreich mit Mrs Fletcher angewandt.

„Es ist wichtig, die Zeichen für die Dinge zu lernen, die dich umgeben", informierte Rhianna Misty beim Mittagessen. „Die kannst du dann später deinem Dad und Mrs Atkinson beibringen."

Gegen dreizehn Uhr gähnte Misty und zeichnete: „Ich bin müde. Ich will einen Mittagsschlaf machen."

„Natürlich", stimmte Rhianna zu. „Ich werde dich rechtzeitig vor unserem Nachmittagsunterricht wecken."

Misty ging auf die Treppe zu, hielt aber auf der ersten Stufe inne und sah sich um. „Decken Sie mich zu?"

„Gerne."

Zehn Minuten später sprang Rhianna glücklich über Mistys Fortschritte die Treppen hinunter. Ihr Glücksgefühl löste sich in Luft auf, sobald sie Jonathan im Esszimmer auf sie warten sah.

„Sie sind zu früh", teilte sie ihm mit.

„Ich weiß, wie viel Uhr es ist."

„Selbstverständlich tun Sie das."

„Macht Misty ein Mittagsschläfchen?"

„Ich habe sie gerade ins Bett gebracht." Rhianna lächelte. „Sie war fantastisch. Sie kennt die Zeichensprache besser als erwartet und erfasst Neues schnell. Ich denke, dass sie in ein bis zwei Wochen alles aufgeholt haben wird."

Sie redete ohne Unterlass, aber sein stetes Starren verunsicherte sie.

„Wieso sind Sie schon so früh zurück?", erkundigte sie sich.

„Ich habe etwas vergessen."

„Aha."

Jonathan trat auf sie zu. „Ich musste erst über etwas Geeignetes nachdenken."

„Geeignet für was?", fragte sie und wich gegen die Wand zurück.

Seine Lippen verzogen sich zu einem unschuldigen Lächeln. „Die Zeit der Vergeltung ist gekommen."

„Vergeltung?", quietschte sie.

Statt einer Antwort beugte er sich vor und zog ihr die Spange aus den Haaren. „Ihr Haar sieht offen besser aus."

Stumm vor Schreck stand Rhianna da. Selbst wenn sie es gewollt hätte, hätte sie kein Wort hervorbringen können. Ihr innerer Konflikt war zu dramatisch – ein Kampf zwischen Erregung und Furcht.

Jonathan fuhr ihr mit den Fingern durch die Haare. „Jetzt siehst du wie beim ersten Mal aus, als ich dich sah."

Mit hochroten Wangen und übersensiblen Nervenendungen erschauderte Rhianna, als Jonathans Atemzug leicht über ihr Gesicht strich. Ihre Hand fuhr nach oben, um ihn davon abzuhalten, weiter ihre Frisur zu ruinieren. Und ihr den Verstand zu rauben.

Ein plötzlicher Schock durchfuhr ihren Körper, als sich ihre Hände fanden. Ihre Blicke trafen sich. Seine Augen schienen aufgewühlt.

Ohne Warnung griff Jonathan nach ihren Handgelenken und zog sie über ihren Kopf nach oben. Ein siegreiches Lächeln umspielte seine Lippen.

„Lassen … Sie … mich los", forderte sie ihn mit zusammengebissenen Zähnen auf.

„Noch nicht."

„Lassen Sie mich los, Jonathan."

„Nicht, bevor ich bekommen habe, was ich will. Gestern Abend hast du mein Äußeres mit einem Tier verglichen." Seine Lippen berührten ihr Ohr. „Das Tier, das in mir schlummert, hast du bisher noch nicht kennengelernt."

Sie konnte nicht atmen.

Sein brennender Blick glitt über die volle Länge ihres Körpers. Erregt nahm er ihre zerzauste Erscheinung zur Kenntnis – ihr gerötetes Gesicht und ihre zitternden Lippen. Ihre hoch erhobenen Hände, die er gefangen hielt, veranlassten ihre Brüste, sich gegen das dünne Material der Bluse zu strecken.

Jonathan gab ihre Arme frei und trat noch näher an sie heran. Seine solide Brust rieb gegen ihre Bluse und diese Berührung ließ sie aufstöhnen.

Was tut er mir nur an?

Jonathan beugte sich vor. Sie spürte jeden seiner Atemzüge auf ihrer Haut. Sie wusste, dass sie sich ihm wiedersetzen, ihn wegschieben oder ihn zumindest auffordern sollte, sie in Ruhe zu lassen. Aber sie war unfähig, sich zu bewegen.

„Denk immer daran, Stadtmädchen. Es ist gefährlich, ein wildes Tier zu reizen."

Als sein Mund sich auf den ihren legte, schreckte sie zurück. „Nicht."

Er ignorierte sie. Seine Lippen fanden ihre, drängten sie dazu, sich für ihn zu öffnen. Hitze überflutete ihren Körper und ihr Puls beschleunigte sich, als seine Zunge hartnäckig Zugang suchte und damit etwas lang Begrabenes in ihr aufwühlte und an die Oberfläche brachte.

Begierde, sagte sie sich.

Ihre Augen schlossen sich, während ihr verräterischer Körper gegen ihren Willen auf ihn reagierte. Ein unsagbarer Hunger nach mehr – nach etwas, das sie nicht ausdrücken konnte –übermannte sie. Obwohl ihr Kopf sie anwies, sich zu wehren, riet ihr ihr Herz, sich diesem neuen Vergnügen hinzugeben.

Jonathans Atem beschleunigte sich, die Anforderungen seines Mundes wurden dringender. Ihr Körper war von Trieben beseelt, die sie nie zuvor empfunden hatte. Es war ihr unmöglich, gegen die Gefühle anzugehen, die er in ihr entflammt hatte.

Sie schloss die Augen und ließ sich gehen.

Sein heißer Mund strich über ihren Hals und wanderte weiter nach unten.

„Rhianna ...“

Sie erzitterte. „J... Ja?“

„Ich hätte nie gedacht, dass Rache sich so gut anfühlen kann“, murmelte er.

Sie erstarrte. *Natürlich! Er hat mich gewarnt.*

„Hören Sie sofort auf!“ Sie duckte sich unter seinem Arm hindurch. „Nur weil das Ihre Insel ist, steht Ihnen noch lange nicht das Recht zu, mich zu manipulieren.“

„Ich würde das nicht als Manipulation bezeichnen“, entgegnete er trocken.

Gründlich aus dem Gleichgewicht gebracht, verschränkte sie die Arme vor der Brust. „Das ist Ihre Idee einer Revanche?“

„Behaupten Sie nicht, es hätte Ihnen nicht gefallen.“ Jonathan zuckte mit den Achseln. „Es war doch nur ein einfacher Kuss.“

Rhianna sah ihn entgeistert an. *Nur ein Kuss?*

Sie konnte nicht schnell genug ihr Schlafzimmer erreichen. Drinnen verschloss sie die Tür und lehnte sich dagegen. Atemlos berührte sie ihre Lippen und brachte sich seinen Kuss in Erinnerung.

Er hatte Recht. Es hatte ihr gefallen.

Was zum Teufel ist denn in dich gefahren?

Rhianna hielt sich in ihrem Schlafzimmer versteckt. Ihre in höchster Alarmbereitschaft befindlichen Sinne konzentrierten sich angespannt darauf, Fußtritte oder Geräusche aufzuschnappen, die ihr verraten konnten, dass Misty zwischenzeitlich aufgewacht war.

Sie versuchte, die Wahrheit zu leugnen. Jonathan hatte sie geküsst und es hatte ihr gefallen. Sein Kuss hatte sich so sehr von den Küssen ihrer Vergangenheit unterschieden, von den schmutzigen.

Eine Welle hässlicher Erinnerungen stürzte auf sie ein. Peter Waverleys aufgebrachtes Gesicht, seine Hände, die sie dort anfassten, wo sie nichts zu suchen hatten, der Druck, das Eindringen ... das Blut. Er hatte sie nach Belieben misshandelt. Selbst nachdem sie nicht länger mit ihm unter einem Dach lebte, wurde sie unablässig von dem verfolgt, was er ihr angetan und ihr genommen hatte.

Diese ungewollte Initiierung hatte sie dazu veranlasst, während ihrer Ausbildung zur Krankenschwester den Nachstellungen junger, gut aussehender Praktikanten aus dem Weg zu gehen. Und die wenigen Male, die sie einer Verabredung zugestimmt hatte, stießen sie deren grabschende Hände und feuchte Küsse ab.

Widerwille. Das war das Einzige, was sie damals empfunden hatte.

Sie seufzte. *Was war anders?*

„Ich wollte, dass er mich küsst."

Das tat sie immer noch.

Diese Erkenntnis überstieg ihr Begriffsvermögen, ebenso wie die Tatsache, dass ihr Körper sich nach mehr als nur einem Kuss sehnte.

Unten fiel eine Tür ins Schloss.

Rhianna eilte zum Fenster, gerade noch rechtzeitig, um Jonathan mit den Händen in den Hosentaschen lässig durch den Garten schlendern zu sehen. An der hinteren Hecke hielt er inne und drehte sich zum Haus hin um.

Sie fühlte sich ertappt. Konnte er sie sehen?

Jonathan hob eine Hand und winkte ihr zu.

„Das darf doch nicht ..." Sie duckte sich und stöhnte laut auf. „Na prima, Rhianna. Jetzt denkt er, du bist interessiert."

Sie warf sich quer über das Bett.

„Ich habe *keinerlei* Interesse an Jonathan Tyler." *Habe ich nicht!*

Die Lüge ließ sie erzittern.

Ihre Augen fielen auf das Foto auf ihrem Nachttisch. Higginson hatte das Bild an einem von JTs guten Tag gemacht, kurz nach Rhiannas Geburtstagsparty. Voller Leben und mit gesunder Farbe grinste JT in die Kamera. Sein Arm lag über Rhiannas Schulter, die ihn voller Freude anstrahlte.

In Miami war das Leben weit unkomplizierter.

Rhianna nahm das Foto in die Hand. „Du bist der einzige Mann, der mich je geliebt hat, JT."

Eine Welle des Heimwehs überrollte sie. Plötzlich wünschte sie sich nichts mehr, als nach Hause zurückzukehren. Zurück in JTs Villa. Zurück zu ihrem gewohnten Leben, in dem niemand etwas über ihre Schwesterqualifikation hinaus von ihr erwartete.

Wo ich die Regeln kenne.

Sie vermisste alles, selbst JTs übelgelaunte Stimmungen.

„Du musst dir schreckliche Sorgen machen", redete sie mit dem Foto.

Seine Besorgnis musste mit jedem Tag, an dem Rhianna sich nicht bei ihm meldete, wachsen.

Ihre Augen wurden feucht. „Nicht weinen."

Die Freundlichkeit und väterliche Liebe des alten Mannes hatte Rhianna mehr geholfen als zwei Jahre professioneller Therapie. Sie zweifelte nicht im Geringsten daran, dass er nur ihr Bestes im Sinn hatte.

Was würde er von dieser Situation halten?

Sie küsste das Foto. „Ich vermisse dich, JT."

Bitte pass gut auf dich auf.

Kapitel 12

Das Telefon klingelte. JT wollte es ignorieren. Aber das konnte er nicht. Was, wenn es Rhianna war?

Sie war es nicht.

„Mr Lance", sagte ein gut gelaunter Mann.

JT verzog das Gesicht. Diese Stimme kannte er doch, nicht wahr? Es dauerte einen Augenblick, bevor er die Situation überblickte.

„Was wollen Sie, Chambers?"

„Wir müssen etwas Geschäftliches besprechen."

JT schwenkte den Cognac in seinem Glas und bewunderte die bernsteinfarbene Flüssigkeit. „Unsere Geschäftsbeziehung ist beendet. Sie wurden äußerst großzügig entlohnt, wenn ich das so sagen darf."

Er hatte Winston Chambers fünfzigtausend Dollar gezahlt.

„Nun ja, es gibt da ein Problem", wendete Chambers ein. „Ihre und meine Definition einer *großzügigen Bezahlung* unterscheiden sich."

JT hörte das Aufflammen eines Feuerzeugs.

„Ich habe keine weitere Arbeit für Sie", sagte JT.

Chambers kicherte. „Ich bin nicht auf Arbeitssuche. Ich dachte mir nur, da Sie sich so viel Mühe gemacht haben, dieses Mädchen zu finden, seien Sie vielleicht einem … Bonus nicht abgeneigt."

JT hörte, wie Chambers tief inhalierte. Der Mann rauchte sicher eine seiner widerlich riechenden Zigarren.

„Welche Art Bonus haben Sie sich vorgestellt, Chambers?"

„Zweihundertfünfzigtausend sollten genügen."

„Wie bitte?"

„Sie haben mich gehört."

„Das ist Erpressung!"

„Ich weiß, was es ist, Mr Lance. Sie sind ein reicher Mann. Der Betrag, den ich von Ihnen verlange, wird Ihrem Bankkonto keinen Schaden zufügen."

JT schluckte den Rest seines Cognacs und stellte das leere Glas mit großer Kraft auf dem Tisch ab. „Nein!"

Am anderen Ende blieb es still.

„Habe ich mich deutlich genug ausgedrückt?", schrie JT in den Hörer. „Ich lasse mich nicht erpressen."

„Das würde Ihnen sicher sehr, sehr leid tun."

„Was haben Sie schon gegen mich in der Hand?" JT versuchte, unbeteiligt zu klingen.

„Ich kann es ihr sagen."

JT stockte der Atem. „Was wollen Sie damit sagen?"

„Sie wissen schon, was ich meine. Ich werde ihr alles erzählen - dass ich sie jahrelang für Sie suchen musste, dass Sie jede ihrer Bewegungen verfolgt haben."

„Sagen Sie es ihr nur", ermunterte JT ihn mit einem Achselzucken. „Das ist keine große Sache."

Am anderen Ende erklang Gelächter. JT hätte am liebsten den Hörer fallen lassen.

„Sie wird wissen wollen, wie Sie ihren Namen gefunden haben", drohte Chambers.

Hier war ihm JT voraus. Er hatte dem Privatdetektiv nicht alle Details mitgeteilt. *Nur ihren Namen, Gott sei Dank.* Sein Kopf begann zu schmerzen.

„Ich bin zufällig über ihren Namen gestolpert, als ich Pflegedienste recherchierte habe", brachte er hervor und hoffte, dass es überzeugend genug klang.

„Lügner."

JT rieb sich die Augen, vor denen alles zu verschwimmen schien.

„Hören Sie zu, Sie Mistkerl", fuhr er den Detektiv an. „Ich bezahle keinen Cent mehr, als Sie bereits erhalten haben."

„Da täuschen Sie sich, Mr Lance. Tatsächlich hat sich der Preis gerade verdoppelt."

„Wie bitte? Haben Sie jetzt ganz den Verstand verloren?"

„Fünfhunderttausend Dollar. In meinem Konto. Morgen um Mitternacht."

JTs Herz schlug unregelmäßig. „Und wenn nicht?"

„Dann werde ich ihrer geliebten Rhianna alles erzählen."

Während Chambers ihm genüsslich den Umfang seines Wissens darlegte, massierte JT seinen Kopf. Die Schmerzen waren unerträglich.

Falls Rhianna jemals das Geheimnis erfahren sollte, das er all diese Jahre so sorgsam gehütet hatte, würden seine Schmerzen sich vertausendfachen.

„Sie werden das Geld bekommen", versprach er voller Furcht. „Aber Sie müssen mir versprechen, danach endgültig zu verschwinden."

„Ich gebe Ihnen mein Wort", versicherte Chambers ihm.

JT beendete das Gespräch. Er starrte das Telefon an und fürchtete, dass es erneut klingeln und ihm weiteren Ärger bereiten könnte. Endlich versuchte er aufzustehen. Seine Beine wollten ihn nicht tragen. Vor seinen Augen explodierte helles Licht, gefolgt von absoluter Dunkelheit.

Bevor er ohnmächtig wurde, ging ihm ein letzter Gedanke durch den Kopf.

Rhianna wird mir die Wahrheit nie vergeben.

Als JT aufwachte, lag er in seinem Bett. Benommen sah er sich im Raum um. Die Vorhänge waren zugezogen, ein Wasserkrug stand neben dem Bett, die Tür war geschlossen. Das Zimmer lag im Dunkeln.

In der Ecke bewegte sich etwas.

JT blinzelte zwei Mal und seine Sicht klärte sich.

Oh, Mist.

Ein besorgter Higginson saß mit eng vor der Brust verschränkten Armen im Stuhl. Sein Ausdruck war dunkel und missmutig.

„Sie sehen wie der Sensenmann aus", bemerkte JT trocken.

„Wenn Sie so weitermachen, wird der in Kürze vor Ihrer Tür stehen."

„Dann wird er Verstärkung brauchen. Ich bin noch nicht soweit."

„Sie stehen mit einem Fuß im Grab. Und das füllt sich langsam."

JT warf ihm einen finsteren Blick zu. „Hören Sie endlich auf, mich so zu behandeln, als ob ich im Sterben liege."

„Sie liegen im Sterben", wies ihn Higginson scharf zurecht. „Wann werden Sie das endlich begreifen? Sie müssen mit Ihrer Energie haushalten."

JT schloss die Augen und wünschte sich, dass er die Stimme seines Freundes ausblenden könnte. Er wusste, dass er im Sterben lag, was aber nicht bedeutete, dass er sich zurücklegen, den gebrechlichen Invaliden spielen und darauf warten musste, bis es endlich so weit war.

„Sie muten sich zu viel zu."

JT lächelte Higginson schwach an. „Ich habe Dinge zu erledigen, Orte aufzusuchen, Leute zu …"

„Verärgern?"

„Leute zu treffen und …"

„Ohnmächtig auf dem Fußboden zu landen", beendete Higginson den Satz für ihn.

JT seufzte. „Das war nicht Teil meines Plans." Er kämpfte damit, sich aufzurichten und wünschte sich, er könnte nach draußen sehen. „Ich vermisse sie, Higgie."

„Ich weiß, mein Freund."

„Ohne sie fehlt dem Haus etwas."

Higginson zog seinen Stuhl näher an das Bett heran. „JT, erinnern Sie sich daran, warum Sie das tun. Um alles wieder gut zu machen. Um das zu korrigieren, was falsch gelaufen ist."

„Um endlich Frieden zu finden", flüsterte JT.

„Sie müssen besser auf sich achten. Wenn schon nicht für sich selbst, dann für Rhianna. Sobald sie nach Hause kommt ..."

„Sie wird doch nach Hause kommen?", unterbrach JT ihn. „Nicht wahr?"

Higginson nickte. „Ich bin mir sicher, sie wird zurückkommen. Sie sind wie ein Vater für sie."

„Ich bin alt genug, ihr Großvater zu sein, und das wissen Sie auch."

„Sie sind ihre einzige Familie", betonte Higginson und stand auf. „Deshalb sind Sie besser noch da, wenn sie wiederkommt."

JT sah seinem alten Freund in die Augen. „Sie wird stinksauer sein."

„"Davon gehe ich aus, Sir."

„Es wird ihr nicht gefallen, dass ich sie an der Nase herumgeführt habe."

„Da haben Sie wohl Recht, Sir."

„Habe ich das Richtige getan?"

Higginson legte eine Hand auf JTs Schulter. „Mein Freund, ich kenne Sie nun schon seit so vielen Jahren. Nach all dieser Zeit bin ich davon überzeugt, dass Sie letzten Endes immer das Richtige tun."

„Also schön." JT schob die Laken zur Seite. „Helfen Sie mir aus diesem vermaledeiten Bett. Wir müssen Rhiannas ‚Willkommen Daheim'-Party planen."

„Ganz wie Sie wünschen, Sir."

Higginson hielt ihm die Hand entgegen, die JT aus dem Weg schlug.

„Lassen Sie den Unsinn mit dem *Sir*, Higgie."

„Jawohl ... Sir."

~ * ~

Winston Chambers saß in seinem kleinen Büro, das nur von einer Tischlampe erhellt wurde, drückte seine Zigarre aus und starrte auf den Stummel im Aschenbecher. *Cohiba Behike*. Eine der teuersten Zigarren, die es gab. Er hatte fünfundzwanzigtausend Dollar für diese Zigarren bezahlt. Es gab nur einhundert handgefertigte Humidore für den

Schreibtisch, die jeweils vierzig handgerollte, nummerierte Zigarren enthielten. Sogar der Papierring, der sie umgab, trug seinen Namen - *Winston Archibald Chambers.*

Er leckte sich die Lippen und genoss die angenehme Mischung von Kaffee- und Zederngeschmack auf seiner Zunge. Diese Zigarre war gut bis auf den allerletzten Zug, ähnlich einem Orgasmus.

Er musterte die Aktenmappe vor sich. Der Name seines Klienten stand auf dem Reiter.

JT Lances Schuldgefühl hatte für mehr als nur die Cohiba Behike Zigarren bezahlt. Was nun? Ein neuer Wagen? Ein Casino-Wochenende in Vegas?

Winston kratzte sich am Kinn und überlegte kurz, ob er sich nicht besser rasieren sollte. Aber nein, die Bartstoppeln passten ins Bild. Als Privatdetektiv musste Winston sich unauffällig seinem Umfeld anpassen können, was es ihm erlaubte, dorthin vorzudringen, wohin Ordnungskräfte es nicht schafften. Was wiederum bedeutete, dass er regelmäßig Ergebnisse vorzuweisen hatte, die er durch Bestechung, durch Drohung oder durch Gewaltanwendung erlangt hatte.

Das erinnert mich daran, dass ich Miss Shirls Mädchen schon eine Weile nicht mehr besucht habe.

Miss Shirl war die Inhaberin des *Bare Essentials*, eines ‚Herrenklubs' in der Innenstadt von Miami. Winston bevorzugte diesen Begriff. Die Mädchen stammten alle aus exotischen Ländern – Jamaika, Mexiko, Japan, China, Malaysia, einige sogar aus Kanada.

Winston bevorzugte Japanerinnen. Klein und unterwürfig kannten sie ihren Platz – auf ihren Knien oder auf dem Rücken. Für eine Nacht des Vergnügens und der Exzesse konnte er leicht zehn Riesen im *Bare Essentials* lassen. Manchmal sogar mehr, falls er für angerichteten Schaden aufkommen musste. Wie für die geschwollene Lippe, die er der letzten Schlampe verpasst hatte, einer aufmüpfigen kleinen malaysischen Hure, die sich gewehrt hatte, als er ihr die Hände um den dürren Hals legen wollte.

Ich hätte die Schlampe erdrosseln sollen.

Er lehnte sich im Stuhl zurück, der unter seinen einhundert überflüssigen Pfunden rebellierend aufbegehrte.

Morgen würde er ein reicher Mann sein.

Und das verdanke ich JT Lance.

Er lachte vor sich hin. „Falls er tatsächlich glaubt, damit wird er mich los, werde ich ihn wohl enttäuschen müssen."

Er erinnerte sich an den Tag, an dem er den Multimillionär kennengelernt hatte. Auf einer Kunstauktion. Während Lance auf diverse Kunstwerke für seinen Herrensitz bot, hatte Winston die hübsche junge

Freundin des Auktionators in der Garderobe gefickt. Beim Fallenlassen seiner Hose war Winston versehentlich eine Visitenkarte aus der Tasche gerutscht. Die hatte Lance später am Abend gefunden.

„Ich habe einen Job für Sie", hatte er Winston am nächsten Tag bei seinem Anruf erklärt. „Ich zahle Ihnen das Doppelte Ihrer regulären Rate."

Dieses Angebot hatte Winston neugierig gemacht.

„Worum geht es?", hatte er sich erkundigt.

„Sie müssen jemanden für mich finden. Ein Mädchen."

Zunächst dachte Winston, dass der alte Mann mit einem Mädchen seine sexuellen Triebe befriedigen wollte. Dem war allerdings nicht so. Lance hatte davon gesprochen, Dinge wiedergutmachen zu wollen – was immer er damit auch gemeint hatte.

Dann hatte Lance ihm das Foto geschickt, bei dessen Anblick Winston seinen Schwanz freigelegt und ihn so lange gepumpt hatte, bis er leer war. Danach musste er sich die Schuhe abwischen.

Winston öffnete die oberste Schreibtischschublade und zog das oft bewunderte Foto von Rhianna McLeod hervor. Es war ihr Abschlussfoto von der Krankenschwesternschule. Sie war knapp einundzwanzig Jahre alt, sah aber eher wie sechzehn aus. Ihre unergründlichen grünen Augen vermittelten den Eindruck einer bedrängten Unschuld.

Mit dem Finger fuhr er über das Foto. „*Du* kannst jederzeit mit mir Schwester spielen."

Das Mädchen zu finden hatte ihm nicht die geringsten Schwierigkeiten bereitet. Er kannte den Namen ihrer Eltern. Und Bestechungsgelder hatten für ihre Geburtsurkunde, ihre Schulzeugnisse und für eine komplette Akte des Jugendamtes bezahlt.

Zuerst konnte Winston nicht verstehen, was der alte Mann mit ihr zu tun hatte. Lance war mit dem Mädchen nicht verwandt.

Oder etwa doch?

Diese Frage hatte sich Winston wiederholt gestellt. Was, wenn das Mädchen tatsächlich Lances Tochter war? War er womöglich auf der Suche nach seiner verschollenen Erbin?

Dieser Gedanke veranlasste Winston zu intensiven Nachforschungen in Lances Vergangenheit, die allerdings ein offenes Buch zu sein schien. Self-made-Millionär im Alter von dreißig Jahren. Geschieden. Ein Kind, einen Sohn. Hatte Lance vielleicht in einer außerehelichen Beziehung eine Tochter gezeugt?

Es hatte ihn einige Anstrengung gekostet. Er hatte Zeitungen durchgesehen, Schulakten, alles, was er in die Finger bekommen konnte.

Dann hatte er sie gefunden. Die Verbindung.

Winston hielt das Foto unter das Licht. „Ich weiß, wer du bist. Aber du hast keine Ahnung, wer JT Lance ist, nicht wahr?" Schmatzend küsste er das Foto und wischte die feine Speichelspur, die er zurückgelassen hatte, mit dem Ärmel ab. Dann hob er den Hörer an und wählte eine Nummer.

„Win hier", teilte er der Frau am anderen Ende mit. „Ich werde morgen Abend vorbeikommen. Ich will Ihr bestes Zimmer, eine Phiole E und Ihren besten Sekt."

Kurz danach legte er auf. Die Vorfreude auf ein unterhaltsames Abenteuer erregte ihn. Dieses Mal hatte er von Shirl eine junge Rothaarige mit grünen Augen und großzügigen Kurven verlangt.

Oh, die Dinge, die ich mit ihr anstellen werde.

Er faltete die fetten Hände über seine ständig expandierende Mitte. „Ich denke, ich sollte bald mal Ferien machen. Aber wohin wohl?"

Winstons Büro hatte eine Landkarte an der Wand. Ein Lächeln überflog sein verlebtes Gesicht, ohne jedoch seinen harten Blick zu erweichen. „Ich war noch nie auf den Bahamas."

Vorher galt es allerdings noch seinen Ruhestand zu organisieren.

Kapitel 13

Rhianna lag entspannt in der Nähe des Kais auf ihrem Handtuch und lauschte den sanften Wellen, die am feinen Sand des Ufers leckten. Die Luft war vom Geruch des Ozeans und dem exotischer Pflanzen durchtränkt – ein Duft, den sie von nun an immer mit der Angelina-Insel in Verbindung bringen würde.

Sie sollten diesen Geruch in Flaschen abfüllen.

Sie drehte sich auf den Rücken, zog das Oberteil ihres grünen Bikinis zurecht, rieb ihr Gesicht mit Sonnenmilch ein und setzte eine schicke Sonnenbrille auf. Higginson hatte sie ihre ‚Filmstarbrille‘ genannt.

Tut mir leid, Sie enttäuschen zu müssen, Higginson, aber das Filmstargefühl geht mir hier ganz und gar ab.

Rhianna schob sich auf ihre Ellbogen hoch und sah sich um.

Palmen und Kokosnussbäume säumten einen Strand von beinahe weißem, allerfeinstem Sand. Der Ozean schimmerte, als ob ein Maler türkisfarbene, violette und saphirgrüne Pigmente auf einer Palette gemischt hätte.

Es war so friedlich hier. *Vielleicht zu friedlich.*

Keine Menschenseele war zu sehen. Mrs Atkinson hatte Misty auf etwas Gartenarbeit zu ihrem Häuschen mitgenommen, was Rhianna den Rest des Nachmittags frei gab. Und Jonathan ... Der war am Arbeiten.

Seit dem Tag, an dem er sie geküsst hatte, hatte er sie gemieden, was ihr mehr als Recht war. Sie war sich sowieso nicht sicher, was sie ihm zu sagen hätte. Die Mahlzeiten verliefen ruhig, und er glänzte oft mit Abwesenheit, nachdem Mrs Atkinson den Tisch gedeckt hatte.

Rhianna hatte sich die letzten Abende sofort nach dem Essen auf ihr Zimmer zurückgezogen. Im wirren Durcheinander ihrer Gefühle war es ihr oft unmöglich, einen klaren Gedanken zu fassen, während sie bis spät darauf wartete, dass die Haustür ins Schloss fiel. Gewöhnlich schlich Jonathan sich dann auf Zehenspitzen nach oben und verschwand erst in Mistys Zimmer, bevor er sich in seinem Schlafzimmer verkroch.

Ihre Tage verbrachte Rhianna damit, Misty die Zeichensprache beizubringen. Glücklicherweise bot ihr das eine willkommene Ablenkung von der Aufregung über einen dummen Kuss, der absolut nichts zu bedeuten hatte.

Jonathans Tochter lernte schnell. Jedes Zeichen wurde mit seinem Gebrauch von einem Satz begleitet; eine einprägsame Methode, die Misty zusagte. Die Lektionen fanden in der Küche statt, in der sie die unterschiedlichen Zeichen für die Benennung der Vorräte in der Speisekammer studiert hatten. Dabei war es Rhianna endlich gelungen, das Geheimnis von Mistys *braunem Toast* zu lösen. Das Mädchen liebte gebutterten Toast mit Zimt und Zucker. Eine ihrer ehemaligen Lehrerinnen hatte ihn ihr vorgestellt, ohne sich jedoch die Mühe zu machen, ihr das Zeichen für Zimt beizubringen.

Im Gedanken an Misty musste Rhianna lächeln. Ein wundervolles Mädchen. Und so einfühlsam. Heute früh hatte sie sich erkundigt, warum Rhianna sich nicht mit ihrem Daddy unterhielt.

„Dein Daddy ist sehr beschäftigt", hatte Rhianna ihr erklärt, obwohl sie immer noch keine Idee hatte, was der Mann eigentlich tat.

Ich habe ihn nie gefragt.

Im ihrem Bemühen Abstand zu halten, hatte sie es versäumt, sich bei ihrem Gastgeber zu erkundigen, wie er sich seinen Lebensunterhalt verdiente. Im Bankgeschäft? Eine Art Internetmogul? Was immer es auch war, Jonathan fehlte es nicht an Geld.

Sie warf sich auf den Bauch herum und biss die Zähne zusammen. „Denk nicht an ihn."

„Denk nicht an wen?"

Außer sich vor Schreck sprang sie auf die Füße, wobei sie beinahe über ihre Tasche gestolpert wäre. „Du lieber Gott!"

Jonathan ließ seine perfekt weißen Zähne blitzen. „Nicht wirklich."

„Lassen Sie das gefälligst!"

„Was soll ich lassen?"

Blitzschnell griff sie nach ihrem Handtuch und versteckte sich dahinter. „Sich an mich anzuschleichen."

Eine dunkle Braue zog sich zynisch in die Höhe. „Ich schleiche nicht."

„Oh doch, genau das tun Sie."

Er trat einen Schritt vor. Erstarrt hielt sie inne, nur um hastig zurückzufahren, als er die Hand nach ihr ausstreckte. „Was tun Sie da?"

„Nur die Ruhe", brauste er auf. „Sie haben einen Klecks Sonnencreme auf dem Kinn." Leicht strich sein Finger über ihr Gesicht. „Na bitte. Schon ist er weg."

Rhianna versuchte, ihre zitternden Hände unter Kontrolle zu bekommen. Sie wickelte sich das Handtuch um ihren Oberkörper, hielt es sorgfältig fest und bückte sich nach ihrer Tasche.

„Sie haben meine Frage nicht beantwortet", sagte er, ohne sich von der Stelle zu rühren.

„Welche Frage?"

„An wen wollen Sie in keinem Fall denken?"

Rhianna schluckte schwer. Dann sagte sie das Erste, was ihr in den Sinn kam. „An meinen Arbeitgeber. Ich vermisse ihn."

Ein Schatten zog über Jonathans Gesicht. Er presste die Lippen aufeinander. „Ich verstehe."

So schnell wie er gekommen war, verschwand Jonathan auch wieder. Rhianna blieb mit dem Gefühl zurück, dass etwas wirklich schief gelaufen war.

~ * ~

Jonathan stieß einige seiner Lieblingsflüche aus, während er durch das Gebüsch hindurch an den einen Ort floh, der ihm immer als Zuflucht gegolten hatte. Sobald das Dach der kleinen Hütte in Sicht kam, stieß er ein frustriertes Brummen aus und wischte sich den Schweiß von der Stirn.

„Zum Teufel, was ist nur los mit mir?"

Rhianna McLeod hatte etwas an sich, was sein Blut zum Wallen brachte; etwas, was ihn dazu veranlassen wollte, sie zu ergreifen und zu schütteln – wenn er nicht gerade an andere Dinge dachte, die er ihr gerne antun wollte. „Bald wirst du sie los sein", redete er sich gut zu und öffnete die hölzerne Tür.

Er atmete tief durch. Hier drinnen war die Luft von Vanille und Zimt durchtränkt. Schalen voller Duftöl verbreiteten ihren angenehmen Geruch durch den Raum. Dahinter versteckten sich allerdings andere, unangenehmere Ausdünstungen, wie etwa der penetrante Geruch von Farbe und Terpentin. In Kombination repräsentierte dieser Geruch ein willkommenes und ihm wohlbekanntes Bild.

Jonathan sah sich um.

Sein Zufluchtsort war zwar klein, aber wunderbar anheimelnd. Holzgetäfelte Wände, rustikale Echtholzmöbel, eine winzige Küche, ein kleines Badezimmer mit Dusche, und im hinteren Teil zwei Schlafzimmer mit jeweils einem Bett und einem Nachttisch. Im Vorderzimmer standen ein Sofa und ein Stuhl, die beide gegen die hintere Wand gerückt waren.

Diese Oase hatte er mit seinen eigenen Händen erschaffen. Er war so stolz auf sein Haus gewesen. Es war ihr erstes gemeinsames Heim. Ein Heim, das er Sirena versprochen hatte, die Rettung aus ihrer beengten Einzimmerwohnung, die sie sich in New York geteilt hatten.

Sirena war mit seiner Entscheidung, die Insel zu kaufen, nicht einverstanden gewesen. „Ich will nicht in dieser gottverlassenen Wildnis wohnen", hatte sie ihm klar gemacht.

Jonathan musste ihr geloben, dass sie die Insel oft verlassen würden. Und das hatten sie - mit wöchentlichen Besuche auf das Festland, oft nach New York und gelegentlich nach Los Angeles, damit Sirena ihre Schauspielerkarriere weiter verfolgen konnte.

Das war, bevor er das Boot an Roland verkauft hatte. Bevor Misty geboren wurde.

Nach der Scheidung hatte er sich vom Leben frustriert auf die Insel zurückgezogen. Nicht unbedingt sehr männlich, aber so war es nun mal. Glücklicherweise hatte Sirena nicht um das Sorgerecht für Misty gekämpft.

„Ich möchte, dass Misty bei mir lebt", hatte er sie informierte, als Sirena im Begriff war, ihr Hotel auf dem Festland in Richtung Kalifornien zu verlassen.

„Behalte sie", hatte sie ihm erwidert. „Ich wollte sie sowieso nie haben."

Er musste sich zwingen, ruhig zu bleiben, obwohl er den ungeheuren Drang verspürte, Sirena an den Kopf zu werfen, welch kaltherziges Ungeheuer sie doch war.

„Dann beauftrage ich meinen Anwalt, eine Vereinbarung über das alleinige Sorgerecht zu entwerfen", hatte er hervorgebracht.

„Soll mir Recht sein. Geh nur zurück auf deine Insel und versteck dich, so wie du es immer tust. Ich habe ein Leben zu leben."

Er hatte Sirena nachgesehen, wie sie aus dem Hotelzimmer, aus seinem und auch aus Mistys Leben verschwunden war. Für immer.

Jetzt schaute er sich in der Hütte um und fragte sich, ob Sirena Recht gehabt hatte. Hatte er sich all diese Jahre vor der Welt versteckt?

Er ließ sich in den Sessel fallen und starrte auf die leere Leinwand, die mitten im Zimmer auf einer Staffelei auf ihn wartete. Zum ersten Mal fiel ihm kein einziges Motiv zum Malen ein.

Nicht ein einziges verdammtes Motiv.

~ * ~

Am nächsten Morgen bemühte Rhianna sich nach Kräften, sich ganz auf ihren Unterrichtsplan und auf Misty zu konzentrieren. An Jonathan wollte sie nicht denken, der erst lange nach Mitternacht zum Haus zurückgekehrt war und sich danach direkt auf sein Zimmer begeben hatte.

Sie lächelte Misty ermutigend zu. Das Mädchen studierte ein Arbeitsblatt. Sie sah sich jedes Zeichen an und versuchte dann, es mit den Händen nachzuvollziehen. Sobald ihr das gelungen war, lächelte Misty. Einige der Zeichen waren etwas schwieriger, was sie zu einem frustrierten Brummen veranlasste.

Genau wie ihr Vater, dachte Rhianna. *Wenn er nicht gerade böse vor sich hinstarrt, ist er ...*

Jonathans Lippen standen ihr vor Augen.

Mit der Erinnerung an seinen Kuss stieg eine Welle des Zorns in ihr auf. Er hatte sich ihr gegenüber Freiheiten herausgenommen, und die Gefühle, die dieser Kuss in ihr ausgelöst hatte, hatten sie vollkommen verwirrt. Jonathan hatte ihr eine Reaktion abgewonnen, die ihr bislang unbekannt war. Noch nie hatte ein Mann sie so angefasst, wie er es getan hatte, mit einem Verlangen, dem ihr Körper mehr als willig nachgegeben hatte.

Ich will ihn.

Entschlossen schob sie diesen Gedanken zur Seite, was aber eine Lawine anderer Frage nicht stoppen konnte. Fühlte Jonathan das Gleiche? Wollte er mehr als nur einen Kuss?

Rhianna war sich sicher, dass Mrs Atkinson wusste, dass etwas vorgefallen war. Gelegentlich erwischte Rhianna sie, wie die Haushälterin sie ansah und vor sich hin lächelte.

Was, wenn Mrs Atkinson sie erneut fragen würde, ob Jonathan sich zum Abendessen sehen lässt?

In Gedanken konstruierte Rhianna eine Szene.

Tut mir Leid, Mrs Atkinson, würde sie Auskunft geben. *Mr Tyler ist einem unglücklichen Zufall zum Opfer gefallen. Er ist über sein überzogenes Ego gestolpert und hat sich seinen großen Kopf an einem Stein aufgeschlagen. Leider wird er uns beim Abendessen keine Gesellschaft leisten können.*

„Genau!" Rhianna lachte laut.

„Ich bin fertig", zeichnete Misty. „Lesen Sie mir eine Geschichte vor?"

Schuldbewusst nickte Rhianna ihr Einverständnis. Ihre Fantasie von Jonathans Untergang musste bis auf weiteres verschoben werden.

„Eine Geschichte?"

Misty nickte.

Plötzlich fiel es Rhianna wie Schuppen von den Augen. Sie war so abgelenkt gewesen, dass sie Misty diese Frage ohne ihr zu zeichnen gestellt hatte. Das Mädchen konnte ihr von den Lippen ablesen.

„Welche Geschichte würdest du gerne hören?", fragte sie langsam mit an ihrer Seite liegenden Händen.

Misty grinste „Ich zeige es Ihnen", zeichnete sie.

Während Misty nach oben in ihr Zimmer eilte, dachte Rhianna über diese neue Entwicklung nach. Jonathan hatte nicht erwähnt, dass seine Tochter eine Lippenleserin war.

Er weiß es nicht.

Das Geräusch hastiger Schritte kündigte Mistys Rückkehr an. Sie hatte drei Bücher unter dem Arm, alles Märchen. Erwartungsvoll machte sie es sich in einem Stuhl am Tisch bequem und schob Rhianna die Bücher zu.

Misty reichte ihr ein Buch. „Dieses hier, Ms McLeod."

Rhianna verzog das Gesicht. Mit jedem Mal, wenn das Mädchen sie so förmlich ansprach, bekam Rhianna mehr das Gefühl, dass sie auf dem besten Weg war, sich in eine altbackene Jungfer zu verwandeln.

„Misty, du kannst mich beim Vornamen nennen", zeichnete sie. „Ich bin Rhianna." Sie buchstabierte ihren Namen.

Die Augen des kleinen Mädchens spiegelten ihr Entsetzen wieder. Schnell verwandelten sich ihre Hände in Sprache. „Das darf ich nicht. Sonst wird Daddy böse. Er sagt, ich muss all meine Lehrerinnen mit ihrem Nachnamen ansprechen. Wegen dem …"

„Respekt?"

Misty zuckte mit den Achseln.

„Da hat er Recht, Misty. Aber wir müssen es deinem Vater ja nicht sagen. Es kann unser Geheimnis sein. Wir können meinem Namen sogar ein geheimes Zeichen geben. Ich werde dir zeigen wie, ok?"

Rhianna triumphierte im Bewusstsein, sich gegen Jonathans Regeln aufzulehnen.

Sie wandte Misty den Rücken zu und debattierte mit sich selbst. „Regeln, na wenn schon! Regeln sind dazu da, um gebrochen zu werden. Außerdem hat dein Vater damit angefangen."

Der ASL-Kurs, an dem sie vor einigen Jahren teilgenommen hatte, hatte ihr beigebracht, spezielle Namen für andere zu kreieren. Dazu war nur erforderlich, den ersten Buchstaben der fraglichen Person zu zeichnen und diesen mit einer besonderen Eigenschaft dieser Person in Verbindung zu bringen. Eine Frau namens Arlene hatte der Gruppe als Beispiel gedient. Da sie Zahnärztin war, zeichneten sie den Buchstaben ‚A' gefolgt von einer bürstenden Bewegung über die Zähne.

„Was tust du sonst gerne, außer Lesen und mit deinen Barbies spielen?" zeichnete Rhianna.

Misty hob die Seiten ihres Kleides an und fing an, sich im Kreis zu drehen. „Das habe ich im Fernsehen gesehen", zeichnete sie danach. „Daddy kennst dieses Zeichen nicht."

„Tanzen." Zunächst buchstabierte ihr Rhianna das Wort, dann demonstrierte sie Misty das Zeichen. „Ich habe die perfekte Idee für deinen ganz besonderen Namen." Sie zeichnete den Buchstaben ‚M', während sie die Finger über ihre offene Hand vor und zurück tanzen ließ. „Misty die Tänzerin."

Das Mädchen wirbelte durch das Zimmer, während sie gleichzeitig zu zeichnen versuchte. Dann griff sie nach Rhiannas Händen und sie drehten sich solange im Kreis, bis ihnen schwindlig wurde.

Lachend ließ sich Misty auf die Wohnzimmercouch fallen. Rhianna folgte ihrem Beispiel. Die kleine Hand des Mädchens streichelte Rhiannas Haar.

„Ihr Haar ist so hübsch", zeichnete Misty. „Ihr besonderer Name sollte …" Sie zeichnete ein ‚R', indem sie den Mittelfinger über den Zeigefinger legte und sie dann in Spiralen vom Kopf bis hinunter auf die Schultern bewegte.

Lächeln ahmte Rhianna ihr nach. „Das gefällt mir."

„Wieso haben meine anderen Lehrerinnen mir das nie beigebracht?", zeichnete Misty.

Rhianna rollte sich zur Seite und schüttelte den Kopf. „Das weiß ich nicht." Sie sah das Mädchen einen Moment lang genau an. „Warum sind deine anderen Lehrerinnen gegangen?"

„Für die erste Lehrerin musste ich mir den ganzen Tag nur Worte einprägen. Es war schrecklich langweilig."

„Und deine letzte Lehrerin?"

„Die ist immer am Tisch eingeschlafen. Sie war uralt."

Rhianna wusste, dass Misty übertrieb, was aber nichts an den Tatsachen änderte. Jonathan hatte einfach unterstellt, dass diese Lehrerinnen ihre Arbeit taten und hatte sich obendrein unbesehen ihrer Meinung angeschlossen, dass Misty das Problem darstellte, nicht die Lehrerinnen.

„Hast du deinem Vater von den Lehrerinnen erzählt?"

„Er hat mir nicht geglaubt. Er denkt, ich bin dumm."

Rhianna blinzelte und versuchte, ihre Gefühle zu unterdrücken. „Also schön, dann werden wir ihm zeigen müssen, die klug du wirklich bist."

„Daddy muss arbeiten", zeichnete Misty mit gesenktem Kopf.

„Was arbeitet er denn?"

„Er malt. Manchmal erlaubt er mir, ihm zu helfen."

Aha, dachte Rhianna. Jonathan streicht wohl die Hütte, die ich gesehen habe und deren Betreten er mir verboten hat.

„Wie hast du das Lippenlesen gelernt?"

Misty zuckte mit den Achseln. „Ich weiß es nicht. Ich verstehe es einfach, wenn jemand ein Wort sagt, das ich kenne. Können Sie mir mehr beibringen? Wie ich mehr Worte sehen kann?"

„Leider verstehe ich nicht viel vom Lippenlesen. Vielleicht kann dein Vater dir dafür eine besondere Lehrerin besorgen."

Mistys Augen füllten sich mit Tränen. „Ich will keine andere Lehrerin, Rhianna. Ich will Sie."

Die Worte des Mädchens trafen sie hart. Es würde Misty sehr traurig machen, wenn es für Rhianna an der Zeit war, die Insel zu verlassen.

Und was ist mit mir? Wie stehe ich dazu?

Darüber wollte sie nicht nachdenken. Nicht jetzt.

Rhianna strich über Mistys dunkle Locken, zog sie an sich und umarmte sie. „So schnell wirst du mich nicht loswerden, Schätzchen. Ich bin weder uralt noch schlafe ich am Tisch ein. Und wenn du mir versprichst, dich auf den Unterricht zu konzentrieren, verspreche ich dir, ihn so interessant wie möglich zu machen."

Und ich verspreche dir, dass dein Vater sehr genau verstehen wird, was ich von ihm halte.

~ * ~

An diesem Abend sah Rhianna Jonathan erst gegen einundzwanzig Uhr. Mrs Atkinson war gegangen, und auch Misty lag bereits schlafend im Bett. Rhianna hatte ihr drei Geschichten vorgelesen, in der Hoffnung, dass Jonathan sich sehen lassen würde.

Nun saß Rhianna voll unterdrücktem Zorn da und wartete auf sein Erscheinen.

Ohne von ihrer Anwesenheit Notiz zu nehmen, betrat Jonathan das Wohnzimmer und schenkte sich einen Drink ein. Nach einem ersten kräftigen Schluck sah er sie endlich an.

„Misty sagt, dass Sie sie für dumm halten", entfuhr es ihr.

Jonathan senkte das Glas. „Wie bitte?"

„Ihre letzten Lehrerinnen waren die Dummen", fuhr sie fort. „Ihre Tochter ist ein sehr intelligentes Mädchen."

„Das weiß ich."

„Dann sollten Sie ihr das gelegentlich einmal bestätigen." Sein entspanntes Gebaren brachte sie zur Weißglut. „Und vielleicht sollten Sie auch etwas mehr Zeit mit ihr verbringen."

„Ich verbringe Zeit …"

„Nicht genug. Nicht für ein Kind." Ihre Nerven waren bis auf das Äußerste angespannt. Sie konnte ihre Empörung kaum im Zaum halten. „Wussten Sie, dass Misty von den Lippen lesen kann?"

„Was sagen Sie da?"

Diese Eröffnung brachte Jonathan aus der Fassung.

„Ihre Tochter kann von den Lippen lesen. Sie hat es sich selbst beigebracht. Ich bin mir nicht sicher, wie viel sie versteht, aber Sie können sich sicher sein, dass sie weit mehr versteht, als das, was Sie ihr zeichnen."

„Und was soll ich Ihrer Meinung nach nun tun?"

„Mehr Zeit mit ihr verbringen, sich mit ihr unterhalten."

„Ein ungünstiger Zeitpunkt", wendete er ein. „Ich muss …"

„Nein, müssen Sie nicht." Gereizt schüttelte sie den Kopf. „Sie müssen gar nichts tun. Was immer Sie auch anstreichen, es kann warten."

Jonathans Mundwinkel zuckten. „Kann es das?"

„Misty erzählte mir, dass Sie bereits seit einigen Wochen sehr beschäftigt sind. Dass sie kaum Zeit mit ihr verbracht haben." Ihre Augen spießen ihn förmlich auf. „Wie können Sie nur so egoistisch sein?"

Behutsam stellte Jonathan das Glas auf der Theke ab. „Ach ja, jetzt bin ich auch noch egoistisch?" Langsam trat er auf sie zu. „Es soll Leute geben, die für ihr Geld arbeiten müssen."

Rhianna blinzelte. „Was wollen Sie damit sagen? Dies ist mein erster Urlaub seit …"

„Ich rede nicht von Ihrem Urlaub", brauste er auf.

„Wovon sprechen Sie dann?"

Er fixierte sie mit seinem Blick. „Ich bin sicher, dass Ihr Arbeitgeber – Ihr *Patient* – Ihre Arbeit zu würdigen weiß, aber einige von uns haben einen echten Beruf."

„Einen echten Beruf? Sie nennen einen Raum anstreichen oder Möbel lackieren oder was immer Sie auch tun, *Arbeit*? Was tun Sie wirklich? Von einem Treuhandfond leben, den Ihnen Daddy hinterlassen hat?"

„Sie haben keine Ahnung, wovon Sie reden", zischte er.

„Ach ja?" Sie machte eine weit ausholende Geste. „Sehen Sie sich um. Ihnen gehört eine private Insel, obwohl Sie keiner regelmäßigen Beschäftigung nachgehen. Entweder gibt es also ein Treuhandvermögen oder Sie sind total abgebrannt."

„Oder ich habe klug investiert", entgegnete er trocken.

Die Idee, dass er Geld zur Seite gelegt haben könnte, war Rhianna nicht in den Sinn gekommen.

„Hören Sie, Rhianna, ich muss mit meiner Arbeit fertig werden, bevor Roland zurückkommt. Danach werde ich auf das Festland reisen." Er sah sie einen Moment lang intensiv an. „Genau wie Sie. Bis dahin behalten Sie bitte Ihre Meinung, was Sie von meiner Beziehung zu Misty halten, für sich."

„Sehr wohl, Sir", konterte sie und salutierte ihm. „Hat Ihre Frau Sie deshalb verlassen? Weil Sie der große Boss sind? Weil Sie immer zu beschäftigt sind?"

Etwas Dunkles blitzte in Jonathans Augen auf und Rhianna wusste, dass sie zu weit gegangen war.

„Ganz im Gegenteil", erwiderte er mit streng kontrollierter Stimme. „Sie war zu beschäftigt für uns."

Sein gequälter Gesichtsausdruck ließ Rhianna das Herz schwer werden. Jonathan drehte sich auf dem Absatz um und ging nach oben. Rhianna sah ihm nach.

Verdammt. Was mache ich nur?

Kapitel 14

Ein dumpfer Schlag aus der Tiefe des Hauses weckte Rhianna abrupt auf. Sie sah auf die Uhr auf ihrem Nachttisch. Es war früh, gerade erst 4:38 Uhr am Morgen.

Was hatte sie geweckt?

Wie in Beantwortung ihrer Frage quietschte unten eine Tür. Jemand war wach und schlich durch das Haus.

Jonathan?

Ein leise knirschendes Geräusch ließ Rhianna hochfahren. Sie warf die Laken zur Seite, kletterte aus dem Bett und griff nach ihrem Morgenrock. Dann trat sie auf Zehenspitzen auf den Balkon hinaus.

Sie hatte am Abend vorher die Tür offen gelassen, in der Hoffnung, dass die Nachtluft den Raum abkühlen würde. Stattdessen hatte die Nachtluft eine stark erhöhte Luftfeuchtigkeit mit sich gebracht.

Schweißtropfen liefen Rhianna das Gesicht hinunter, während sie einem Schatten nachsah, der sich über den Rasen bewegte. Es war Jonathan. Das Licht einer Taschenlampe zeigte ihm den Weg. Wo wollte er hin?

Zur Hütte.

Die Neugierde veranlasste Rhianna, etwas Dummes zu tun. Schnell verknotete sie den Gürtel ihres Morgenrocks, eilte nach unten, öffnete leise die Tür und trat nach draußen. Sie würde ihm folgen. Vielleicht würde sie dann erfahren, was er vorhatte.

Der mitternachtsblaue Himmel über ihr war mit Wolken verhangen. Der Mond war nicht zu sehen.

Geführt von seiner Taschenlampe ließ Rhianna den Garten hinter sich. Der Pfad zur Hütte hin war eben. Vorwiegend flache Steine und Gras, wofür sie dankbar war, da sie in der Eile vergessen hatte, ihre Sandalen anzuziehen. Unglücklicherweise verfing sich entlang des Weges ein langer Ast in ihrem Mantel und brach mit lautem Knacken ab. Blitzschnell duckte sich Rhianna, während das Geräusch in der Stille der Nacht widerhallte. Nach einer Weile spähte sie vorsichtig hinter einem Kokosnussbaum hervor. Das Licht schien in ihre Richtung.

So ein Mist!

Mit rapide klopfendem Herzen zog sie sich geschwind wieder hinter den Baum zurück. Wenn Jonathan sie hier finden würde, wäre sie ihm eine Erklärung schuldig.

Das Licht schwenkte ganz in der Nähe an ihr vorbei und verschwand dann.

Rhianna verharrte weiter still und bemühte sich, ihr schweres Keuchen unter Kontrolle zu bekommen.

Was, wenn er mich findet?

Sie würde vor Scham in den Boden versinken.

Dann riskierte Rhianna erneut einen Blick. Das Licht war verschwunden.

Erleichtert trat sie auf den Pfad zurück. Minuten später tauchte ein warmes Licht vor ihr auf, das nur von der Hütte kommen konnte.

Auf Zehenspitzen bewegte sie sich im weiten Abstand von der Tür um das Gebäude herum. Vorsichtig duckte sie sich unter einem Fenster vorbei und lehnte sich dann mit dem Rücken an die Wand.

Ok, Rhianna. Ein schneller Blick und dann nichts wie zurück ins Haus.

Entschlossen presste sie die Nase gegen das kühle Glas. Ein zur Seite gezogener Vorhang vor dem Fenster gab den Blick auf einen kleinen, überwiegend im Schatten gelegenen Raum frei. Jonathan hatte die Taschenlampe auf den Tisch gelegt. Deren Schein beleuchtete Etwas, das mit einem Tuch abgedeckt war. Vielleicht ein Möbelstück.

Jonathan ging direkt vor Rhianna an dem Fenster vorbei.

Sie zuckte zurück.

Sie ließ einige Zeit verstreichen, bevor sie den Mut hatte, einen weiteren Blick zu wagen. Sie konnte ihren Augen nicht trauen. War das, was sie sah, womöglich ein Traum?

Ihr Herz begann zu rasen.

~ * ~

Jonathan zog sich bis auf die Boxershorts aus. Die verdammte Hitze war einfach zu viel. Seine Hoffnung, in der Hütte kühlere Temperaturen vorzufinden, war verflogen. Und wie stand es mit dem Wunsch, durch deren abgeklärte Einsamkeit Inspiration zu finden?

Vor der Staffelei wischte er sich über die feuchte Stirn. Er zog das Tuch von der Leinwand und starrte sie an.

Was sollte er malen? Eine Landschaft? Die Insel?

Nein, das hatte er schon. Er brauchte etwas Neues. Etwas Erlesenes, wunderschön und geheimnisvoll.

Rhianna.

Er schüttelte den Kopf, unfähig, zu leugnen, dass er, seit diese Frau auf seiner Insel abgesetzt worden war, an nichts anderes als an Rhianna McLeod denken konnte.

Wie eine falsche Münze, die ständig wieder auftaucht.

Beim Blick auf die Leinwand konnte er Rhianna sehen. Den Glanz ihrer goldbraunen Haare, ihre grünen Augen, ihre sanften Kurven an den richtigen Stellen, die Neigung ihres Kinns, wenn sie wieder mal ein Hühnchen mit ihm zu rupfen hatte – was, weiß Gott, oft genug war – und ihr feuriges Temperament.

Jonathan grinste vor sich hin.

Oh ja, Rhianna konnte man sicher als Ablenkung charakterisieren.

~ * ~

Es gelang Rhianna nicht, ihren Blick von Jonathan abzuwenden. Durch das Fenster hindurch studierte sie ihn in seiner wilden, beinahe katzenhaften Grazie - was seltsame Gefühle in ihr erweckte, genau wie ihn förmlich nackt zu sehen. Die Boxershirts ließen der Fantasie wenig Spielraum. Sie musste sich zwingen, ihre Gedanken nicht in seinen Intimbereich wandern zu lassen.

Als sie die Augen endlich von Jonathan abwandte, um sich weiter umzusehen, entdeckte sie die Staffelei und die Leinwand. Rhianna musste ein Lachen unterdrücken.

„Du meine Güte", flüsterte sie. „Diese Art von Maler."

Jonathan Tyler war ein Künstler – offensichtlich ein guter und in jedem Fall einer, der gerne kleckerte. So verdiente er also sein Geld.

Wie war ihr das nur entgangen?

Sie erinnerte sich an all die farbverschmierten Hemden, die sie an ihm gesehen hatte. Mrs Atkinson musste ihre liebe Not damit haben, sie sauber zu bekommen.

In der Hütte beugte Jonathan sich nach vorn. Das Material seiner Shorts spannte sich über seine Pobacken.

Rhianna spürte, wie ihr die Hitze in die Wangen stieg. Noch nie hatte sie einen Mann gesehen, der sich so natürlich in seiner Haut bewegte. Oder in diesem Zustand der Nacktheit.

Außer Peter.

Gepeinigt hielt sie den Atem an. Sie wollte nicht an Peter denken, der sich ungebeten wieder und wieder in ihre Gedanken und Albträume schlich. Selbstverachtung und Furcht setzten Rhianna weiter zu. Seit Jahren wurde sie von ihrer geheimen Vergangenheit kontrolliert.

Damit war jetzt Schluss, versprach sie sich. *Ich werde dich vertreiben, Peter Waverley. Auf die eine oder andere Weise.*

Und jetzt wusste sie auch wie.

Sie warf einen letzten Blick durch das Fenster. Jonathan lachte vor sich hin. Dann griff er nach Pinsel und Palette und legte abschätzend den Kopf zur Seite.

Beim Versuch eines unauffälligen Rückzugs trat Rhianna prompt gegen einen Müllsack, in dem Metall auf Metall schlug. Geistesgegenwärtig stellte sie den Beutel schnell wieder auf und verschwand danach in aller Eile unter den Bäumen.

Kurze Zeit später hatte sie ihr Ziel erreicht.

Der natürliche Pool und der Wasserfall erwarteten sie, lockten sie, und luden sie in die kühle Tiefe ein. Das Rauschen des Wassers beruhigte sie. Die parfümierte Luft ließ sie lächeln.

Es würde ihr gelingen. Mit ihrem persönlichen Exorzismus würde sie den zerstörerischen Einfluss austreiben, den Peter Waverley immer noch auf sie hatte. Es *musste* ihr gelingen.

Bevor sie ihre Meinung ändern konnte, hängte sie ihren Morgenmantel an einen Ast, zog sich das Nachthemd über die Kopf und entledigte sich ihres Slips.

Ich bin nackt.

Rhianna erzitterte. Sie war den Elementen nun komplett ausgeliefert. Mit über der Brust verschränkten Armen glitt sie langsam in das Wasser, dessen Wärme sie willkommen hieß.

Sie hatte dieses Geheimnis – diese überwältigende Scham – in die tiefsten Winkel ihrer Erinnerung verbannt. Es war Jahre her, seit sie sich das letzte Mal bewusst die Ereignisse der Vergangenheit in Erinnerung gerufen hatte.

Peter Waverley hätte sie beinahe zerstört.

Aber ich bin stärker.

Rhianna atmete tief und regelmäßig durch. Dann tat sie etwas, dem sie sich all diese Jahre widersetzt hatte. Sie erinnerte sich …

Es hatte damit begonnen, dass er ihren Kopf unter Wasser gezwungen hatte. Brutale Hände drückten Rhianna nach unten und hielten sie dort fest. Sie versuchte, ihre Panik zu kontrollieren, aber parfümiertes Badewasser drang ihr in die Nase und brannte den ganzen Weg ihre Kehle hinunter. Dann wurde sie nach oben gerissen. Verzweifelt flehten ihre Lungen um Sauerstoff.

„Das wird dich lehren, mich anzuschwärzen", hatte Peter sie außer sich vor Zorn angeschrien. „Mach das nie wieder! Hörst du mich?"

Wieder und wieder zwang er sie unter Wasser, bis die Dunkelheit sie zu überwältigen drohte. Nur schwach nahm sie sein drohendes Gelächter wahr.

„Du bekommst, was du verdienst, du blöde, kleine Schlampe!" Endlich ließ er sie los.

Luft! Zwischen keuchenden Hustenanfällen rang sie krampfhaft nach Luft.

„Wir setzen die Diskussion fort, nachdem du dich abgetrocknet hast", höhnte Peter.

„Ich werde Ihnen nicht noch einmal erlauben, mich zu vergewaltigen", gelang es Rhianna mit heiserer Stimme zu krächzen.

Wieder verschwand ihr Kopf unter Wasser.

Ich werde sterben.

Obwohl sie nur ein schmächtiger Teenager war, wehrte sie sich, trat um sich und versuchte, ihm zu entkommen. Aber Peter war zu stark. Sie hielt den Atem an, bis ihr der Kopf zu explodieren drohte. Der Schmerz in ihrer Kehle und in ihren Nebenhöhlen war unerträglich.

Aber nicht so qualvoll, als wenn er mich vergewaltigt.

Sie konnte sich nicht vorstellen, diese Hölle weiter durchmachen zu müssen. Unablässig mit der Furcht zu leben, ob heute Nacht die Nacht war, in der er sich in ihr Zimmer schleichen würde. Oder ob es ihm gelingen würde, sie auf eine andere pervertierte Art zu demütigen.

Ich halte das nicht länger aus.

Unter Wasser öffnete Rhianna die Augen. Ein Gefühl der Benommenheit legte sich über sie. Mit ihrem Tod würden der Schmerz und die Demütigungen der Vergangenheit angehören. Endlich würde sie frei sein.

Rhianna ließ ihren Atem entweichen und begann, Wasser zu inhalieren. Ihr Körper wehrte sich, kämpfte panisch darum, atmen zu dürfen. Ihre Finger kratzten am Rand der Wanne, ohne einen Halt zu finden. Sie fragte sich, was wohl auf der anderen Seite auf sie wartete.

Etwas Besseres als die letzten sechzehn Jahre?

Freiheit.

Kurz nach Mitternacht ertrank Rhianna in Peter Waverleys Badewanne.

~ * ~

Gerade als Jonathan einen ersten zögernden Pinselstrich auf der Leinwand machen wollte, hörte er ein gedämpftes Poltern. Am Nachmittag hatte er einen Müllsack leerer Farbverdünner und Farbversiegelungsmittel entsorgt. Er trat an das Fenster. Vielleicht hatte ein Tier den Beutel umgeworfen. In unmittelbarer Nähe des Hauses konnte er nichts entdecken. Prüfend sah er zur Baumlinie hinüber.

Dort blitzte etwas Weißes.

Was zum Teufel ...?

Er sah auf die Wanduhr. Es war kurz nach vier Uhr morgens. Alle schliefen noch.

Vielleicht ein Gespenst.

Bei dem Gedanken musste er lachen.

Ich habe wohl zu lange Farbgeruch geschnüffelt.

Jonathan wandte sich vom Fenster ab.

Da die Atkinsons keine Nachteulen waren und Misty das Haus nachts nie verlassen würde, gab es nur eine logische Erklärung.

Sein Blick wanderte auf die leere Leinwand.

Hatte Rhianna ihm nachspioniert?

Mit einem Seufzer legte Jonathan den Pinsel auf die Staffelei zurück, wickelte die Farbpalette in Plastik ein und deckte alles wieder mit dem Tuch ab.

Die Eingebung musste warten. Falls es tatsächlich Rhianna gewesen war, die er zwischen den Bäumen gesehen hatte, hatte sie die falsche Richtung eingeschlagen.

Mit der Taschenlampe in der Hand stieß er ein irritiertes Brummen aus. „Warum muss ich ständig hinter dir herlaufen, Rhianna?"

Kapitel 15

Rhianna watete weiter in den kleinen See hinaus, während ihr die Tränen die Wangen hinunterströmten. Sie war in der Badewanne der Waverleys gestorben. Peter, mit seinem anzüglichen Grinsen und seinen suchenden Händen, hatte sie wiederbelebt. Alleine und in Todesangst war Rhianna im Krankenhaus zu sich gekommen. Sie konnte sich noch gut daran erinnern, wie Gwen, Peters stille Komplizin, die in ihrer eigenen Welt lebte, am frühen Morgen zu ihr ins Zimmer gekommen war. Der kalte Ausdruck ihrer Augen hatte so wenig Mütterliches an sich, wie ein hungriger Kojote, der seine verwundete Beute begutachtete.

Gwen hatte Rhianna mit Vorwürfen überhäuft. „Peter musste dir Mund-zu-Mund Beatmung geben, du undankbares Miststück. Wie kannst du nur einen Selbstmordversuch in unserem Haus machen!"

„Das habe ich nicht", hatte Rhianna ihr mit heiserer, rauer Kehle beteuert. „Er hat mich unter …"

„Lügnerin!", hatte Gwen sie zornentbrannt unterbrochen. „Alles Lügen. Wir haben alles für dich getan, uns um dich gekümmert, dir ein gutes Heim gegeben. Und so zeigst du deine Dankbarkeit? Indem du das Jugendamt anlügst? Indem du ihnen sagst, dass mein Mann, der, der dich versorgt hat, dir solch unaussprechlichen Dinge angetan hat?"

Der Blick, mit dem Gwen Rhianna ansah, war voller Verachtung. Dann drehte sie sich auf dem Absatz um und ging zur Tür.

„Du hattest solch ein Glück, dass Peter dich gehört hat, sonst würden wir dieses kleine Gespräch nicht führen. Du sollst heute noch zur Beobachtung hier bleiben. Morgen erwarte ich dich zu Hause." Dann fügte sie hinzu: „Falls sie vorhaben, dich länger hier zu behalten, wirst du ihnen sagen, dass es dir gut geht, und dass du nach Hause willst. Haben wir uns verstanden? Deine Arbeit wartet auf dich."

Die Tür fiel hart ins Schloss, nicht unähnlich dem Klang einer sich hinter ihr schließenden Zellentür. Rhianna sah da keinen Unterschied.

Jetzt, endlich, während sie weiter in die Tiefen des Pools vordrang, überkam Rhianna ein Gefühl der inneren Stärke. Sie würde es schaffen. Und sobald ihr das gelungen war, gehörte die Macht, über ihr Leben zu bestimmen, alleine ihr. Nicht Peter.

„Ihr werdet nicht gewinnen", rief sie in die Nacht hinaus. „Ich werde mein Leben leben. Jeden kostbaren Augenblick."

Dann verlor sie den Grund unter den Füßen.

Sofort holte sie die alte Furcht wieder ein. Der Gedanke, ertrinken zu müssen, überwältigte sie förmlich.

Nach ihrem Nahtoderlebnis im Alter von sechzehn Jahren war Rhianna aus dem Haus der Waverleys geflohen. Sie hatte einen Teilzeitjob in einem Café gefunden, wo sie - im Tausch gegen Verpflegung und Unterkunft in einem kleinen Zimmer im Hinterhaus - die Tische abräumte. Das Leben war erträglich, solange, bis eine Mitarbeiterin des Jugendamtes Rhianna dort entdeckte und ihr damit drohte, sie zu den Waverleys zurückzuschicken. Noch am gleichen Tag verließ Rhianna Bangor. Sie erreichte Portland, ihr Ziel, per Anhalter, wo es ihr mit Hilfe der Betreuerinnen eines Frauenhauses gelang, neu anzufangen.

Und hier bin ich nun. Dem Himmel sei Dank für den Schwimmunterricht im CVJM.

Rhianna tauchte unter, hielt den Atem an und zählte bis Zwanzig. Zurück an der Oberfläche strahlte sie den heller werdenden Himmel an. „Ich bin am Leben."

Beim nächsten Tauchgang hielt sie den Atem an, solange es ihr nur möglich war. Sekunden verstrichen; sie blieb unter der Wasseroberfläche. Endlich erlaubte sie ihrem Atem langsam zu entweichen. Vollkommen entspannt verabschiedete sie sich von der Tiefe und rang über dem Wasser angestrengt nach Luft.

Ein letzter Test.

„Du hast nicht länger Gewalt über mich, Peter Waverley."

Rhianna schwamm direkt unter die mit voller Kraft auf sie einstürzenden Wassermassen des Wasserfalls. Der Druck war so intensiv, als ob winzige Hände sie mit Gewalt nach unten pressen wollten.

Befreie dich!

Rhianna zwang sich, unterzutauchen. Die Macht des Wasserfalls musste zu ihrer Desorientierung beigetragen haben, denn zu ihrer

Überraschung fand sie sich beim Auftauchen hinter dem Wasserfall wieder. Dem schwachen Licht des frühen Morgens gelang es, den Wasservorhang zu durchbrechen und eine kleine Grotte zu erhellen, die sich in den Kalksteinfelsen hineingefressen hatte. Der Hohlraum öffnete sich mehrere Meter weit nach hinten. Von dort aus drang durch ein Loch in der Felsendecke zusätzliches Licht ein, das an den Wänden tanzte. Der murmelnde Klang des Wasserfalls hallte in der Grotte wieder.

„Wunderschön", murmelte Rhianna.

Wenige Zentimeter über der Wasseroberfläche zog sie sich auf die glatte Steinkante hoch und ließ die Füße im Wasser baumeln. Eine innere Ruhe breitete sich in ihr aus, die ihr so bislang nicht bekannt war. Dieser kleine See hatte etwas, Angelinas Insel hatte etwas. Etwas Heilendes und Vielversprechendes, das überall, in der wohlriechenden Luft, im feinen Sand und in dem seidigen Wasser zu finden war. Von ersten Moment an, als sie die Insel betreten hatte, war sie ihrem Charme unterlegen, hatte in ihrer Frische gebadet. Nie hatte sie sich so rein gefühlt.

„Ich wünschte, ich könnte für immer bleiben."

Traurig dachte sie daran, dass Roland sie schon bald in seinem Boot abholen und zurück auf das Festland bringen würde, wo ihr Flug nach Miami auf sie wartete. Und JT. Obwohl sie den alten Mann schmerzlich vermisste, bedrückte es sie dennoch, dass ihre Rückkehr das Verlassen der Angelina-Insel mit sich bringen würde.

Und Jonathan?

Dieser Gedanke ließ ihr das Herz schwer werden.

~ * ~

Jonathan berührte den weißen Morgenmantel. Rhianna war hier – irgendwo – aber der Pool schien unberührt. Lag sie versteckt im Schatten, mit halb geschlossenen Augenlidern, mit leicht geöffnetem Mund und den vollen Lippen, die er küssen wollte?

Nein, tatsächlich wollte er weit mehr. Haut an Haut. Sein Verlangen nach ihr wuchs täglich, was ihn launisch und unausstehlich machte. Da, er konnte seine Charakterschwäche zugeben. Von einer solch schönen Frau in Versuchung geführt und dann daran erinnert zu werden, dass sie für ihn absolut unerreichbar war, konnte bei einem Mann zu Frustrationen führen.

„Rhianna?"

Keine Antwort.

Sie musste hier sein. Ihre Kleider hingen am Baum.

Er wechselte die Taktik. „Falls Sie sich verstecken, weil es Ihnen peinlich ist, werde ich kommen und Sie finden."

Keine Reaktion.

Verdammtes Weib! Wo zum Teufel steckst du?

Ein schrecklicher Gedanke fuhr ihm durch den Kopf. Was, wenn Rhianna schwimmen wollte, stattdessen aber ausgerutscht und mit dem Kopf auf einen Stein aufgeschlagen war? Was, wenn sie bewusstlos da lag – oder womöglich Schlimmeres passiert war?

Mit einem Hechtsprung stürzte Jonathan sich ins Wasser und durchquerte mit kräftigen Zügen den Pool. Er sah in allen seinen Schatten nach, ohne eine Spur von Rhianna zu entdecken.

Bilder aus seiner Erinnerung bedrängten ihn. Der Tag, an dem er Rhianna schlafend am Kai gefunden hatte; das Lächeln auf ihrem Gesicht, als sie sein Heim zum ersten Mal gesehen hatte; ihre sanfte Art, mit Misty umzugehen und sie zu ermutigen; wie wundervoll sie mit offenem Haar aussah … bevor er sie geküsst hatte.

Ich kann sie nicht verlieren. Ich fange gerade an, sie zu mögen.

Panik machte sich ihn ihm breit. Er tauchte in die Tiefe, seine Finger tasteten den Boden ab. Nichts außer Steinen und Sand hier, ebenso wie auf der anderen Seite des Pools.

Die Angst nagte an ihm. Was, wenn er Rhianna verloren hatte?

~ * ~

Es war an der Zeit, die Grotte zu verlassen. Voller Selbstbewusstsein tauchte Rhianna in die Tiefe und kreuzte unter dem Wasserfall hindurch zurück in den kleinen See – wo sie unmittelbar vor einem schockierten Jonathan auftauchte. Nicht, dass sie nicht ebenfalls vollkommen überrascht gewesen wäre. Ihr Puls schlug so heftig, dass sie sich sicher war, er konnte ihn hören.

„Wo zum Teufel haben Sie gesteckt?", fuhr er sie an.

„Warum? Habe ich Sie etwa erschreckt?" Sie wusste, dass er das verneinen würde. Deshalb zuckte sie mit den Schultern. „Dann wissen Sie jetzt, wie es sich anfühlt."

„Ich dachte, Sie seien …" Er wandte den Blick ab.

„Was dachten Sie?"

Jonathans Kiefer verkrampfte sich. „Unwichtig."

Fragend sah sie ihn an, und dann fiel es ihr wie Schuppen von den Augen. Er musste ihre Kleidung gefunden und nach ihr gesucht haben. Wie hätte er ahnen können, dass sie die Grotte hinter dem Wasserfall gefunden hatte?

„Ich war hinter dem Wasserfall."

Jonathans Kopf fuhr hoch. „Sie haben die Höhle gefunden?"

Rhianna nickte. „Durch Zufall."

„Sie ist beinahe das Einzige, was hier natürlich entstanden ist", sagte er mit Blick auf den kleinen See.

„Was wollen Sie damit sagen?"

Er lachte auf, ein voller Ton, der Rhianna erzittern ließ. „Dachten

Sie, dies sei ein natürlicher Wasserfall?"

Rhianna blinzelte. „Ist er das nicht?"

„Wir befinden uns auf einer kleinen Insel, auf der es nur wenige Hügel gibt. Natürliche Fälle finden Sie nur auf den größeren Inseln. All das hier ist meine Konstruktion. Der Pool, der Wasserfall, alles, außer der Grotte."

„Wow. Wer hätte das gedacht?"

„Ursprünglich gab es hier nur einen kleinen Tümpel, der regelmäßig während des Sommers ausgetrocknet ist. Er hat mich auf die Idee gebracht."

„Wie halten Sie den Wasserstand?"

„Quellwasser", erläuterte Jonathan. „Der Wasserfall wird vom Regenwasser gespeist, über Rohre, die zwischen dem Pool und dem obersten Punkt des Wasserfalls einen Kreislauf bilden. Die Quelle hält den Wasserpegel auf dem gleichen Stand."

„Ihre Exfrau muss es hier geliebt haben", murmelte Rhianna.

Grimmig sah er an Rhianna vorbei. „Sirena hatte nicht viel Sinn für die Natur. Einzig für den wilden Dschungel Hollywoods."

Einen Augenblick herrschte Schweigen.

„Dieser Ort ist unglaublich schön", sagte Rhianna endlich.

„Ich glaube, du bist unglaublich schön", platzte es aus ihm heraus, während er mit wenigen Zügen auf sie zu schwamm.

Jonathans Lippen, deren sanfter Druck die Einladung enthielt, auf sie zu reagieren, lagen so schnell auf den ihren, dass ihr keine Zeit blieb, nachzudenken oder ihn abzuwehren. Rhianna nahm die Einladung an.

Sanft teilte er ihre Lippen. Der Kuss wurde intensiver. Rhianna empfing ihn mit solch freudiger Erwartung, dass sie von sich selbst überrascht war. Sie hielt nichts zurück. Sie verspürte keine Angst - allein dieses himmlische Glücksgefühl, das ihren Körper durchströmte.

Und dann berührte Jonathan sie. Er schlang die Arme um ihre Hüften und zog sie an sich. Seine seidigen Boxershorts streiften ihre Haut. Und noch etwas anderes.

Etwas, das hart wie ein Stein war.

Rhianna zog scharf den Atem ein. Seine Zunge drang tiefer in ihren Mund vor, was ihr ein lustvolles, unkontrolliertes Stöhnen entlockte. Sie verlor sich in diesem Gefühl, in der Süße seines Atems und in den erregenden, forschenden Erkundigungen seiner Zunge.

„Rhianna", flüsterte er. Er zog sich zurück.

Mit beiden Händen griff sie seinen Kopf und lenkte ihn nach unten, bis sich ihre Lippen erneut gefunden hatten. Sie war noch nicht mit ihm fertig. Bei weitem nicht. Sie musste Jahre hinter sich lassen, hatte Jahre aufzuholen, solange, bis nur noch dieses Eine bleiben würde – dieser perfekte, absolut glorreiche Kuss.

Ihre Hände strichen durch seine nassen Locken, während er ihre Augenlider, ihre Nase, ihr Kinn küsste. Sein heißer Mund erkundete den Weg zu ihrem Hals. Sie beugte sich zurück, gewährte ihm Zugang.

Verloren. So fühlte sie sich, wenn er sie küsste.

„Jonathan …"

Hart küsste er ihre Lippen. Ihr Stöhnen war ekstatisch. Dann verirrte sich sein Mund auf ihre Schultern und seine Zunge schleckte eine Reihe von winzigen Wassertropfen auf, die sich auf ihrem Schlüsselbein gesammelt hatten.

„Ich will jeden Zentimeter von dir schmecken", flüsterte Jonathan ihr mit heiserer Stimme zu.

Rhianna erzitterte.

Bevor sie ihn dazu ermuntern konnte, fiel Rhianna am anderen Ende des Pools eine Bewegung ins Auge. Sie blinzelte einige Male, unsicher, ob sie womöglich einer optischen Täuschung zum Opfer fiel.

Aber nein.

„Schlange!", schrie sie laut auf.

Kapitel 16

Eine grau-schwarze Schlange glitt langsam über die Wasseroberfläche auf sie zu.

„Raus aus dem Wasser!", kreischte Rhianna. So schnell sie konnte steuerte sie auf das seichte Ende des Pools zu. Ängstlich sah sie sich um. „Beeil dich! Warum bewegst du dich nicht?"

Jonathan prustete los. „Das ist ein Anhinga."

Da sie ihn weiter zweifelnd ansah, erklärte er: „Ein Schlangenhalsvogel."

Wie zur Bestätigung gab der Anhinga ein heiseres Krächzen von sich.

Rhianna kauerte sich so am seichten Ende des Sees zusammen und versuchte, die Wärme, die ihr in die Wangen stieg, zu ignorieren. Beinahe wäre sie aus dem Pool geflohen. Nackt. Direkt vor seinen Augen.

„Ein Vogel?", erkundigte sie sich zögernd.

„Der Anhinga ähnelt einem Seeraben", erläuterte Jonathan und watete zu ihr hinüber. „Er hat einen überlangen Hals. Wenn er schwimmt, ist der Hals das Einzige, was du sehen kannst. Die Einheimischen nennen ihn den Schlangenvogel."

„Eine passende Beschreibung", nickte Rhianna mit verkniffenem Gesicht.

„In Florida gibt es Anhingas. Hast du noch nie von ihnen gehört?"

„Ich verbringe nicht viel Zeit in der Natur."

„Warum nicht?"

„Ich halte mich gerne in der Nähe des Hauses auf. Falls ich

gebraucht werde."

Der Anhinga hob seinen langen, dünnen, gelben Schnabel an und verfolgte jede ihrer Bewegungen. Dann schwamm der Vogel mit einem ohrenbetäubenden Krächzen auf die Steine am Ufer zu, watschelte an Land und breitete seine Flügel aus. Regungslos stand er da.

„Was macht er denn?" wollte Rhianna wissen.

„Er trocknet seine Flügel."

„Verstehe."

„Sie werden auch Wassertruthähne genannt."

„Als Delikatesse mit Füllsel und Kartoffelbrei kann ich ihn mir nicht vorstellen."

Jonathan kicherte. „Da könntest du Recht haben."

„Woher weißt du so viel über sie?"

„Marvin ist ein wandelndes Lexikon."

Unsicher sah sie ihn an. „Marvin?"

„Mr Atkinson."

Wieder stieß der Anhinga einen durchdringenden Schrei aus.

„Laut sind sie in jedem Fall", bemerkte Rhianna.

„In Brasilien werden sie auch Teufelsvögel genannt."

„Na prima", schüttelte sie den Kopf. „Und wir sind ganz in seiner Nähe geschwommen."

Ein Lächeln umspielte Jonathans Mund. „Das nennst du schwimmen?"

Hitze durchflutete sie. Rhianna wandte ihren Blick ab.

Verdammt! Ihr Morgenrock und ihre sonstigen Kleidungsstücke lagen weit entfernt – zu weit, um sie zu erreichen, ohne dass Jonathan sie in ihrer ganzen Nacktheit sehen würde.

„Was ist denn?" Er trat aus dem Wasser.

Rhianna schluckte schwer. „Du musst dich umdrehen."

„Ach ja. Du bist nackt." Er sah sie an. Seine Boxershorts lagen eng wie eine zweite Haut um seinen Unterkörper.

„Ich dachte, ich bin alleine."

Das war es, was Rhianna gesucht hatte. Die Abgeschiedenheit. Und jetzt wünschte sie sich nichts sehnlicher als seine Nähe.

Ob Jonathan wohl das Gleiche empfand?

Im Schein der aufgehenden Sonne musterte sie ihn. Jonathan sah wie das Titelmodell von *People Magazine's* Artikel über ‚Die 10 attraktivsten Männer' aus, den sie auf Mrs Fletchers Bücherregal entdeckt hatte. Allerdings machte es schon einen Unterschied, die Seiten umzublättern und Fotos umwerfender Herzensbrecher zu genießen oder einen nur wenige Schritte entfernt leibhaftig vor sich stehen zu sehen.

Rhianna wurde von einem innerlichen Beben geschüttelt.

Nimm dich zusammen, Mädchen.

Bewusst atmete sie tief durch und watete über die steinige Einfassung des Sees hinweg an Land. Hastig griff sie sich ihren Morgenmantel. Dabei entging ihr nicht, dass Jonathan sich vorbeugte, um sich den Sand von den Füßen zu wischen.

Rhianna versuchte, nicht zu starren. Was kein leichtes Unterfangen war.

~ * ~

Jonathan gab Rhianna hinreichend Zeit, sich anzuziehen. Er konnte es sich leisten, ein Gentleman zu sein. Sein Wunsch hatte sich gerade erfüllt. Der Kuss. Nun musste er sich nur noch selbst davon überzeugen, dass das *alles* war, was er wollte. Allerdings würde nur ein Lügner bestreiten, dass er sich weit mehr als nur das genommen hätte, wenn Rhianna sie nicht unterbrochen hätte.

„Ok", sagte Rhianna hinter ihm. „Ich bin angezogen."

„Das ging schnell." Mit diesen Worten drehte er sich zu ihr um.

Der Gürtel des Morgenmantels war fest um ihre schmalen Hüften geknotet. Zudem hielt Rhianna ein Bündel Weißes in der Hand und wisch nervös seinen Blicken aus.

War sie unter dem Mantel etwa nackt?

Daran darfst du nicht denken.

Mit wachsendem Verlangen starrte er sie an.

„Wir sollten gehen", murmelte sie.

„Das sollten wir", stimmte er zu.

Sie drehte sich um und schlug den Pfad Richtung Haus ein.

„Warte", rief er hinter ihr her. „Ich habe die Taschenlampe. Ich sollte vor …"

Zu spät. Unvermutet stolperte Rhianna und stieß einen Schmerzensschrei aus.

Jonathan eilte an ihre Seite. „Alles in Ordnung?"

„Ich glaube, ich habe mir das Fußgelenk gebrochen."

„Lass mich nachsehen."

Er reichte ihr die Taschenlampe und ging vor ihr auf die Knie. Vorsichtig nahm er ihren Fuß in seinen Schoß. Die Schwellung war bereits deutlich erkennbar. Sanft tasteten seine Fingerspitzen ihre Fußknöchel ab.

Der Schmerz verschlug ihr beinahe den Atem.

„Entschuldigung."

„Wie lautet das Urteil? Werde ich überleben?"

Er lächelte. „Nichts gebrochen. Du hast Glück gehabt."

Sie versuchte aufzutreten, was sie zu einem lauten Schmerzensschrei veranlasste.

„Hier", sagte er. Plötzlich fand sie sich in seinen Armen wieder.

„Was tust du da? Lass mich sofort herunter."

„Du darfst den Fuß nicht belasten."

„Aber …"

„Kein Aber. Es sei denn, du möchtest auf deinem Allerwertesten landen."

„Sehr lustig", erwiderte sie trocken.

„Leg den Arm um meinen Hals."

Sie zögerte.

„Ich beiße nicht." Er seufzte. „Versprochen."

Nachdem sie seinem Vorschlag gefolgt war, grinste er. „Na, ist das nicht besser?" Für ihn fühlte es sich in jedem Fall gut an.

„Ja. Danke."

„Kein Problem." Er kicherte. „Jederzeit, aber ich denke, du hattest bereits genug schlechtes Karma."

Rhianna vermied es, ihn anzusehen. „Den Eindruck könnte man haben, nicht wahr?"

Er lachte und ging weiter. Nach einigen Metern verließ er den gewohnten Pfad und folgte stattdessen einem festgetretenen Sandweg.

„Wo willst du hin? Das ist nicht der Weg zum Haus."

„Vertrau mir. Dein Fuß muss so schnell wie möglich geeist werden. Ich habe Eis in meinem Studio."

„Im Haus gibt es auch Eis."

Er schnaubte. „Wirst du über alles, was ich sage, mit mir diskutieren wollen?"

Rhianna versagte sich eine Antwort.

An der Hütte angelangt, öffnete Jonathan die Tür und trug Rhianna zur Couch. Dort setzte er sie vorsichtig auf den Kissen ab und zögerte, als er ihre schmollenden Lippen sah.

Himmel, wie sehr er sie küssen wollte.

Eis, verdammt noch mal! Bring ihr das Eis.

Kein Eis der Welt würde das Feuer, das in ihm brannte, kühlen können.

~ * ~

Nachdem seine Arme sie freigegeben hatten, biss sich Rhianna auf die Unterlippe und kämpfte um ihre innere Kontrolle - erfolglos.

Mein Gott! Was ist nur los mit mir?

Ihr Puls raste und dünne Schweißtropfen formierten sich auf ihrer Stirn. Der Kuss im Pool. Sie hatte auf ihn reagiert, wie sie es nie zuvor getan hatte – unbedacht und voller Leidenschaft. Warum hatte sie sich Jonathan nicht so verweigert, wie sie sich der Handvoll anderer Männer verweigert hatte, die in der Vergangenheit versucht hatten, ihr näher zu kommen?

Weil sie ihn wollte.

Das war die einzig logische Erklärung.

Wer weiß, was passiert wäre, wenn der Anhinga sie im Pool nicht aufgeschreckt hätte. Der Vogel hatte eindeutig die Stimmung zerstört, und sie vermutete, dass sie nicht die Einzige gewesen war, die der Vorfall aus dem Gleichgewicht gebracht hatte. Jonathan hatte ebenfalls einen unsicheren Eindruck gemacht - was ihre unsinnige Unterhaltung über Truthähne und Teufelsvögel erklärte.

Nun saß sie hier auf der Couch, allein mit diesem Mann. Keine Ablenkung – nichts außer seinen Händen auf ihrem Fußgelenk, seinem nackten, gebräunten, wohlgeformten Brustkorb direkt vor ihren Augen und einem Lächeln, dass sie in eine heiße, schmelzende Masse voller Verlangen zerfließen ließ.

Wie sollte sie sich verhalten?

Jonathan übernahm die Führung.

„Sitzt du bequem?", erkundigte er sich.

Sie nickte und fragte sich, ob er es wohl bereute, sie geküsst zu haben.

„Du siehst angeschlagen aus."

„Besten Dank", murmelte sie.

Besorgt sah er sie an, griff sich ein Kissen vom Stuhl und schob es unter ihren Fuß. „Er sollte hoch liegen. Das wird die Schwellung verringern."

„Wer bist du, Dr. Tyler, Orthopäde?", fragte Rhianna trocken.

„Ich habe gelernt, mich um kleinere Verletzungen selbst zu kümmern." In der Küche öffnete er die Tür zum Gefrierschrank. „Hier draußen ist das eine Notwendigkeit. Der nächste Arzt praktiziert knapp eine Stunde von hier." Er ließ Eiswürfel in ein Handtuch fallen und rollte sie vorsichtig ein.

Zurück an ihrer Seite wickelte er den behelfsmäßigen Eisbeutel um ihr Fußgelenk. „Das sollte die Schmerzen betäuben."

„Macht dir das wegen Misty keine Sorgen?" Rhianna versuchte, die alles durchdringende Kälte auf ihrem Fuß zu ignorieren.

„Gewöhnlich habe ich ein Funkgerät für Notfälle."

Sie errötete. „Oh ja … Tut mir leid."

Jonathan zuckte mit den Achseln. „Das ist kein Notfall." Er steuerte auf den Küchenschrank zu. „Etwas zu trinken?"

„Ja bitte." Geschwind nahm sie die Gelegenheit wahr und stopfte ihr Nachthemd und ihren Slip hinter die Sofakissen.

Mit zwei Gläsern in den Händen kehrte Jonathan zu ihr zurück. „Ich hoffe, Orangensaft ist in Ordnung. Das ist alles, was ich dir hier anbieten kann."

„Kein Problem. Vielen Dank."

Ihre Hände trafen sich, als er ihr das Glas reichte. Prickelnde Elektrizität entlud sich zwischen ihnen.

„Sorry, daran ist der Teppich schuld", versuchte er eine Erklärung.

Das bezweifle ich, wollte sie antworten.

Jonathans Augen blitzten auf, als ob er ihre Gedanken lesen und sie herausfordern wollte, ihm zu widersprechen.

Feigling!

Unfähig, die Spannung dieser Situation länger zu ertragen, sprudelte Rhianna hervor: „Was malst du gerade?"

„Wovon redest du?"

Sie deutete auf die Staffelei unter dem Tuch. „Das da."

Jonathan runzelte die Stirn. „Also hast du mir tatsächlich nachspioniert."

„Nicht spioniert, nicht wirklich …" Sie versuchte, sich auf die Schnelle eine glaubwürdige Erklärung einfallen zu lassen. „Ich wollte nur nachsehen, ob jemand da war."

„Die Tatsache, dass das Licht an war, hätte dir einen Hinweis geben sollen."

Mental schalt sie sich selbst. „Das hätte es wohl."

„Hmmm …"

„Was bedeutet ein ‚Hmmm'?" Belustigt lächelte sie ihn an. „Hältst du mich für eine Art James Bond, die deine kostbare Malerei stehlen will, um sie auf dem schwarzen Markt zu verkaufen?"

„Dieser Gedanke ist mir nie gekommen."

Sein schuldvoller Gesichtsausdruck verriet Rhianna, dass dies sehr wohl der Fall gewesen war.

„Hör zu, Picasso … Ich verstehe absolut nichts von Kunst oder von Malerei, außer ob ich sie mag oder nicht. Mach dir keine Gedanken. Ich werde nicht mitten in der Nacht mit deinen kostbaren Schätzen verschwinden."

„Das wirst du sicher nicht." Als Antwort auf ihren fragenden Blick fügte Jonathan hinzu: „Kein Boot. Erinnerst du dich?"

„Wie könnte ich das vergessen? Aber du hast meine Frage nicht beantwortet. Woran arbeitest du gerade?"

Er griff sich ein Badetuch und wickelte es sich um die Hüften, bevor er endlich zögernd antwortete. „Ich habe noch nicht angefangen. Ich warte auf eine … Inspiration."

„Damit verdienst du dir also deinen Lebensunterhalt? Mit der Malerei?"

„Das könnte man so sagen." Er nahm ihr gegenüber Platz und

starrte auf die Wand hinter ihrem Kopf.

„Kann ich einige deiner Arbeiten sehen?"

Überrascht sah er sie an. „Ich zeige meine Arbeiten nie, bevor sie in der Galerie hängen. Nenne es Aberglauben, aber momentan kann ich keine weitere Pechsträhne gebrauchen."

Sie hob den Kopf. „Willst du damit etwa andeuten, dass *ich* Unglück bringe?"

„Rhianna, du bist die Königin allen Unglücks", grinste er. „Ob du mir Unglück bringst, das bleibt abzuwarten."

Er erhob sich und arrangierte ihren Eisbeutel neu.

„Himmel, ist das kalt", zischte sie.

„Ich wärme dich gerne auf."

Sein Blick verschlang sie. Rhianna schluckte schwer.

„Ich sollte zum Haus zurück", brachte sie hervor.

„Dann werde ich dich tragen", bot Jonathan an.

„Nein", wehrte sie schnell ab. „Ich kann schon wieder auftreten, da bin ich mir sicher. Es ist ja nicht allzu weit."

Rhianna gelang es, drei Schritte zu machen, bevor ihr Gelenk nachgab. Glücklicherweise hielt sich Jonathan direkt hinter ihr, ansonsten wäre sie auf dem Boden gelandet. Dieses Mal protestierte sie nicht, als er sie anhob.

Ohne ein Wort zu wechseln näherten sie sich dem Haus. Jonathan trug sie nach oben und setzte sie auf ihrem Bett ab.

„Vielen Dank."

„Wofür?"

„Für meine Rettung. Und dafür, dass du mich getragen hast."

„Gern geschehen."

Kurz bevor er die Tür erreicht hatte, rief sie ihm nach: „Lancelot's Landing ist ein passender Name für dieses Anwesen."

„Ach ja? Wie kommst du darauf?"

„Du weißt schon", lachte sie schüchtern. „Sir Lancelot, tapferer Ritter, rettet die Jungfer, und so?"

Er verbeugte sich tief, wobei sein Handtuch zu verrutschen drohte. „Zu Ihren Diensten, Mylady."

Sie ließ ein wenig damenhaftes Schnauben hören. „Irgendwie kann ich mir Lancelot nicht im Handtuch vorstellen."

Jonathans Augenbrauen hoben sich. „*Wie* stellst du ihn dir sonst vor?"

Darauf würde Rhianna in keinem Fall antworten.

„Nochmals danke, Jonathan."

„Schlaf ein wenig … Mylady."

Nachdem die Tür hinter ihm ins Schloss gefallen war, stieß sie einen Seufzer der Erleichterung aus.

„Ich wärme dich gerne auf", hatte er gesagt.

„Ich wette, das würde dir gelingen", raunte sie.

Kapitel 17

Das Singen tropischer Vögel weckte Rhianna. Ein Blick auf die Uhr verriet ihr, dass es bereits nach zehn Uhr am Vormittag war. Sie hatte verschlafen.

„Verdammt!" Misty machte sich sicher schon Gedanken, wieso sie nicht erschienen war.

Rhianna warf die Decken zurück und setzte behutsam den Fuß auf. Der dumpfe Schmerz um ihr Gelenk herum war auszuhalten. Gute Nachrichten. Sie konnte gehen.

Schnell zog Rhianna sich an und begab sich auf der Suche nach ihrer Schülerin und heißem Kaffee nach unten.

„Misty?"

Es schien ungewöhnlich ruhig zu sein.

Sie hatte erwartet, Misty am Küchentisch vorzufinden, entweder beim Malen oder beim Spiel mit ihren Barbies. Stattdessen stand der Tisch verlassen da. Nichts außer frischen Blumen in einer Vase, einer Kanne dampfenden Kaffees und einem sauberen Becher.

„Her mit dem Koffein", freute sie sich.

Dann fiel ihr Blick auf eine Nachricht an der Kühlschranktür.

Rhianna, ich hoffe, deinem Fußgelenk geht es besser. Wir wollten dich heute Morgen nicht wecken. Nimm dir heute frei. Die Atkinsons kümmern sich um Misty. Leg den Fuß hoch und entspanne dich. Ich werde den Tag mit meiner Staffelei am Strand verbringen. Bis heute Abend. Ach ja, vielen Dank für die Erinnerungsstücke. Jonathan.

Welche Erinnerungsstücke? Wovon redete er bloß?

Dann stöhnte Rhianna laut auf.

„Oh nein … Mein Nachthemd und mein Slip – in seinem Studio."

Sie zermarterte sich das Hirn nach möglichen Lösungen. Sie konnte warten, bis Jonathan ihr ihre Kleidungsstücke zurückgab, was ihr äußerst peinlich sein würde. Oder sie konnte sich in die Hütte schleichen, während er sich am Strand aufhielt.

Er wird nie erfahren, dass ich dort war.

Behutsam schlüpfte sie in ihre Sandalen und hinkte vorsichtig um das Haus herum, ohne allzu viel Gewicht auf ihr Gelenk zu legen. Argwöhnisch sah sie sich nach links und rechts um. Sie konnte nur hoffen, dass niemand beobachtete, wie sie Jonathans Hütte betrat.

Vor der Tür zögerte sie.

Was, wenn er doch nicht am Strand ist?

Sie klopfte. „Jonathan? Bist du da?"

Stille.

Erleichtert öffnete sie die Tür. Die Staffelei war verschwunden.

„Ok. Schnell, bevor er zurückkommt." Prüfend sah sie sich um. „Wo stecken die Sachen nur?"

Sie durchsuchte die Kochecke und sah auf dem Boden und sogar im Badezimmer nach. Nichts zu finden. Die einzige Erklärung war wohl, dass Jonathan die Teile bereits zum Haus zurückgebracht hatte. Stöhnend ließ sie sich in den Sessel fallen. „Warum konnte ich nicht einen alten Pullover oder verschwitzte Socken vergessen?"

Auf der Veranda erklangen schwere Fußtritte.

Ihr Herz überschlug sich. *So ein Mist.*

Leise fluchend stapfte Jonathan in die Hütte. Ganz offensichtlich verärgert schob er Staffelei samt Leinwand hinter der Tür gegen die Wand und ließ eine Kiste mit Malutensilien auf den Boden fallen.

Dann erst bemerkte er sie.

„Himmel noch mal, Rhianna!"

Kokett lächelte sie ihn an. „Habe ich dich erschreckt?"

„Was willst du hier?"

„Ich … ähm … Ich kam, um einige Dinge abzuholen, die ich vergessen habe."

„Aha", sagte er und sein verkniffener Ausdruck entspannte sich. „Beinahe hätte ich sie heute Morgen zum Haus zurückgebracht."

„Und warum hast du es nicht getan?"

Selbstzufrieden lächelte er. „Ich wusste, du würdest sie abholen wollen."

Die Atmosphäre war spannungsgeladen. Rhianna konnte die Funken auf ihrer Haut spüren.

„Wo sind sie also?" Ihre Stimme klang heiser.

„Sie hängen hinter der Badezimmertür."

„Dort habe ich sie nicht hingehängt", ließ sie ihn mit hochroten Wangen wissen.

Jonathan zuckte mit den Achseln. „Ich wollte vermeiden, dass deine Dessous Farbe abbekommen."

„Ich werde sie holen und dich dann nicht länger belästigen."

Rhianna verschwand im Bad und tauchte kurz danach mit einem Bündel aus Nachthemd und Slip wieder auf.

„Wiedersehen", nuschelte sie.

„Warte."

Sie drehte sich um und war von dem Ausdruck widerstreitender Gefühle in seinen Augen schockiert. Frustration gemischt mit Lust. Letztere war offensichtlich dabei, die Oberhand zu gewinnen. Das war gefährlich.

Sie sollte gehen. *Auf der Stelle!* Andernfalls würde er sich nehmen, was er wollte. Das konnte sie in der Art erkennen, wie er sie anstarrte und wie er die Fäuste an seiner Seite ballte, so, als ob er sich zurückhalten musste, sie anzufassen.

Sie hielt den Atem an.

„Ich wusste, dass du unter deinem Bademantel nackt warst." Mit dem Handrücken wischte er sich über die Stirn.

Scharf zog sie den Atem ein. „Ich glaube nicht, dass …"

„Wenn ich dich ansehe", unterbrach er sie, „fühle ich mich, als ob ich einfach alles malen kann."

„Was hält dich davon ab?"

„Du."

„Ich?"

Jonathan trat auf sie zu. „Du bist das Einzige, woran ich in letzter Zeit denken kann. Und jetzt weiß ich auch, was ich malen muss."

„Und das wäre?"

Seine Mundwinkel hoben sich an. „Dich."

Fassungslos starrte Rhianna ihn an. „Warum solltest du das tun?"

„Weil du wunderschön bist."

Zunächst blieb sie ihm eine Erwiderung schuldig. Dann sagte sie mit leiser Stimme: „Du brauchst eine Brille."

„Weißt du nicht, wie schön du bist?"

Sie lachte. „Ich wette, das sagst du all deinen Frauen."

„Hier gibt es nur dich und Mrs Atkinson", erinnerte er sie trocken. „Und ich kann mir nicht denken, dass Marvin damit einverstanden wäre, dass ich seiner Frau nachstelle."

„Ist es das, was du tust? Mir nachstellen?"

Sie hatte die Worte ausgesprochen, ohne vorher deren Konsequenzen zu bedenken.

Jonathans Augen verengten sich. „Wenn ich dir nachstellen würde, würde ich dir mehr als nur einen lahmen Spruch geben."

Wo war nur der Sauerstoff, den sie zum Atmen brauchte?

Rhianna stand wie angewurzelt da, als er betont langsam auf sie zukam und ihr mit kaum unterdrückter Leidenschaft in die Augen sah.

„Wenn ich dir nachstellen würde", betonte er, „würde ich dir sagen, wie unglaublich schön du bist, und dass du die ausdrucksvollsten grünen Augen hast, die ich je gesehen habe."

Warme Hände liebkosten ihr Gesicht, während sein Kopf ihr näher kam.

„Wenn ich dir nachstellen würde", flüsterte er, „würde ich dich wieder und wieder küssen."

Was er dann auch tat.

Jonathans Lippen berührten die ihren mit einer Dringlichkeit, die Rhianna Angst einjagte. Anstatt sich von ihm zu trennen, traf sie ihn auf halbem Weg. Ihre Lippen vereinigten sich zu einem hingebungsvollen Kuss, der ihr jeden Sinn von Zeit und Raum nahm. Es gab nur das Jetzt. *Diesen* Augenblick. *Diesen* Ort.

Jonathan schmeckte nach Erdbeeren. Sein Mund verschlang den ihren, drang ihr unter ihre Haut, bis sie nichts außer einem Gefühl der unbändigen Begierde empfand.

Er stöhnte. „Was willst du, Rhianna?"

Ich will dich ...

Sie öffnete ihren Mund, gewährte ihm Zugang.

„Ich kann nicht aufhören, an dich zu denken", verriet er ihr leise.

Sie seufzte, als seine Lippen nach unten wanderten, mit ihr spielten, während seine Finger die Knöpfe ihre Bluse öffneten und sie ihr vom Leib zogen. Gefolgt von ihrem BH und den Kleidungsstücken, die sie in der Hand hielt.

Strahlend blaue Augen liebkosten sie.

„Du bist so wunderschön", erklärte er.

In einem Anfall von Schüchternheit versuchte Rhianna ihre Brüste zu verdecken, aber Jonathan fing ihre Hände ab und küsste sie hart.

„Ich will dich", gestand er ihr, während er weiter an ihrer Unterlippe knabberte.

Alte Ängste wollten sich wieder einstellen, aber Rhianna schob sie zur Seite. *Ihre* Zeit war gekommen. Die Zeit, Leidenschaft so zu erfahren, wie sie erfahren werden sollte. Die Zeit, den letzten Schritt zu machen, zu lernen, was sie all die Jahre verpasst hatte.

Unverwandt sah er ihr tief in die Augen. Auf seiner Zunge lag eine unausgesprochene Frage. Als sein Mund den ihren in einem atemlosen Kuss für sich beanspruchte, gab sie ihm seine Antwort.

Ja …

Ohne Zeit zu verlieren hob Jonathan sie in seine starken Arme und trug sie zur Couch, wo er sie voller Zärtlichkeit auf die Kissen herunterließ. Über ihr stehend fragte er: „Bist du dir sicher?"

Zur Antwort zog sie ihn mit beiden Armen zu sich hinunter, ihre Augen stetig auf seine gerichtet. Was sie in diesem Moment fühlte konnte nicht verkehrt sein. Sie fühlte sich schön, begehrenswert … Eins mit sich selbst.

„Ja", hauchte sie.

Er neigte den Kopf, um die Innenseite ihrer Brüste mit heißen Küssen zu überfluten, die sie beinahe versengten. Sein feuchter Atem streifte ihre Brustwarzen, die sich steif aufrichteten.

Rhianna klammerte sich an den Kissen fest, auf denen sie lag.

„Bitte …", flehte sie ihn an.

Jonathans Mund fand den Weg zu einer ihrer Brustwarzen und Rhianna stieß einen verhaltenen Schrei aus. Das Gefühl seines feuchten Mundes und seiner spielerischen Zunge auf ihrer empfindlichen Warze ließ sie aufstöhnen und sich ihm entgegenwerfen.

Sollte sie sich so das Paradies vorstellen?

Das Pochen zwischen ihren Schenkeln wurde stärker und stärker, bis es beinahe unerträglich schien. „Oh, mein Gott …"

Gegen ihre Brust gepresst stöhnte Jonathan laut auf.

Himmel! Was tat er ihr nur an?

Schauer intensivster Lust überrollten ihren Körper. Sie drohte in einem Meer der Ekstase unterzugehen.

Jonathans Hand fand Raum zwischen ihren Körpern. Deren Hitze fraß sich durch Rhiannas Jeans und verbrannte ihre Haut. Als er die Quelle ihres fieberhaften Verlangens berührte, wusste sie, dass sie kurz davor stand, eine wundervolle Erfahrung zu machen.

„Ich will dich überall berühren können", verlangte er mit rauer Stimme.

Als Rhianna endlich nackt vor ihm lag, studierte Jonathan sie mit einer Intensität, die sie ganz und gar verwirrte. Noch nie hatte sie sich so entblößt gefühlt.

~ * ~

Jonathan riss sich die eigenen Kleider vom Leib, unfähig seine rasenden Gedanken unter Kontrolle zu bekommen. Das war es, worauf er gewartet hatte. *Rhianna* war es, auf die er gewartet hatte.

Meine Muse.

Mit klopfendem Herzen bewunderte er sie in ihrer ganzen Schönheit. Er nahm die vollen Locken ihres goldbraunen Haars, das über ihre Brüste floss, in sich auf. Ihr Bauch war flach und ebenmäßig, ihre

Hüften sanft gerundet. Ein atemberaubender Anblick.

Sie griff nach ihm. „Du machst mich verlegen."

„Du bist absolut perfekt."

Jonathan senkte seinen Körper soweit, bis Rhiannas heiße Haut mit seiner in Berührung kam. Scharf zog sie den Atem ein. Ihre Augen drückten Erstaunen und nervöse Erwartung aus. Dann holte sie kurz Luft und hielt den Atem an.

Jonathan lächelte. „Was machst du denn?"

„Ich warte."

„Es käme mir nie in den Sinn, eine Dame warten zu lassen."

„Ich weiß nicht, wie du …"

„Pst!" Er streichelte ihre Lippen mit seinem Daumen. „Nicht reden."

Er forderte ihren Mund. Was als süßer Kuss begonnen hatte, steigerte sich in Windeseile in ein Feuer, das weder er noch sie zu löschen vermochten. Ihre Zunge vereinigte sich mit seiner, und er stöhnte auf.

Mein Gott, wie sehr es ihm nach ihr verlangte. Den Beweis dafür konnte sie zweifellos zwischen seinen Beinen finden.

„Siehst du, wie sehr ich dich will?"

Seine Hüften kreisten über ihrem Unterkörper. Rhiannas Augen blitzen bei diesem sinnlichen Kontakt auf. Dann ließ Jonathan von ihr ab und lehnte sich gegen den Rücken der Couch zurück. Mit einer Hand folgte er dem Pfad von ihrem Nacken aus zwischen ihren Brüsten hindurch bis hinunter auf ihren Bauch. Seine Berührung ließ sie erzittern. Er beugte sich vor und küsste sie, während seine Finger weiter wanderten.

Sie war heiß. Und feucht.

„Warte." Aber sie hatte den Satz noch nicht ausgesprochen, als sie sich ihm schon wieder entgegen drängte.

Er spreizte ihre Beine und fuhr fort, sie zu berühren, zu streicheln und zu erkunden. Ihr Atem beschleunigte sich, ihr Rücken bäumte sich und sie rief seinen Namen. Er brachte sich über ihr in Stellung und ertastete mit vorsichtigen Bewegungen ihre Öffnung. Rhianna wand sich unter ihm, keuchend und mit glasigen Augen.

Wenn er nicht sofort in sie eindringen würde, würde er explodieren.

„Bist du bereit?", flüsterte er hungrig und biss ihr leicht auf die Lippen.

Sie bäumte sich unter ihm auf und erwiderte seinen Biss. „Oh ja."

Mit einer einzigen geschmeidigen Bewegung war er in ihr, gefangen in ihrer feuchten Tiefe. Sie war so heiß, so eng, dass er sich kaum kontrollieren konnte. Er stöhnte und küsste sie hart, fürchtete, sich zu bewegen, fürchtete, sich nicht länger zurückhalten zu können.

Etwas Nasses tropfte auf seine Wange.

Er hob den Kopf und hielt unvermittelt inne.

~ * ~

„Was ist?", fragte er überrascht von ihrer Reaktion. „Habe ich dir wehgetan?"

Rhianna konnte den gepeinigten Ausdruck in Jonathans Augen nicht ertragen. „Es hat nichts mit dir zu tun."

„Womit denn?"

Sie schloss ihre Augen. Wie konnte sie es ihm nur sagen? Wie sollte sie ihm verständlich machen, dass ein widerliches Exemplar von Mann ihr jahrelang Gewalt angetan hatte. Und dass sie sich seither schmutzig fühlte, benutzt ... und wertlos.

Fahr zur Hölle, Peter Waverley!

Sie hatte alles darangesetzt, Peter aus ihren Gedanken zu verdrängen. Die Erfahrungen, die sie mit Jonathan gemacht hatte, waren so anders, so aufregend. Sie wollte mehr. Aber in dem Moment, in dem er in sie eingedrungen war, war alles um sie herum zusammengebrochen.

Jonathan wartete geduldig.

„Ich kann es nicht tun", weinte sie leise. „Es tut mir leid."

„Sag mir, worum es geht, Rhianna."

„Ich ... Das kann ich nicht."

Er zog sich von ihr zurück, ganz offensichtlich verwirrt und ernüchtert. Sie konnte ihm kaum ins Gesicht sehen.

Er wird mich nie wieder anfassen. Nicht nach dem heutigen Tag.

Rhianna rief sich ihr kleines Ritual am See in die Erinnerung zurück. Wie konnte sie nur so einfältig sein? Wie konnte sie glauben, dass einige wenige Worte und das Anhalten ihres Atems unter Wasser sie reinigen und von ihren Albträumen befreien würden?

Vielleicht sollte sie ihr Leben einfach akzeptieren.

Vielleicht werde ich immer eine geschädigte Ware sein.

Draußen bedachte die Sonne Land und Wasser mit gleisenden Strahlen, während sich innerhalb der Hütte eine unsichtbare Wolke des Schwermuts eingeschlichen hatte. In peinlicher Stille zogen sie sich an. Rhianna versuchte nicht darüber nachzudenken, was gerade vorgefallen war.

Oh, mein Gott. Ich habe ihm erlaubt ...

Nein, daran durfte sie jetzt nicht denken. Nicht jetzt.

Jonathan strich sich das T-Shirt glatt. Seine Augen suchten ihre. „Wir sind erwachsen, Rhianna. Ich habe dich wissen lassen, was ich fühle. Ich möchte ..."

„Lass uns nicht darüber sprechen", unterbrach sie ihn. „Bitte. Ich fühle mich schon erniedrigt genug."

„Dazu besteht kein Grund. Wir haben nichts Unrechtes getan."

Sie blieb ihm die Antwort schuldig.

Mit einem Seufzer sagte er: „Ich sollte gehen."

„Nein, das sollte ich", protestierte sie. „Es ist dein Studio."

Halbherzig lächelte er ihr zu. „Da hast du wohl Recht."

Im Türrahmen stehend hielt sie inne. Sie wollte etwas sagen – ihm erklären, warum sie ihm diesen Teil von ihr nicht geben konnte – aber die Worte wollten nicht kommen.

„Ich sehe dich dann heute Abend", verabschiedete Jonathan sie.

Sie konnte seinen Blick in ihrem Rücken spüren, als sie hinkend den Garten durchquerte. Er wollte sie immer noch. Das wusste sie. Weit schlimmer war, dass sie *ihn* wollte, und dass das einzige Hindernis, das ihnen im Weg stand, ihre Vergangenheit war.

Würde sie sich je von ihr befreien können?

Kapitel 18

Rhianna verbrachte den größten Teil des Tages im Bett. Sie starrte an die Decke und ging Variationen einer möglichen Konversation mit Jonathan durch – in der sie ihn wissen ließ, was in ihrer Jugend vorgefallen war. Egal wie die Unterhaltung in ihrem Kopf auch verlief, sie endete immer auf die gleiche Weise. Jonathan stürmte aus dem Haus, unfähig, sie anzusehen, angewidert von ihr … da er ihr die Schuld gab.

So ist er nicht.

Aber wie konnte sie sich sicher sein? Sie wusste nicht viel von diesem Mann. Sie kannte weder seine Geschichte, noch wo er herkam oder wie er aufgewachsen war. Er hatte sicher die perfekte Kindheit gehabt und hatte sich nie einer solch abscheulichen Hässlichkeit stellen müssen.

Willst du die ihn sein Leben bringen? In Mistys?

Sie hatten Besseres verdient.

Sie warf einen Arm über ihr Gesicht. „Sitz deine hier Zeit ab, und dann gehst du. Nach einer Weile wirst du sie vergessen haben."

Würde sie das? Wie sollte es ihr möglich sein, die zärtlichen Berührungen von Jonathans Händen auf ihrem Körper oder seine weichen Lippen auf ihren Brüsten zu vergessen? Selbst jetzt sehnte sie sich nach mehr.

Rhianna stöhnte. „Denk nicht daran."

Sie drehte sich zur Seite. Dabei fiel ihr die gerahmte Fotografie von JT ins Auge. Sie war in die offene Schublade ihres Nachttischs gefallen. Jonathan musste sie umgeworfen haben, als er sie auf ihr Zimmer trug.

„JT, warum hast du mich hergeschickt?"

Higginson musste JT erlaubt haben, ihre Reise zu organisieren. Trotzdem, es war dem Butler gar nicht ähnlich, nicht alle Transaktionen ein zweites Mal zu bestätigen. JTs Erinnerungsvermögen war nicht das Beste.

Rhianna stellte das Foto auf den Tisch zurück. Nach dem Schließen der Lade fand sie ihr Handy auf dem Fußboden. Noch etwas, das Jonathan heruntergeworfen haben musste. Sie hob es auf und wusste, dass sie kein Signal finden würde. Und so war es auch.

Kein Telefon. Kein Funkgerät. Keine Möglichkeit, mit jemandem Kontakt aufzunehmen.

Rhianna stieß ein frustriertes Wimmern aus.

Es war nicht ihre Idee gewesen, sich auf dieser vermaledeiten Insel einzunisten. Vielmehr hatte das Schicksal zugeschlagen und sie war gefangen. Eines Tages aber würde die Angelina-Insel eine längst verblasste Erinnerung sein.

Würde sie das mit Erleichterung oder mit Bedauern erfüllen?

Am späten Nachmittag entschied Rhianna, dass sie genug Zeit mit Selbstmitleid verbracht hatte, in dem Wunsch, etwas zu bekommen, was sie nicht haben konnte. Sie ging nach unten. Überraschenderweise tat ihr der Fuß nicht länger weh - oder sie konnte diesen Schmerz einfach nicht spüren, da der Schmerz in ihrem Herzen so überwältigend war.

Am Fuß der Stufen hörte sie Mrs Atkinsons fröhliches Pfeifen in der Küche. Die Haushälterin war am Kartoffelschälen, während Misty am Tisch saß und eine große Karotte zwischen ihren Handflächen hin und her rollte.

„Hallo, meine Liebe", begrüßte Mrs Atkinson sie. „Wie geht es Ihrem Fuß?"

„Viel besser, vielen Dank." Rhianna atmete tief ein. „Irgendetwas riecht fantastisch. Was ist es?"

Die ältere Frau lächelte. „Ihr Abendessen."

„Alles stammt aus unserem eigenen Garten", zeichnete Misty. Sie deutete auf einen Korb mit diversen Gemüsesorten. „Mrs Atkinson hat mir erlaubt, ihr beim Ernten zu helfen. Wir machen Hühnersuppe."

Rhianna lächelte. „Du hattest also einen schönen Tag?"

„Einen tollen Tag."

Breit grinsend hüpfte Misty durch die Küche. Plötzlich blieb sie stehen und erkundigte sich mit unschuldigen blauen Augen: „Und was haben Sie heute gemacht?"

Rhianna unterdrückte ein Hüsteln. „Nun ja, ich …"

Sie wusste nicht, was sie sagen sollte. Sie konnte dem Kind ja schlecht sagen, dass sie mit ihrem Dad geknutscht hatte.

Knutschen? Wer bist du denn, ein frühreifer Teenager?

„Ich habe mir den Fuß wehgetan. Ich war auf meinem Zimmer, um den Fuß zu schonen."

Rhianna erwischte Mrs Atkinson, wie sie sie ansah. In den Augen der Frau lag ein seltsamer Ausdruck. Ein Verdacht?

Einen Moment lang überlegte Rhianna, ob Mrs Atkinson vielleicht wusste, was sie im Lauf des Tages angestellt hatte. Wenn dem so sein sollte, wie stand die Haushälterin dazu?

Aus irgendeinem Grund machte Rhianna der Gedanke traurig, dass Mrs Atkinson ihre romantische Beziehung zu Jonathan negativ beurteilen könnte. Sie mochte Jonathans Haushälterin.

„Kann ich Ihnen helfen, Mrs Atkinson?"

„Nicht nötig, meine Liebe. Alles unter Kontrolle."

An der Hintertür klopfte es. Mrs Atkinson machte auf und strahlte den dünnen Mann, der auf der Veranda stand, an.

Rhianna hatte Marvin Atkinson kurz nach ihrem Eintreffen auf der Insel kennengelernt. Der Mann verließ so gut wie nie das Haus, außer wenn es etwas zu reparieren gab oder wenn die Gartenarbeit rief. Er hatte sicher noch keine zehn Worte mit ihr gewechselt.

Schüchtern nickte Marvin Rhianna zu.

„Die Waschmaschine läuft wieder", teilte er seiner Frau mit. „Wirst du bald nach Hause kommen?"

Mrs Atkinson sah sich die Kartoffeln und den Korb voller Gemüse an. „Ich muss die Suppe noch fertigmachen."

„Das kann ich doch für Sie tun", bot Rhianna an.

Mrs Atkinsons dunkle Augen öffneten sich weit. „Vielen Dank, meine Liebe. Sind Sie sicher?"

Rhianna entgegnete ihr trocken: „Wenn ich nicht einmal eine Hühnersuppe kochen könnte, wäre ich recht nutzlos, meinen Sie nicht auch?"

„Ich bin mir sicher, dass das keineswegs zutrifft."

Hand in Hand verließen die Atkinsons das Haus.

Rhiannas Magen rebellierte, als sie die beiden gehen sah. Ob sie wohl jemals das erfahren würde, was die beiden hatten? Eine glückliche Liebe, einfach und unkompliziert.

Sie drehte sich zu ihrer Schülerin um. „Lass uns eine Suppe kochen!"

Misty nahm den Korb vom Tisch und brachte ihn an den Küchentresen. „Darf ich die Karotte schneiden?"

„Ich denke, du solltest für das Gemüsewaschen verantwortlich sein." Als Reaktion auf den unglücklichen Gesichtsausdruck des Mädchens fügte Rhianna hinzu: „Nachdem ich es dann klein geschnitten habe, kannst du alles in den Topf geben."

Misty nickte und zeichnete: „Daddy wird unsere Suppe lieben. Er wird sehr glücklich sein."

Rhianna seufzte. *Na prima, dann trifft das wenigstens auf einen von uns zu.*

Schon bald köchelten die Kartoffeln zusammen mit den Zwiebeln, Zucchini, Erbsen und dem Huhn auf dem Herd, während Misty am Tisch saß und ihre kurzen Beine unter dem Tisch hin- und herschwang. Sie hatte sich als eine großartige Helferin entpuppt, aber nun hatte Rhianna den Eindruck, als ob es ein Problem gab.

„Mir ist langweilig", zeichnete Misty.

„Was möchtest du tun?"

„Weiß ich nicht."

„Möchtest du einen Strandspaziergang machen?"

Ablehnend schüttelte Misty ihre schwarzen Locken.

Still saßen beide einen Moment da.

Das Haus ist zu ruhig, dachte Rhianna.

Sie stellte das tragbare Radiogerät an und fand einen Sender, der die neueste Popmusik spielte. Rhianna öffnete den Mund und sang zum Rhythmus der Musik mit.

Misty riss die Augen auf. „Was machen Sie?"

„Was denn?"

„Wieso bewegt sich ihr Mund so?"

„Ich singe", zeichnete Rhianna. „Kannst du das nicht erkennen?"

„Nein. Das hat bisher niemand gemacht."

„Magst du Musik?"

Misty runzelte die Stirn. „Was ist das?"

Rhianna war schockiert. Warum hatte niemand Misty etwas über die Musik gelehrt? Oder dem Mädchen gezeigt, dass sie auf andere Art als hörende Kinder hören konnte? Jonathan und Mistys Lehrer wussten doch sicher, dass selbst eine taube Person Musik genießen kann?

Rhianna konnte es kaum glauben. „Misty, selbst taube Kinder können Musik hören. Du kannst es lernen. Ich werde es dir zeigen."

Sie nahm Mistys kleine Hand und legte sie auf das Radio. Dann drehte sie die Lautstärke hoch. Überrascht schreckte Misty zurück.

„Alles in Ordnung", versicherte sie dem Mädchen.

Misty fasste das Radio erneut an. Das Lächeln, das sie Rhianna zuwarf, verwandelte sie. Schlagartig war die Langeweile, die sich hinter ihren blauen Augen verborgen hatte, verschwunden. Misty drehte den Knopf des Radios bis zum Anschlag auf. Obwohl es ein relativ kleines Radio war, war die Lautstärke, die es produzierte, wirklich beeindruckend. Dennoch war Rhianna klar, dass Mistys Erfahrung über die Vibration des alten Radios hinausgehen musste.

„Misty, lass uns ins Wohnzimmer gehen."

„Aber das gefällt mir."

„Komm nur. Ich kenne noch einen besseren Weg, um Musik zu hören."

Kurz nach ihrer Ankunft war Rhianna eine uralte Stereoanlage samt Plattenspieler aufgefallen, die vernachlässigt in der hintersten Ecke des Wohnzimmers stand. Es dauerte nicht lange, bevor sie die dazugehörigen Lautsprecher entdeckt hatte, die in allen vier Ecken des Raums angebracht waren. Der Staubschicht auf der Stereoanlage nach war sie schon eine Zeitlang nicht mehr in Gebrauch. Hoffentlich funktionierte sie noch.

„Die hier spielt lautere Musik." Rhianna zeigte auf die Stereoanlage. „Du wirst sie mit deinen Füßen hören."

Misty stieß ein aufgeregtes Lachen aus. „Mit den Füßen?"

In dem Schrank unter der Anlage sah Rhianna eine Reihe alter Platten durch. „Da muss doch etwas dabei sein, was einer Sechsjährigen zusagt." Und tatsächlich, da gab es etwas. *ABBA's Greatest Hits.*

Rhianna legte die Platte auf und zeigte Misty, wie sie mit dem Plattenspieler umgehen musste. „Siehst du? Es ist ganz einfach. Und jetzt drehen wir voll auf!"

Misty stand mit gefalteten Händen da, als ob sie gerade das kostbarste Geschenk erhalten hätte, während Rhianna die Lautstärke und die Bässe aufdrehte. Musik dröhnte durch den Raum und der Holzfußboden vibrierte im Rhythmus der Musik.

„Ich kann es fühlen", zeichnete Misty mit weit aufgerissenen Augen. „Es ist in meinen Zehen." Sie lief von Lautsprecher zu Lautsprecher, berührte deren Seiten und nahm die Vibrationen in sich auf.

Als Rhianna zu tanzen begann, hielt Misty mitten im Zimmer überrascht inne. „Was machen Sie da?"

„Ich tanze."

„Warum tun Sie das? Tanzen?"

„Weil es Spaß macht." Rhianna wirbelte herum. „Versuch es doch selbst einmal."

Misty versuchte, ihr nachzueifern. Sie hüpfte und wiegte sich vor und zurück. Dabei kicherte sie ununterbrochen. Ab und zu zeichnete sie: „Ich tanze."

Es war ein Hallmark-Moment, einen, den Rhianna bewahren und beim Verlassen der Insel mit sich nehmen wollte. Sie schloss die Augen und gab sich der Musik hin. Ganz in Gedanken verloren entging es ihr, dass sich die Haustür geöffnet hatte. Oder dass jemand den Raum betrat.

„Was zum Teufel geht hier vor?"

~ * ~

Wutentbrannt lief Jonathan zur Stereoanlage und stellte sie ab. Dann drehte er sich langsam zu Rhianna um. Er musste einige Male tief durchatmen, bevor er seine Stimme fand.

„Was hast du vor? Willst du Mistys Trommelfell komplett zerstören?"

„Es wird ihren Ohren nicht schaden", protestierte Rhianna. „Ich habe ihr nur gezeigt, wie sie Musik hören kann."

„Nur für den Fall, dass Ihnen das noch nicht aufgefallen sein sollte, Ms McLeod, meine Tochter ist taub. Sie kann nicht hören."

„Nur für den Fall, dass Ihnen das noch nicht aufgefallen sein sollte, Mr Besserwisser, Ihre Tochter hat Spaß. Dem Staub auf der Stereoanlage nach ist Spaß etwas, wovon Sie nicht allzu viel verstehen. Hörst du denn nie Musik? Oder bist du zu sehr mit dem Malen beschäftigt?"

Rhianna schnappte nach Luft und Jonathan erklärte: „Die Anlage gehört meiner Exfrau."

„Na und?"

Er zuckte mit den Achseln. „Deshalb benutze ich sie nicht. Ich hätte sie entsorgen oder sie ihr hinterher schicken sollen."

Herablassend sah Rhianna ihn an. „Ach so, seitdem hast du also einfach generell etwas gegen Musik."

„Nein, habe ich nicht, aber …"

Eine wahre Musikexplosion verschlug ihm das Wort.

Jonathan wirbelte herum. Das Herz schlug ihm bis zum Hals. Misty grinste ihn an, während sie beide Hände flach auf einen Lautsprecher legte, aus dem der Text von „Dancing Queen" dröhnte. Ihr Gesicht drückte grenzenlose Freude aus.

„Sieh her, Daddy! Ich kann die Musik hören." Im Takt stampfte sie mit den Füßen.

Jonathan schluckte schwer. Er brachte kein Wort hervor.

„Tanz mit deiner Tochter", forderte Rhianna ihn auf.

Nach kurzem Drängen nahm er Mistys Hand und drehte sie solange im Kreis, bis beide schwindlig waren und sich vor Lachen kaum halten konnten. Nach dem Ende des Liedes hob er Misty hoch, bis sie auf seinen Füßen stand. Ohne ein Wort zu sagen, tanzten sie langsam weiter.

Gott, es war Jahre her, seit er das letzte Mal getanzt hatte.

„Ihr beiden seht … perfekt aus", bewunderte Rhianna sie leise.

Schon bald wurde die Musik wieder schneller und Misty zog ihn am Arm. Er versuchte, ihr einige Tanzschritte beizubringen – die wenigen, an die er sich erinnern konnte – was allerdings nur dazu führte, dass er über seine langen Beine und seine unbeholfenen Füße stolperte.

„Nicht unbedingt *Dancing Stars*", kommentierte er ironisch und grinste Rhianna an.

Sie lächelte zurück. „Nein. Viel besser."

„Du hast sie in ein tanzendes Monster verwandelt." Erschöpft ließ er sich in einen Sessel fallen. „Ich wusste, dass ich bereuen würde, dir Misty zu überlassen."

Verletzt sah sie ihn an. „Was willst du damit sagen?"

„Ein Scherz." Er kicherte vor sich hin. „Tut mir leid, dass ich hereingestürzt bin und dich angeschrien habe."

Sie nickte. „Schon in Ordnung. Das ist alles neu für dich. Ich verstehe."

„Das denke ich nicht", widersprach er seufzend. „Nicht vollkommen. Als Sirena uns verließ, war ich sehr verbittert."

„Da bin ich mir sicher. Sie hat sich nie um das Sorgerecht für Misty bemüht?"

Er schüttelte den Kopf. „Nein, und dieses Thema habe ich auch nie angeschnitten. Um die Wahrheit zu sagen, ich hatte Angst davor."

„Wovor?"

„Dass ich Misty verlieren könnte." Jonathan kaute auf seiner Unterlippe. „Sirena ist … unbeständig. Sie ist unfähig, sich lange an einem Ort aufzuhalten. Letztendlich wäre sie verschwunden. Und hätte Misty mitgenommen. Ich war erleichtert, als sie keinen Wert auf das Sorgerecht legte. Gleichzeitig hatte ich ein schlechtes Gewissen, weil ich erleichtert war."

„Jonathan …"

Die Art, wie Rhianna seinen Namen aussprach, ließ ihn den Kopf abwenden.

„Unter den Umständen hast du das Beste getan", versicherte sie ihm und berührte ihn leicht am Arm. „Du bist ein großartiger Vater und Misty liebt dich."

„ Ich weiß. Aber ich kann den Gedanken nicht verdrängen, dass ich mehr hätte tun sollen, um Sirena in Mistys Leben zu halten."

„Das war Sirenas Entscheidung. Allein ihre Entscheidung."

Rhianna hatte Recht. Seine Exfrau hatte ihre Wahl getroffen.

Jonathan warf einen Blick auf Rhianna. *Und ich die meine.*

Kapitel 19

JT Lance saß hinter einem riesigen Schreibtisch in seinem Haus in Miami und dachte an all die harten Entscheidungen zurück, die er über die Jahre getroffen hatte – einige, auf die er stolz sein konnte, und andere, die tragische Konsequenzen nach sich gezogen hatten.

Und viel zu viel Bedauern.

Das durchdringende Läuten des Telefons schreckte JT aus seinen Gedanken. *Winston Chambers* sagte die Anrufererkennung.

JT ging an den Apparat. „Sie haben Ihr Geld, Chambers. Es gibt nichts weiter zu diskutieren."

„Na ja, eigentlich ... schon."

Gereizt fuhr ihn JT an: „Wir hatten eine Abmachung. Ich zahle, was Sie verlangen und Sie verschwinden aus meinem Leben. Das hatten Sie mir geschworen."

Chambers ließ ein aufreizendes Lachen hören. „Und das haben Sie mir geglaubt?" Eine angestrengte Stille folgte. „Ich habe ein Problem, bei dem Sie mir helfen können, denke ich. Zweihunderttausend sollten genügen."

Entsetzt schloss JT die Augen. Diesen Chambers würde er nie loswerden. Der Mann würde ihn bis auf den letzten Pfennig ausnehmen.

„Ich kann Ihnen nicht mehr zahlen", knurrte er mit zusammengebissenen Zähnen ins Telefon. „Ich werde nicht mehr zahlen. Was immer Sie wissen, ist nicht wichtig genug, um auf Ihre Erpressung einzugehen."

„Dann werde ich es ihr sagen. Rhianna wird ihr Geheimnis kennen."

JT unterdrückte sein Schuldgefühl. „Es ist an der Zeit, dass sie es erfährt. Ich werde es ihr selbst sagen."

Higginson betrat das Zimmer und sah ihn fragend an. JT schrieb *Chambers will mehr $!* auf den Notizblock, der vor ihm lag.

Higginson las es und klopfte JT tröstend auf die Schulter.

„Ich werde es ihr heute Abend sagen", kündigte JT an.

Der Privatdetektiv lachte erneut auf.

JT verzog das Gesicht. „Was ist denn daran so lustig?"

Keine Antwort. Dann hörte er das Aufflackern eines Feuerzeugs. Chambers gönnte sich eine Zigarre, vermutete JT. Der Mann ließ sich Zeit, quälte JT – und genoss jeden Augenblick.

„Ich weiß, dass Ms McLeod auf Reisen ist", verriet Chambers ihm endlich. „Überweisen Sie mir das Geld bis Ende der Woche. Falls die Zahlung bis dahin nicht eingegangen ist, werden Sie bereuen, dass Sie sich mit mir angelegt haben."

Chambers legte auf. JT starrte auf den Hörer in seiner Hand.

„Er weiß, dass Rhianna nicht hier ist."

„Weiß er, wo sie ist?", erkundigte sich Higginson besorgt.

JT schüttelte den Kopf. „Ich denke nicht. Zumindest noch nicht."

„Wie viel will er dieses Mal?"

„Zweihunderttausend."

Higginson ließ sich gegenüber von JT in den Stuhl fallen. „Glauben Sie, dass er seine Drohung wahr machen wird?"

„Das kann ich nicht sagen." JT sah Higginson mit Tränen in den Augen an. „Ich weiß allerdings, dass ich diesen Hundesohn nicht in Rhiannas Nähe wissen will."

„Was wollen Sie tun?"

„Ich kann nicht zahlen. Sobald ich ihm nachgebe, wird er mehr verlangen." JT wusste dies mit absoluter Sicherheit. „Er hat mir bis Ende der Woche gegeben."

„Was können Sie in vier Tagen erreichen?"

JT stöhnte. „Wenn ich das nur wüsste."

„Der Mann ist Abschaum", gab Higginson mit unterdrückter Wut von sich.

„Schlimmer als Abschaum. Aber es ist meine Schuld. Schließlich habe ich ihm erst die Gelegenheit dazu gegeben."

„JT …"

„Alle verhängnisvollen Vorkommnisse sind allein das Resultat meiner falschen Entscheidungen." JT war den Tränen nahe. „Meine Vergangenheit holt mich ein. Ich muss diese Sache ins Lot bringen. Für alle Beteiligten."

Higginson seufzte. „Wie kann ich Ihnen dabei helfen?"

„Sie sind ein guter Freund, Higgie."

Eine lähmende Erschöpfung durchdrang JT, eine Kälte, die er tief in seinen Knochen verspürte. Seine Gedanken verloren sich in einem unheilvollen grauen Nebel, wie ein dem Untergang geweihtes Schiff, angelockt von einem mystischen Meer. Dieser Nebel verwirrte ihn, dieses unbarmherzige Verschwinden von Verstand, der aussichtslose Kampf um Namen oder Ereignisse.

Verunsichert sah er Higginson an.

Wovon hatten sie gerade gesprochen?

~ * ~

Winston lehnte sich in seinem übergroßen Sessel zurück und zog nachdenklich an seiner dünnen Zigarre - ein Sonderangebot, nur vierzig Mäuse für die ganze Kiste. Sie schmeckte herber, erdiger, nicht annähernd so gut wie seine geliebten Cohibas. Aber die Letzte seiner Raritäten wollte er für eine besondere Gelegenheit reservieren.

Würde Lance zahlen?

Das sollte er, oder Winston würde ihm das Leben – oder die Zeit, die ihm noch blieb – zur Hölle machen. Die Widerspenstigkeit in Lances Stimme ließ ihn vermuten, dass der Alte bislang noch nicht ausreichend Druck verspürte. *Noch nicht.*

Der Computerbildschirm vor Winston brachte ihm die schrumpfende Bilanz seines Bankkontos in Erinnerung. Seine Kundenliste hatte sich auf Lance und zwei weitere reduziert, denen er *Sonderzahlungen* abgenötigt hatte. Erpressung war weit lukrativer als sich der Unterhaltspflicht entziehenden Vätern oder betrügerischen Ehepartnern nachzusteigen, obwohl Winston das Fotografieren ihrer sexuellen Abenteuer hinreichend genoss. Mit dem Armrücken wischte er sich über seine kahle Stirn, die von einer dünnen Schweißschicht überzogen war. Außerhalb seines schäbigen Büros gab die Sonne ihr Bestes, aber es war nicht die Hitze, die ihm zusetzte. Die Angst fraß seinen angegriffenen Magen auf. Er warf drei Rolaids ein, kaute sie schnell und spülte dann den kreidigen Geschmack des Antazidums mit einem Cognac hinunter.

„Letzten Endes wird alles in Ordnung gehen", redete er sich selbst aufmunternd zu.

Würde es das wirklich?

Einen Großteil von Lances Zahlung hatte er auf die Pferde verwettet. Diesen Verlust konnte er immer noch nicht fassen. Jetzt hatte er Schulden. Einige der Typen, die dringend Zahlung von ihm verlangten, würde er nicht länger hinhalten können. Nach ihrem letzten Besuch hatte er sich mit zwei gebrochenen Rippen und einer leichten Gehirnerschütterung im Krankenhaus wiedergefunden. Winston nahm das Foto von Rhianna McLeod in die Hand.

„Ich werde ihn zur Zahlung zwingen. Auf die eine oder die andere Art."

Ein teuflischer Plan begann Gestalt anzunehmen. Es *gab* einen Weg für Winston, einem enormen Zahltag entgegen zu sehen. Eine coole Million, problemlos. JT mit dem Verrat seines Geheimnisses zu drohen hatte offensichtlich nur eine eingeschränkte Wirkung. Seine neue Idee würde ihm eine unbeschwerte Zukunft in Übersee sichern, dort wo niemand ihn finden konnte.

„JT wird mich anflehen, jede Summe zahlen zu dürfen", versicherte Winston Rhiannas Bild und küsste es. „Und du, mein Schatz, wirst mich ebenfalls anflehen. Um etwas ganz anderes."

Kapitel 20

Nachdem Misty an diesem Abend im Bett lag und Mrs Atkinson in ihr Haus zurückgekehrt war, überredete Jonathan Rhianna zu einem Gute-Nacht-Trunk im Wohnzimmer. Er sehnte sich nach ihrer Gegenwart und brauchte jemanden, mit dem er sich über Misty unterhalten konnte.

„Ich kann dir gar nicht genug für all das danken, das du für Misty und mich getan hast." Er reichte ihr ein Glas Merlot. „Sie ist viel ausgeglichener."

„Weil du große Fortschritte im Zeichnen gemacht hast."

„Ich weiß. Aber ohne deine Hilfe wäre uns beiden dieser Erfolg versagt geblieben. Danke."

Unbehaglich erhob sich Rhianna und vermied seinen Blick. „Ich bin froh, dass ich helfen konnte. Das war unsere Abmachung."

„Unsere Abmachung?"

„Im Austausch gegen meinen Aufenthalt."

Er lachte. „Na ja, nicht, als ob du uns verlassen könntest."

„Nein, das kann ich nicht."

Eine unbequeme Stille füllte den Raum.

Endlich sagte Rhianna: „Ich hoffe, es hat nicht zu viele Schwierigkeiten bereitet, einen ungewollten Gast zu beherbergen."

Jonathan schwieg, unfähig, einen vernünftigen Satz zu formulieren. Der Duft von Rhiannas Parfüm, mit einem Hauch von Gewürz, Vanille und Verführung machte ihn schwindlig. Er musste sich zwingen, die Augen von ihren feuchten, leicht geöffneten Lippen abzuwenden. Er war beseelt von dem Wunsch, sie mit seinen zu erdrücken, sich erneut an ihrer Süße zu laben. Am Morgen hatte er eine gewisse Besorgnis in ihren Augen entdeckt. Er haderte mit sich selbst, die Ursache dieser Angst gewesen zu sein. Im Moment machte sie allerdings nicht den Eindruck, als ob sie sich fürchtete. Sie war nervös.

„Was ist denn?", fragte Rhianna. „Warum siehst du mich so an?"

„Weil du wunderschön bist", entfuhr es ihm. *Und ich will nicht, dass du gehst.*

Diese plötzliche Einsicht traf ihn schwer.

Verdammt, Rhianna fing an, ihm unter die Haut zu gehen.

~ * ~

Rhianna vergaß das Atmen. In all diesen Jahren war die Versuchung noch nie so groß gewesen. Kein anderer Mann hatte ihr ein solches Gefühl der … Sicherheit gegeben. Und zwischen ihnen bestand eine solch große sexuelle Anziehungskraft, die es ihr unmöglich war, ihr Interesse an Jonathan zu leugnen.

Wie zum Teufel sollte sie mit dieser Situation umgehen?

Ihr blieb keine Zeit, diesen Gedankengang zu verfolgen, da Jonathan ihr sanft das Weinglas aus den Fingern nahm und sie in seine Arme zog.

„Was soll das werden?", erkundigte sie sich überrascht.

„Du würdest einem Mann doch keinen Tanz verwehren, oder?" Dank der Fernbedienung füllte einschmeichelnder, sinnlicher Jazz den Raum. „Ich hoffe, diese Musik gefällt dir."

Sie schluckte. „Ich liebe Jazz."

Jonathan wirbelte sie in die Mitte des Zimmers, nur um sie wieder in seinen Armen aufzufangen. Seine Hände lagen auf ihren Hüften. Mit atemlosen Lachen blickte sie in seine meerblauen Augen, die unvermittelt eine Welle von überwältigenden Gefühlen in ihr auslösten. Ihr fehlten die Worte. Jeder Gedanke schien kindisch und albern.

Mit schnellem Griff befreite er ihre Haare aus ihrem Pferdeschwanz.

„Ich mag es offen", flüsterte er und zog sie näher an sich heran.

Seine raue Wange berührte die ihre. Rhianna unterdrückte ein Keuchen. Sie versuchte, sich auf die Musik zu konzentrieren, aber allein seinem gleichmäßigen Herzschlag gelang es, in ihr Bewusstsein vorzudringen. Ihr Puls raste, als sich die Hitze ihrer Körper vereinigte.

„Entspann dich", flüsterte er. „Ich beiße nicht."

„Wirklich?"

Er lachte verhalten. „Es sei denn, du bestehst darauf."

Der Gedanke an Jonathans Zähne, die sanft an ihrem Körper knabberten, ließ Rhianna beinahe laut aufstöhnen.

Was tat er ihr nur an?

Rhianna schmiegte sich an Jonathan, ihr Kopf unter seinem Kinn.

Er roch nach Sandelholz, Vanille und Farbe, eine wohlriechende Kombination, die beruhigend, gleichzeitig aber auch anregend wirkte.

Sein Atem strich über ihr Haar.

Sie erzitterte.

Wie lange würde sie gegen diese Gefühle ankämpfen können?

Bekämpfe sie nicht.

Jonathans Hand streichelte ihren Rücken. Der Stoff zwischen ihnen schien nicht zu existieren, gerade so als ob sie nackt tanzen würden, ihr fiebernder Leib an seinen gepresst. Seine langsamen, sinnlichen Bewegungen jagten flüchtige Schauer über ihren Körper.

Konnte er ihre verräterische Reaktion spüren?

Rhianna wusste nicht, wie lange sie tanzten. Oder wie lange er sie in den Armen hielt. Sie wünschte sich nur, es möge immer so weiter gehen.

„Ich könnte die ganze Nacht so verbringen", verriet ihr Jonathan, beinahe so, als ob er ihre Gedanken lesen konnte.

Sein Geständnis überrumpelte sie.

„Warum solltest du?"

„Weil du dich gut in meinen Armen anfühlst."

„Oh."

„Ich will dich küssen, Rhianna."

Sie holte tief Luft. „Dann küss mich eben."

Ohne Zögern senkte Jonathan den Kopf und ergriff Besitz von ihren Lippen. Rhianna öffnete den Mund, was er hemmungslos ausnutzte. Ihre Zungen vereinten sich, und Rhianna spürte ein unauslöschliches Verlangen in sich aufsteigen. Sie wollte mehr.

Genau wie Jonathan.

Rhianna wehrte sich nicht, als er sie in die Arme nahm und nach oben trug.

Im Bewusstsein ihrer steigenden Begierde erzitterte sie. Es gab nur einen Weg, ihre inneren Dämonen zu besiegen, die Angst der Vergangenheit zu überwinden.

„Dein oder mein Zimmer?", wollte Jonathan wissen.

Falls Rhianna eines klaren Gedankens fähig gewesen wäre, hätte sie laut aufgelacht. Aber sie dachte nicht klar. Ihr stand allein der Sinn danach, das unerträgliche Pochen in ihrem Leib zu befriedigen. „Ist mir egal", murmelte sie.

Sein Zimmer war dunkel, in warmen, maskulinen Farbtönen gehalten und mit wertvollem Kirschholzmobiliar ausgestattet. Ein breites Doppelbett erwartete sie am anderen Ende des Raumes.

Mehr Zeit blieb Rhianna nicht, sich umzusehen, da Jonathan sie langsam an seinem Körper hinuntergleiten ließ und auf die Füße stellte. Seine Finger fanden die Knöpfe ihrer Bluse, die in Sekundenschnelle auf dem Boden lag. Der Rest ihrer Kleidung folgte. Dabei liebkoste er jeden Winkel ihres Körpers, bis sie es nicht länger ertragen konnte.

Er presste sie gegen die Tür. Seine Hände ergriffen ihre Arme und hielten sie über ihrem Kopf gefangen. Ein Anflug von Panik überfiel sie, der sich im Nichts auflöste, als seine Zunge ihre Brustwarze fand und sich ihr andächtig widmete. Sie zitterte, als seine Lippen eine Reaktion forderten. Dann gab sie der heißen Versuchung seines Mundes nach.

„Möchtest du, dass ich aufhöre?", bot er ihr leise an.

„Nein."

„Bist du sicher? Wenn du das willst, werde ich mich fügen."

Sie seufzte. „Halt den Mund und küss mich."

~ * ~

Jonathan küsste Rhianna ungestüm und hingebungsvoll, riss sie mit sich, bis sie sich atemlos, mit brennender Haut an ihn klammerte.

Er sehnte sich nach ihrer Berührung.

Eilig trug er Rhianna zum Bett, entledigte sich seiner Kleidung und streckte sich neben ihr aus. Er war stolz und steif und pulsierte voller Begierde. Es gab nur einen Weg, seine Lust zu befriedigen.

Lust?

Nein, was er fühlte, war viel mehr als das. Aber er musste behutsam vorgehen. Er wollte sie nicht verletzen. Er war sich sicher, dass sie in ihrer Vergangenheit hinreichend verletzt worden war.

Wieder fand er Rhiannas Lippen. Allein ihre Münder berührten sich.

Leicht … überzeugend.

Dann tastete er nach der Nachttischlampe. Ihr milder goldener Schein illuminierte Rhiannas Kurven. Sie lag auf dem Bett. Eine Hand war über ihrer Brust drapiert. Ihre Augen leuchteten erwartungsvoll und dennoch nervös.

„Vertrau mir", bat er sie und schob ihren Arm zur Seite.

„Das tue ich."

Ihr Geständnis machte einen tiefen Eindruck auf ihn. Sie hatte ihm einen wertvollen Schatz überlassen, den es zu schützen galt. Bei diesem Gedanken intensivierte sich sein alles verzehrendes Verlangen nur noch weiter.

Er neigte sich zu ihr hinüber und nahm ihr Gesicht in seine Hände.

„Ich möchte *alles* von dir sehen."

Er konnte ihr Zögern spüren.

Mit zärtlichen Küssen auf ihre Augenlider flüsterte er: „Du bist so wunderschön."

„Nein, bin ich nicht."

Er legte einen Finger auf ihren Mund. „Doch, das bist du."

Mit den Fingerspitzen strich Jonathan über ihr Gesicht und folgte dann dem Pfad an ihrem Hals entlang hinunter in das Tal zwischen ihren Brüsten.

Sie bäumte sich ihm entgegen. „Jonathan …"

Sein Name auf ihren Lippen ließ ihn schwach werden.

~ * ~

Rhianna wusste, dass sie sich mit Jonathan in ein Netz verstrickte, aber im Augenblick kam es nur darauf an, von dem quälenden Verlangen erlöst zu werden, das ihren Körper konsumierte. So hatte sie sich noch nie gefühlt, solch körperlicher Drang, so sexuell …

So außer Kontrolle.

Himmel, wie sehr sie sich nach ihm sehnte.

Ihre Lippen trafen sich zu einem zärtlichen Kuss, während Jonathans schwielige Hände den Rundungen ihres Körpers folgten. Er streichelte sie, drückte sie, berührte sie, solange, bis sich ihr ganzer Körper verkrampfte. Als sein Mund ihre Brust fand, entfuhr ihr ein Stöhnen. Seine Lippen ertasten ihre Brustwarzen. Rhianna dachte, es sei ihr unmöglich, diese köstliche Qual noch einen Moment länger zu ertragen.

Endlich wanderte sein Mund tiefer, auf der Suche nach dem einen Ort, dort, wo er sie berühren musste. Keuchend hielt sie die Luft an. Er hatte ihn gefunden. Mit den Händen um Jonathans Nacken geschlungen, zog sie ihn hoch, zurück an ihre Lippen. Jonathan schwang sich über sie.

Nach heute Nacht wird es kein Zurück geben.

Das war ihr egal. Jonathan hatte die Schleusen geöffnet. Nur er konnte sie wieder schließen.

„Was willst du, Rhianna?"

„Ich weiß es nicht."

„Du weißt es", versicherte er ihr und biss ihr lockend in die Unterlippe.

„Ich will … Ich will dich in mir …"

Ohne ihr Gelegenheit zu geben, den Satz zu vollenden, drang Jonathan in sie ein. Sie verspürte keinen Schmerz, allein ein Schaudern, dass ihr den Atem verschlug. Als er sich zurückzog, bäumte sie sich gegen ihn auf.

„Nicht aufhören", forderte sie dringlich.

„Das hatte ich nicht vor."

Rhianna löste sich von ihrer Vergangenheit, ließ sie hinter sich zurück. Ersetzt wurde sie von einem neuen, wundervollen, alles in den Hintergrund drängenden Sinneserlebnis. Jede Synapse feuerte, jeder Nerv war bis aufs äußerste gereizt, während Rhianna höher kletterte. Immer höher.

Ein glühend heißes Beben der Lust durchfuhr sie. Tränen bildeten sich in Rhiannas Augen. Ihr heiserer Atem vermischte sich mit dem von Jonathan. Sie grub ihre Fingernägel in seine Schultern und klammerte sich schluchzend an ihn, während köstliche Krämpfe ihren Körper quälten und sie bis in ihr Innerstes erschütterten.

~ * ~

Stunden später erwachte Rhianna. Das ihr unbekannte Zimmer, das noch im Schatten lag, verunsicherte sie zunächst.

Doch dann erinnerte sie sich.

Jonathan.

Er hatte sie geliebt, und sie hatte jeden Augenblick genossen.

Sie rollte sich zur Seite und streckte die Hand nach ihm aus. Aber die andere Seite des Bettes war leer.

„Jonathan?"

Keine Antwort.

„Wo bist du?", flüsterte sie in die Dunkelheit hinein.

Sie erinnerte sich an seinen Kuss und berührte ihre Lippen. Sie erinnerte sich an seine Hände auf ihrem Körper, erinnerte sich an jeden Moment auf dem Weg zu einem Höhepunkt, der ihre Welt auf den Kopf gestellt hatte. Und danach hatte er sie verlassen.

Rhianna richtete sich auf und schaltete das Licht ein.

Seine Kleider waren ebenfalls weg.

Rhianna sprang aus dem Bett. Sie ignorierte das dumpfe Gefühl der Erschöpfung ihres Körpers. Eilig zog sie sich an, rannte in ihr Zimmer und schloss die Tür.

Der Zweifel nagte an ihr.

Bereute Jonathan, was sie getan hatten?

Tränen traten ihr in die Augen. „Natürlich tut er das." Laut stöhnte sie auf. „Was habe ich nur getan?"

Rhianna überlegte fieberhaft. Sie war noch zwei Wochen auf dieser Insel gefangen. Wie sollte sie ihm jetzt nur gegenübertreten?

Sie fiel auf ihre Kissen zurück. „Gut gemacht. Deine erste *echte* Erfahrung, und du hast ihn verjagt."

Der Blick auf die Uhr verriet ihr, dass es gerade erst kurz nach drei Uhr früh war. Nicht mal die Sonne machte Anstalten, sich zu zeigen.

Unmöglich, dass sie jetzt schlafen konnte.

Nicht mit Jonathan irgendwo da draußen ...

Sie setzte sich auf. „Ich weiß genau, wo du steckst."

Sie sah aus dem Fenster.

In Jonathans Studio brannte Licht.

Er malt.

„Gute Arbeit, Rhianna. Du hast ihn zur Arbeit verleitet."

Ihr Atem ließ das Glas anlaufen. Mit einem Finger zog sie vier vertikale Linien.

„Gefängnisgitter", murmelte sie. Sie war sich sicher, dass sie nicht die Einzige war, die sich wie in einem Käfig eingepfercht glaubte.

Sie musste Abstand gewinnen. Über die Dinge nachdenken. Sie brauchte einen ruhigen Platz. Einen Ort des Friedens.

Wo konnte sie den finden?

Sie lächelte. *Der Pool.*

Mit einem Badehandtuch in der Hand eilte sie leise nach unten und hinaus ins Freie. Instinktiv folgte sie dem ihr bekannten Pfad, getrieben von ihrem Bedürfnis nach innerer Ruhe.

Rhianna konnte den Wasserfall hören, schon bevor sie ihn sah. Hypnotisiert von seinem Plätschern entledigte sie sich ihrer Kleidung und ließ sie hinter sich auf dem Weg zurück. Ohne Zögern watete sie in die Mitte des Pools, wo sie mit beiden Händen Wasser schöpfte und es an ihrem Nacken hinunterlaufen ließ. Sie seufzte und schloss die Augen

Ihre Meditation wurde unterbrochen.

Obwohl sie ihn nicht gehört hatte, konnte sie seine Anwesenheit fühlen. Als sie die Augen öffnete, stand Jonathan am Strand und beobachtete sie.

„Ich dachte, du schläfst noch."

Sie zuckte mit den Achseln. „Ich bin aufgewacht."

„Das sehe ich. Tut mir leid, aber der Drang Malen zu müssen, war einfach überwältigend."

„Dem musst du wohl nachgeben, sobald er dich überkommt", entgegnete Rhianna trocken.

„Im Moment überkommt mich ein ganz anderer Drang", kündigte er ihr mit gesenkter Stimme an.

Sie blinzelte. „Ich dachte, du willst vielleicht nicht …"

Jonathan zog sich aus und watete im Dunkeln auf sie zu. „Du täuschst dich."

Sie erzitterte, als sie seine Hände erreichten. Er kostete ihre Haut. Seine feurigen Küsse tasteten sich an ihrem Hals entlang.

„Ich will dich, meine kleine Schiffsbrüchige." Fordernd küsste er sie. „Ich will dich hinter dem Wasserfall."

Diesen Wunsch gewährte sie ihm.

Kapitel 21

Der folgende Tag verging wie im Flug. Morgens und nachmittags brachte Rhianna Misty neue Zeichen bei und testete ihre Konversationsfähigkeit. In der Nacht brachte Jonathan einer gelehrigen Rhianna einige neue Kniffe bei – über die uralte Kunst des Liebesspiels.

Und jetzt, ausgestreckt auf dem Bauch in Jonathans Bett, fühlte sich Rhianna so erfüllt wie nie zuvor – beinahe, als ob jemand in ihren Kopf eingedrungen wäre, um dort die Spinnweben zu entfernen und danach in ihrem Herzen einen Schalter umzulegen.

Etwas hatte sich verändert. *Alles* war anders.

Rhianna sah auf den Mann neben ihr. Jonathan lag mit geschlossenen Augen auf der Seite, ihr zugewandt.

Ob er den Wandel ebenfalls empfand?

Sie seufzte und umarmte ihr Kissen.

Bisher hatte Jonathan mit keinem Wort eine gemeinsame Zukunft angesprochen, und sie war sich nicht sicher, was sie von ihm erwarten konnte – oder ob sie ein Anrecht darauf hatte, überhaupt etwas von ihm zu erwarten. Womöglich war dies für ihn nur ein Sommerabenteuer, eine willkommene Ablenkung. Nach ihrer Abreise würde er sie schnell vergessen haben.

Natürlich sucht er nicht nach etwas Festem, rügte sie sich selbst. *Er lebt auf einer vermaledeiten Insel am Ende der Welt, und du hast einen Job und ein Leben in Miami.*

Rhianna war auf sich selbst wütend.

Sie erwischte Jonathan dabei, wie er sie prüfend ansah.

„Woran denkst du?", fragte er.

„An nichts."

Er stützte den Kopf auf eine Hand. „Lügnerin."

„Ich frage mich nur, wohin das alles führen soll."

„Mit *das alles* meinst du … *das?*" Zärtlich strich seine Hand über ihren Rücken.

„Das kitzelt. Lass das."

Seine Augen blitzten. „Was, wenn ich nicht aufhören will?"

„Dann werden wir nie zum Schlafen kommen."

Er küsste ihren Nacken. „Klingt wie ein guter Plan."

„Ich fange an mich zu fragen, ob das das Einzige ist, was du von mir willst", entfuhr es Rhianna.

Abrupt hielt Jonathan inne. „Du denkst, ich bin nur auf den Sex aus? Du solltest mich besser kennen."

Rhianna wandte sich ihm zu und zog sich das Laken über ihre Brust. „Wie denn? Ich bekomme dich erst nach dem Abendessen zu Gesicht, dann verbringen wir Zeit mit Misty, und danach sind wir … hier. Wir reden nie."

„Wir können reden, wann immer du willst", bot er ihr an.

Aus irgendeinem Grund brachte sie das noch mehr auf die Palme.

„Welchen Teil von *Du bist nie da, um zu Reden* verstehst du nicht?"

Sie wusste, dass sie wie eine verbitterte Ehefrau klang.

„Ich war recht beschäftigt", entgegnete Jonathan lächelnd. „Ich hatte endlich eine Eingebung für mein neues Bild. Ich glaube, es wird eines meiner Besten werden."

Rhianna schnaubte. „Na prima. Das freut mich für dich."

Sie schwang die Beine aus dem Bett und fing an, ihre Kleidungstücke einzusammeln.

„Was hast du vor, Rhianna?"

„Ich gehe in mein Zimmer."

„Tu das nicht. Komm ins Bett zurück und lass uns reden."

Misstrauisch sah sie ihn an. „Reden?"

„Das kann ich, glaube mir. Ich bin nicht nur ein unerhört attraktiver Mann, der nach deinem Körper giert."

Sie zog eine Augenbraue hoch. „Du hältst dich also für sexy?"

„Genau das hast du mir vor einer Stunde versichert", gab er grinsend zurück.

„Das hätte ich vielleicht besser für mich behalten. Das ist dir offensichtlich zu Kopf gestiegen."

Er klopfte auf das Bett. „Bitte. Ich verspreche dir, dass ich mich benehmen werde. Wir reden, und ich werde dich nicht anrühren. Ich werde nicht mal versuchen, dich zu küssen."

Rhianna verspürte ein leichtes Gefühl der Enttäuschung.

~ * ~

Jonathan sah zu, wie Rhianna sich BH und Slip anzog. *Nicht anfassen,* warnte ihn ihre Haltung, obwohl es ihm in den Fingern kribbelte, die Warnung in den Wind zu schlagen.

„Schön, unterhalten wir uns", erklärte sich Rhianna einverstanden.

Beinahe hätte er gelacht, als sie unter das Laken schlüpfte und sich damit bis zum Hals zudeckte.

„Also", übergab er ihr die Zügel. „Wo wollen wir anfangen?"

„Erzähle mir von deiner Kindheit. Wo bist du geboren? Hast du Geschwister?"

„Ich bin ein Einzelkind, geboren in New York, im *Big Apple*."

„Und deine Eltern? Wo sind die?"

„Meine Mutter ist vor knapp fünf Jahren gestorben."

Sie ergriff seine Hand. „Tut mir leid. Vielleicht sollten wir nicht …"

„Hey, du wolltest mehr über mich wissen. Meine Mutter ist tot. Und mein Vater ist ein Arschloch." Er versuchte, die Bitterkeit in seiner Stimme zu unterdrücken. „Es ist Jahre her, seit ich ihn das letzte Mal gesehen habe."

Überrascht sah Rhianna ihn an. „Du willst sagen, er kennt Misty noch nicht?"

„Ganz recht. Das ist auch besser so."

„Aber sie ist seine Enkelin. Seine einziges Enkelkind."

„Lass mich dir von dem Mann erzählen, der Mistys *Großvater* ist", ereiferte sich Jonathan. „Er ist ein reicher, mächtiger Mann, der nicht den geringsten Wert auf seine Familie legt. Als ich sieben Jahre alt war, hörte ich, wie sich meine Eltern um das Foto einer Frau stritten, das meine Mutter in einer seiner Jackentaschen gefunden hatte."

„Dein Vater hatte eine Affäre?"

„Er hat es immer abgestritten. Aber ja. Er hat meine Mutter betrogen."

„Das ist ja schrecklich."

„Mein alter Herr schrie meine Mutter an, verbrachte die ganze Nacht außer Haus, mit wer weiß wem oder was, und schlich sich dann am frühen Morgen wieder ins Haus zurück." Jonathan sah zum Fenster hinüber. Mit leiser Stimme fuhr er fort. „Ich konnte es kaum erwarten, von dort wegzukommen. Einen Tag nach meinem achtzehnten Geburtstag zog ich aus. Er rief mich an, nachdem ich mich in der Kunstakademie eingeschrieben hatte. Als er herausfand, was ich mit meinem Leben anfangen wollte, hatte er beinahe einen Herzanfall. Er sagte, ich würde mein Potenzial verschwenden."

Jonathan konnte sich an jede Einzelheit dieses Anrufs erinnern. Sein Vater hatte ich angebrüllt, ihn für verrückt und verantwortungslos erklärt. Jonathan hatte den Telefonhörer aufgelegt.

„Und seither hast du ihn nicht gesehen?", fragte Rhianna mitfühlend.

Er schüttelte den Kopf. „Den Kontakt mit meiner Mutter behielt ich bei, aber ihn habe ich nie wiedergesehen."

„Hat deine Mutter Misty kennengelernt?"

„Nach der Diagnose meiner Mutter zogen meine Eltern in den Süden. Misty und ich haben Mutter alle zwei Monate besucht. Wir trafen uns immer in einem Restaurant. Mein Vater hat das nie erfahren."

„Das ist lange her, Jonathan. Vielleicht hat er sich geändert."

„Das bezweifle ich. An dem Tag, an dem ich Sirena heiratete, sah ich ihn das letzte Mal. Er stolzierte in den Raum, in dem ich mich auf die Zeremonie vorbereitete und verkündete mir, dass meine Ehe von Anfang an zum Scheitern verurteilt war. Er nannte Sirena eine geldgierige Möchtegern-Schauspielerin, der es an Talent fehlte." Jonathan lächelte. „Damit hat er Recht behalten."

„Ich kann immer noch nicht fassen, dass sie Misty im Stich gelassen hat, sie so einfach aufgegeben hat."

„Sirena ist allein an ihrer Karriere interessiert. Alles andere stand ihr nur im Weg, Misty und ich eingeschlossen." Intensiv sah er Rhianna an. „Ich weiß nicht, wieso es so lange gedauert hat, bis mir bewusst wurde, dass Sirena nicht die Richtige für mich war."

„Manchmal ist es schwer, sich der Realität zu stellen", entgegnete Rhianna leise.

~ * ~

Rhianna hätte Jonathan gerne getröstet, aber sie spürte, dass dies nicht der richtige Zeitpunkt war. Er war zu aufgebracht, zu sehr von seiner Vergangenheit verletzt. Wenn sie Eines wusste, dann das, dass vergangenes Leid nicht über Nacht geheilt werden konnte. Es brauchte seine Zeit, etwas Zerstörtes wiederherzustellen – und das setzte ein In-sich-gehen und Ausdauer voraus.

„Meine Realität war, dass wir keiner geregelten Arbeit nachgingen", fuhr Jonathan fort. „Zuerst besuchten wir Angelinas Insel, um dem Winter zu entkommen. Misty und ich verliebten uns in sie, während Sirena es hier von Anfang an hasste. Den Pool habe ich nur für sie gebaut, in der Hoffnung, dass er sie glücklich machen würde."

„Was er nicht getan hat."

„Nein. Sirena kann ohne ihre wöchentlichen Wellness-Tage und ihren morgendlichen Starbucks-Cappuccino nicht leben." Er lachte vor sich hin. „Und wie sie es gehasst hätte, dich hier gestrandet zu sehen."

Rhianna sah ihn spöttisch lächelnd an. „Besten Dank auch."

„Sie hasste andere Frauen. Sie betrachtete jede andere als

Konkurrentin."

„Aber du hast sie geliebt."

Jonathan zuckte die Achseln. „Das dachte ich zumindest. Aber was wusste ich damals schon über die Liebe?"

Da Rhianna das Thema Liebe nicht diskutieren wollte, wechselte sie das Thema. „Haben sich deine Eltern scheiden lassen?"

„Nein. Meine Mutter hat ihm vergeben und hat es bis zum bitteren Ende mit ihm ausgehalten."

Unfähig, die Qual in seiner Stimme zu ertragen, schmiegte sich Rhianna an ihn und legte einen Arm über seine Brust. „Sie muss deinen Vater sehr geliebt haben."

Jonathan schwieg.

Rhianna atmete tief ein. „Wenn sie ihm vergeben konnte, warum kannst du es nicht?"

Er starrte sie an. „Weil er das Bild seiner Geliebten ständig bei sich trug. Ich erwischte ihn wiederholt dabei, wie er es sich ansah, sobald er sich für ungestört hielt."

Rhianna wusste nicht, was sie sagen sollte.

„Es war, als ob er ohne diese Frau nicht leben konnte. Beinahe jeden Abend stürzte er aus dem Haus, in eine Bar ganz in der Nähe. Einmal war er so betrunken, dass der Barkeeper ihm den Autoschlüssel abnahm und bei uns zu Hause anrief. Meine Mutter war nicht da, also musste ich ihn abholen." Er schnaubte. „Den ganzen Weg nach Hause heulte mein alter Herr wie ein Baby."

„Das muss sehr schwer für dich gewesen sein", bedauerte Rhianna ihn, die sich einen jungen Mann vorstellte, der sich um seinen Vater kümmern musste. „Er konnte froh sein, dich zu haben."

Sie verfielen in Schweigen und hörten dem Gesang der Nachtvögel zu.

„Was ist mit dir?", unterbrach Jonathan endlich die Stille. „Wo ist deine Familie?"

Rhianna legte den Kopf auf seine Brust. „Meine Eltern starben bei einem Verkehrsunfall."

„Wie alt warst du?"

„Ich wurde in dieser Nacht geboren." Sie schluckte schwer. „Als die Sanitäter am Unfallort eintrafen war mein Vater tot und meine Mutter lag im Sterben. Sie war schwanger. Mit mir. Sie brachten sie ins Krankenhaus, wo sie eine Notfalloperation vornahmen." Rhianna wandte den Kopf. „Ich war das Ergebnis."

Jonathan streichelte ihr über das Haar. Es fühlte sich gut an.

Sie sah ihm ins Gesicht. „Meine Mutter starb auf dem Operationstisch. Sie sagten, es war ein Wunder, dass sie den Unfall überlebt hatte."

„Sie hat es für dich getan. Sie wollte, dass du überlebst."

Eine Träne lief Rhianna die Wange hinunter. „So war es wohl."

Jonathan hob ihr Kinn an. „Da bin ich mir *vollkommen* sicher. Das solltest du auch sein."

Rhianna versuchte unter Tränen zu lächeln. Jahrelang hatte sie sich eingeredet, dass sie den Tod ihrer Mutter verschuldet hatte; dass sie überlebt hätte, wenn sie nicht schwanger gewesen wäre.

Jonathan hatte ihr eine andere Perspektive geboten.

Ihre Mutter hatte sie gewollt, hatte sie geliebt.

Zärtlich wischte Jonathan ihr die Tränen aus dem Gesicht. „Wir sind schon ein trauriges Paar, was meinst du?"

Sie nickte. „Wie Recht du hast. Das Schicksal hat uns beiden ein hartes Los auferlegt um uns kleinzukriegen."

„Aber wir sind Überlebenskünstler", erinnerte er sie.

„Das sind wir."

Und sie hatte weit mehr als nur den Tod ihrer Mutter überstanden.

Jonathan sah ihr tief in die Augen. „Dir hat jemand sehr weh getan, nicht wahr?"

Überrascht stieß sie den Atem aus. *Wie konnte er das wissen?*

„Ich habe die Angst in deinen Augen gesehen", erklärte Jonathan ihr. „Und beim ersten Mal … als ich dich lieben wollte, wusste ich, dass dich jemand unendlich verletzt hat."

Ihr stockte der Atem. Das war kein Thema, das sie diskutieren wollte. Mit niemandem.

„Du kannst es mir anvertrauen", flüsterte er.

Sie verbarg ihr Gesicht an seiner Schulter, unfähig, ihn anzusehen. Sollte sie es ihm beichten? Würde die Situation zwischen ihnen eine andere Gestalt annehmen, sobald er wusste, dass ihr Körper misshandelt und missbraucht worden war? Würde er sich angewidert von ihr abwenden?

Erzähle es ihm. Er muss es wissen.

„Nachdem meine Eltern gestorben waren", setzte sie an, „nahmen sich meine Tante und mein Onkel meiner an. Bis sie bei eine Bootsunfall ums Leben kamen. Dann wurde ich zum Pflegekind. Die ersten beiden Familien, bei denen ich für kurze Zeit untergebracht wurde, waren nette Menschen, obwohl ich damals ein Fall für den Psychiater war. Dann fand das Jugendamt ein dauerhaftes Heim für mich, ein Paar, das vorgab, mich eventuell sogar adoptieren zu wollen. Falls wir zurechtkommen sollten."

Rhianna hielt inne und nahm all ihre Kraft zusammen.

„Ich war nicht das Problem. Das war mein Pflegevater. Er hat …"

An den nächsten Worten erstickte sie beinahe, *„mich misshandelt."* Tränen standen ihr in den Augen. Rhianna schluchzte lauf. „Jedes Mal, wenn seine Frau das Haus verließ, hat er mich vergewaltigt. Ich war machtlos gegen ihn."

Jonathan zog sie in seine Arme und wiegte sie wie ein Kind, während sie um ihre gestohlene Jugend trauerte. Um das einsame Kind, das sich so gefangen, so benutzt, gefühlt hatte. Um die junge Frau, die sich vor zwischenmenschlichen Kontakten gefürchtet hatte. Rhianna weinte, bis ihr die Tränen ausgingen.

Endlich hob sie den Kopf und sah ihm furchtsam in die Augen. Was würde sie dort finden? Es war nicht das, was sie erwartet hatte. Anstatt Horror und Abscheu sah sie Mitgefühl und Verständnis.

„Du bist in Sicherheit", flüsterte Jonathan mit feuchten Augen. „Niemand wird dir je wieder so etwas antun. Ich werde es nicht zulassen." Er beugte sich zu ihr hin und küsste sie leicht auf die Lippen.

„Du hast gesagt, kein Küssen oder anfassen", brachte sie heiser hervor.

„Ich sagte, nicht während wir reden."

„Aber ..."

„Rhianna, die Zeit des Redens ist vorbei." Jonathan küsste ihre Mundwinkel, als ob er damit jede unsichtbare Narbe verjagen wollte.

Seufzend gab sie nach und übergab ihren Körper seinen Händen. Die ließen sie erzittern.

Sie wusste, dass sie Jonathan etwas bedeutete. Aber bedeutete sie ihm so viel, wie sehr sie ihn ins Herz zu schließen begann?

Kapitel 22

JT holte tief Luft, bevor er den Hörer hob und die Nummer wählte.

„Mr Chambers", forderte er den Privatdetektiv auf, „bringen wir die Sache zum Abschluss."

„Sie tun so, als ob es um eine Wurzelbehandlung geht", erwiderte Chambers. „Die Sache ist nicht persönlich. Eine rein geschäftliche Angelegenheit."

„Sie ist persönlich. Insbesondere, wenn sie jemanden bedrohen, der mir etwas bedeutet."

„Ihr habe ich nicht gedroht. Ich dachte nur, sie sollte wissen, warum sie …"

„Hören Sie zu, Chambers", unterbrach JT ihn. „Ich werde es ihr selbst sagen. Verstanden?"

„Ok, ok. Gehen Sie nicht gleich an die Decke, alter Mann. Was ist mit meinem Geld?"

„Ich habe mir ihre Forderung durch den Kopf gehen lassen."

„Und?"

„Ich werde zahlen."

„Eine gute Entscheidung, Mr Lance."

Mit zitternder Hand fuhr sich JT über das Gesicht. „Sie werden das Geld morgen Nachmittag erhalten. Aber das ist absolut das letzte Mal. Verstanden?"

„Klar und deutlich."

„Ich brauche eine Versicherung Ihrerseits, dass sie uns danach in Ruhe lassen werden."

„Ich geben Ihnen mein Wort." Chambers kicherte. „Ich weiß, das bedeutet Ihnen wenig. Was haben Sie sich vorgestellt?"

„Ich möchte, dass sie verschwinden."

„Aus Miami?"

„Aus Miami, aus Florida, aus den Vereinigten Staaten! Ich will sie aus meinem Leben haben. Und Sie erhalten Fünfzigtausend extra, falls Sie dem unmittelbar nachdem Sie die Überweisung erhalten haben, nachkommen. Sie erhalten weitere Fünfzig, sobald Sie mir eine Postkarte von dem Ort aus schicken, an dem Sie letztendlich landen werden."

Hoffentlich in der Hölle, dachte JT.

„Ich werde gleich morgen früh einen Flug buchen."

„Tun Sie das, Chambers."

JT legte den Hörer auf.

Konnte er dem Mann vertrauen? Nein. Einem Kerl wie Winston Chambers vertraute man nicht. Ebenso wenig wie man seinen nächsten Zug vorhersagen konnte.

Würde Chambers das Geld nehmen und verschwinden?

JT konnte es nur hoffen.

~ * ~

In der Etage über seinem Büro ging Winston auf dem schmutzigen Gang seiner Einzimmerwohnung auf und ab. Vor dem schmierigen Fenster flackerte und summte ein rotes Neonlicht. Es trieb ihn zum Wahnsinn. Dieses Ding hatte er schon seit dem Tag seines Einzugs einschlagen wollen. Jetzt fragte er sich, warum er diesem Impuls nie gefolgt war.

Durch das halb geöffnete Fenster war das Geräusch des abklingenden Verkehrs zu hören. Irgendwo in der Nacht heulte eine Sirene auf und eine Hupe ertönte. Keine friedvolle Abgeschiedenheit hier. Nicht in diesem heruntergekommenen Bezirk von Miami.

Alte Zeitungen und zerlesene Pornos waren über die durchgesessene Couch und den mit Flecken überzogenen Teppich verteilt. Neben der Schlafzimmertür stand ein vergessener Wäschekorb, bis zum Rand vollgestopft mit schmutziger Wäsche. Es war schon einige Wochen her, seit er den Weg in den Waschraum im Keller gefunden hatte. Mittlerweile roch seine Wohnung nach faulem Fisch und Katzenpisse. Winston hatte keine Katze.

Eine huschende Bewegung erregte seine Aufmerksamkeit.

Unter einem Pizzakarton sah eine Kakerlake hervor. Winston zerdrückte die Küchenschabe mit der Faust und sah sich dann sein verzerrtes Bild in dem zerbrochenen Spiegel über dem Tisch an.

Er grinste. „Winston Chambers, Kakerlakenjäger."

Die waren allerdings nicht das Einzige, was er gerne jagte. Deshalb war er schließlich Privatdetektiv geworden.

Er wischte die Überreste der Kakerlake an einer Serviette ab und sah sich im Zimmer um. „Dich werde ich nicht vermissen."

Hier gab es nichts, wonach es ihm verlangte. Was er *wirklich* wollte, hielt sich irgendwo in den Bahamas auf.

Wie schwer konnte es sein, sie zu finden?

Er lachte so anhaltend, dass er zu keuchen begann.

„Ok, Win. Möge die Jagd beginnen."

Eine Stunde später trat er aus dem Schlafzimmer. In einer Hand trug er einen vollgestopften grauen Koffer, in der anderen einen braunen Lederkoffer, den er online bestellt hatte. Seinen einzigen guten Anzug hatte er sich über den Arm geworfen. Den Koffer stellte er neben der Tür ab, den Anzug hängte er in den Schrank im Flur. Dann schob er mit einer einzigen Bewegung seines Arms alles, was auf dem Küchentisch lag, zur Seite.

Schweißgebadet stellte er den Aktenkoffer auf den Tisch und öffnete ihn. Der große Briefumschlag, den er hervorzog, enthielt all seine Schätze – mehr als fünfzig Aufnahmen von Rhianna McLeod, aufgenommen in den verschiedensten Stadien ihres Lebens.

Winston hatte das Mädchen aufgestöbert, nachdem sie die Schwesternschule bereits verlassen hatte. Damals lebte sie bei einer tauben, älteren Dame. Das hatte es ihm noch einfacher gemacht, sich unbemerkt einzuschleichen, um Rhianna aus seinen Verstecken in den Schränken, im Keller und im Schlafzimmer der alten Dame zu fotografieren.

Es war erstaunlich, welche Qualität man mit einer guten Kamera und einem Teleobjektiv erzielen konnte.

Sorgfältig verteilte er die Fotos auf dem Tisch.

„Da bist du ja, meine Liebe." Er lächelte und berührte ein Foto, das Rhianna beim Tee mit ihrer Patientin zeigte. „Ein Stück Zucker oder zwei?"

Das nächste Bild zeigte eine traurige Rhianna. Weinend sagte sie einige Worte beim Begräbnis der alten Dame. Winston hatte dreist in einer der hinteren Reihen gesessen und ihr sogar sein Beileid ausgesprochen.

„Ich werde mich um dich kümmern", versicherte er ihr nun, während er ein Bündel Geldscheine aus dem Aktenkoffer zog.

Er hatte genug Geld, um in die Bahamas und dann weiter an sein endgültiges Ziel zu kommen. Vielleicht Marokko. Er hätte Haiti vorgezogen, aber das lag nach dem Erdbeben immer noch in Trümmern.

Es kam wirklich nicht darauf an, wohin er ging, solange er nur spurlos verschwand. Sobald JT Lance ihn bezahlt hatte, würde er in Übersee bequem leben können. Winston würde einen neuen Anfang machen, ein neues Leben beginnen.

Mit seiner neuen Ehefrau.

„Unsere Hochzeitsnacht wird dir im Gedächtnis bleiben.“

So gerne er sich zurücklehnen und sich seinen Fantasien von Rhiannas nacktem Körper unter ihm hingeben würde, er hatte Arbeit. Er sammelte Rhiannas Fotos ein und verstaute sie wieder in dem Umschlag. Mit dem Aktenkoffer in der Hand verließ er die Wohnung, um unten sein Büro aufzusuchen. Schwer atmend schaltete er das Licht an und steuerte direkt auf seinen unaufgeräumten Schreibtisch zu. Innerhalb kürzester Zeit waren Flug und Hotel gebucht.

„Noch ein letztes“, murmelte er, während er die Bordkarte ausdruckte.

Er schlurfte zu einem abstrakten Gemälde, hinter dem sich ein in die Wand eingelassener Safe verbarg. Nach Eingabe der Kombination entnahm er ihm einen Schuhkarton, der mehrere unechte Ausweise enthielt, die er sich über die Jahre zugelegt hatte. Die stopfte er in seinen Aktenkoffer. Aber die Schachtel enthielt einen weiteren Gegenstand, der ihm den absoluten Erfolg garantieren würde.

Eine nicht registrierte Glock-17.

Winston nahm die Waffe in die Hand und legte sie liebevoll an seine Wange. Natürlich konnte er sie nicht mit ins Flugzeug schmuggeln, also tat er das Nächstbeste. Er wickelte die Waffe in Blisterfolie ein und verpackte sie sicher in dem Schuhkarton. Den adressierte er an sich persönlich an die Adresse des Hotels in Nassau. Er würde das Paket per Luftfrachtexpress verschicken.

Morgen würde er dann herausfinden, in welchem Hotel die süße Rhianna McLeod ihren Urlaub verbrachte und ihr einen kleinen Erkundigungsbesuch abstatten. Und nach der Ankunft der Glock gehörte sie ihm.

Gib nur Acht, dass ich dich nicht erschießen muss.

Kapitel 23

Am nächsten Morgen wachte Rhianna in ihrem eigenen Zimmer auf. Darauf hatte sie bestanden, obwohl Jonathan sie gebeten hatte – sie angefleht hatte – bei ihm zu bleiben.

„Ich möchte nicht, dass Misty hereinkommt und mich in deinem Bett findet", verneinte sie entschieden. „Es würde sie nur verunsichern."

Dennoch fragte sie sich, wie es wohl wäre morgens in seinen Armen aufzuwachen.

Sie schüttelte den Kopf. Dieser Gedanken führte zu nichts.

Nach dem Zähneputzen sah sie geringschätzig in den Spiegel. „Nur eine vorübergehender Flirt", erklärte sie ihrem Spiegelbild. „Nichts außer einer Sommerromanze."

Aber für sie fühlte es sich als weit mehr an.

Rhianna zog sich an, fasste ihr Haar in einem Pferdeschwanz zusammen und eilte nach unten, bereit, ihren täglichen Unterricht mit Misty zu beginnen.

„Hi, Rhianna", zeichnete Misty vom Küchentisch her. „Mit dem ersten Arbeitsblatt bin ich schon fertig."

Rhianna sah kurz auf die Wanduhr. Es war bereits nach neun Uhr. Sie hatte länger geschlafen. Die außerschulischen Aktivitäten der letzten Nacht hatten sie erschöpft.

„Zeig es mir", bat sie und ignorierte die Hitze, die ihr in die Wangen stieg.

Sie überprüfte Mistys Arbeit und war überrascht zu sehen, dass sie alle Zeichen richtig identifiziert hatte.

Lächelnd umarmte sie Misty. „Großartige Arbeit. Alles ist richtig."

„Daddy hat gesagt, wenn ich heute Morgen gut arbeite, wird er später eine Überraschung für uns haben."

„Ach ja? Welche Überraschung?"

Misty rollte die Augen. „Das weiß ich nicht", zeichnete sie. „Es soll eine Überraschung sein!"

„Selbstverständlich", lachte Rhianna. „Eine Überraschung."

Mit einer Tasse Kaffee und einem Muffin bewaffnet, stellte Rhianna Misty die nächste Aufgabe. Obwohl sie versuchte, sich auf die Lektionen des Tages zu konzentrieren, fiel es ihr schwer. Rhiannas Gedanken schweiften immer wieder auf den attraktiven Vater ihrer Schutzbefohlenen ab, auf seine starken, dennoch zärtlichen Hände, und auf seinen sinnlichen Mund. Jedes Mal, wenn sie an Jonathan dachte, bekam sie feuchte Hände.

Denk nicht an ihn!

Jonathan tauchte vor dem Mittagessen auf. Er trug ein weißes Achselhemd und beigefarbene Bermudashorts, und schien ausgezeichneter Stimmung zu sein.

„Was hast du vor?", fragte Rhianna.

„Ich mache eine Pause vom Malen. Ich werde den Rest des Tages mit euch verbringen."

„Das ist unsere Überraschung?"

Grinsend sah er sie an. „Willst du mir damit sagen, dass du auf ein Picknick und auf Schwimmen mit Misty und mir keinen Wert legst?"

Rhianna kicherte. „Na ja, da du Schwimmen erwähnt hast, komme ich eben mit."

Ohne zu überlegen lehnte Jonathan sich vor und küsste Rhianna mitten auf den Mund. Direkt vor Mistys Augen.

Rhianna unterdrückte einen Aufschrei. „Bist du sicher, dass du mich küssen solltest vor …"

„Natürlich bin ich mir sicher", sagte er und küsste sie erneut.

Jonathan sah seine Tochter an und zeichnete: „Jedes schöne Mädchen verdient einen Kuss." Er beugte sich vor und küsste Misty auf die Wange.

Misty schlang die Arme um den Hals ihres Vaters und Rhianna konnte das Glück in ihren Augen sehen. Glücklich und eine Einheit. Das perfekte Bild – Vater und Tochter.

Sie seufzte.

Wollte sie wirklich ihre perfekte Welt zerstören?

Diese Frage nagte an ihr, bis es Zeit war, an den Strand zu gehen. Das Picknick, das Mrs Atkinson ihnen vorbereitet hatte, war wundervoll. Sie aßen am Steg, um Sand in ihrem Essen zu vermeiden, obwohl Misty argumentierte, dass Sand-*wishes* im Sand gegessen werden sollten. Vor dem ersten Bissen zwang sie Rhianna und ihren Vater, sich etwas zu wünschen.

„Dann werden eure Wünsche in Erfüllung gehen", zeichnete Misty.

„Keine Ahnung, wo sie das her hat", erklärte Jonathan kopfschüttelnd. „Sie hat sie schon immer Sand-*wishes* genannt."

Rhianna lächelte. „Das gefällt mir."

Nach dem Mittagessen schwammen sie im Ozean. Misty entpuppte sich als ausgezeichnete Schwimmerin, natürlich, wie ein Fisch im Wasser. Aber es war Jonathan, der sie am meisten beeindruckte. Sie konnte kaum den Blick von ihm wenden. Sein Gesicht hatte sich entspannt und er lachte unablässig. Seine gebräunten Muskeln traten hervor, als er zu einer Boje hinausschwamm und zum Kai zurückkehrte.

Später streckten sie sich auf ihren Badehandtüchern aus.

„Ich könnte für immer bleiben", seufzte Rhianna glücklich auf.

Jonathans Augenbrauen hoben sich. „Wirklich?"

Sie errötete. „Es ist so friedlich hier. Und so wunderschön."

Gerade wollte er antworten, als Misty ihn am Arm zog. „Ich bin müde, Daddy."

„Zeit für deinen Mittagsschlaf", zeichnete er zurück.

Rhianna packte die Überreste des Picknicks ein, während Jonathan die Badehandtücher ausschüttelte.

„Lasst uns nach Hause gehen."

Rhiannas Herz stolperte. *Nach Hause?*

Am Haus angekommen folgte sie Jonathan und Misty nach oben. Sie blieb in der Tür stehen und beobachtete, wie Jonathan seine Tochter ins Bett brachte.

„Große Umarmung", zeichnete er und öffnete die Arme weit.

Misty drückte ihn fest und Jonathan gab lustige, japsende Geräusche von sich.

„Hilf mir, Rhianna", flehte er.

„Ich werde mich hüten, mich zwischen euch zu drängen", erwiderte sie lachend.

Auf dem Weg zur Tür sagte Jonathan: „Schlaf gut, mein Schatz."

Misty klatschte in die Hände. „Warte!"

„Möchtest du ein Glas Wasser?", fragte Rhianna.

Das Mädchen lächelt sie schüchtern an. „Ich möchte einen Kuss. Von *dir*."

Rhianna durchquerte den Raum und versuchte, ungezwungen auszusehen. Zärtlich küsste sie Misty auf die Wange. Die antwortete mit einer stürmischen Umarmung und zog Rhianna neben sich auf das Bett hinunter.

Misty legte den Kopf zur Seite. „Ich bin froh, dass du auf unserer

Insel gelandet bist."

„Ich auch."

„Ich liebe dich, Rhianna."

Rhianna war tief erschüttert. „Ich liebe dich auch. Schlaf schön."

Sie senkte den Kopf und drückte sich auf dem Weg in ihr Zimmer eilig an Jonathan vorbei. Hinter der Tür ihres Schlafzimmers starrte sie an die Decke und blinzelte die Tränen zurück, die sie beinahe verraten hätten.

Sie mochte Misty viel zu sehr. Und Jonathan. Das ließ sie Dinge tun, die sie nicht tun wollte. Unmögliche Dinge. Egal wie sehr sie nach Hause wollte, um JT zu sehen, sie konnte das Verlangen ihres Herzens nicht bekämpfen. Sie würde alles dafür geben, mehr als Mistys Lehrerin zu sein, mehr als Jonathans kurzfristiger Gast und seine Sommerliebe.

„Ich will das, was ich nicht haben kann", flüsterte sie.

Jeder zusätzliche Tag auf Angelinas Insel würde ihr die Abreise nur schwerer machen. Sie musste Jonathan Tylers verführerischem Charme entkommen. Bevor es zu spät war. Bevor ihr Herz für immer zerbrach.

Rhianna schluchzte.

Der Gedanke, die Insel zu verlassen, war beinahe unerträglich. Sie hatte sich in sie verliebt – und in deren Bewohner. Jonathan eingeschlossen.

Diese plötzliche Eingebung ließ sie auffahren.

Ich liebe Jonathan.

Das Klopfen an der Tür schreckte sie auf.

Schnell wischte sie sich über die Augen und setzte ein Lächeln auf. „Ich bin gleich unten."

Die Tür öffnete sich einen Spalt. Es war Jonathan.

„Alles in Ordnung, Rhianna?"

„Sicher." Sie wandte sich ab, damit ihre roten Augen sie nicht verraten würden. „Ich brauche eine Dusche und muss mich umziehen, um den Sand loszuwerden."

„Ok. Ich dachte nur ..." Er verstummte. „Schon gut."

Die Tür schloss sich.

Zwanzig Minuten später trat Rhianna in ihrem Morgenmantel aus dem Badezimmer – erfrischt, sowohl körperlich als auch geistig. Sie musste eine Entscheidung treffen. Sie konnte Jonathan ihr Herz auf einem silbernen Teller servieren oder sicheren Abstand halten. In jedem Fall musste sie mit ihm sprechen und herausfinden, wohin seiner Meinung nach das, *was immer es auch war*, führen sollte.

Sie wählte ein blau-weiß-gestreiftes Sommerkleid, föhnte ihre Haare und hielt sie mit einer silbernen Spange im Zaum. Dann legte sie zarten Lipgloss auf und ging nach unten.

In der Küche fand sie zu ihrer Überraschung Mrs Atkinson vor. Köstliche Düfte stiegen aus dem Backofen und aus den Töpfen auf. Auf dem Küchentresen ruhte ein Kuchen.

„Ich backe ein Hühnchen für heute Abend", kündigte die Haushälterin beim Karottenschneiden an. „Kartoffelbrei, frische Erbsen und Karotten aus dem Garten und Erdbeerkuchen zum Nachtisch."

„Klingt köstlich", nickte Rhianna. „Kann ich Ihnen helfen?"

„Nein, ich bin beinahe fertig. Danke für das Angebot." Mrs Atkinson hob den Kopf und sah Rhianna prüfend an, bevor sie weitersprach. „Warum nehmen Sie sich nicht den Rest des Nachmittags frei? Ich werde mich um Misty kümmern, nachdem sie aufgewacht ist."

„Wissen Sie, wo Jonathan ist?"

„Im Studio."

Eine Welle der Enttäuschung schwappte über Rhianna. „Oh."

Einen Augenblick herrschte peinliche Stille.

Mrs Atkinson legte das Messer hin. „Rhianna, meine Liebe, darf ich Ihnen etwas sagen?"

„Selbstverständlich."

„Ich kenne Mr Tyler seit Jahren. Ich sah zu, wie er sich selbst davon überzeugt hat, eine Frau zu lieben, die nur an sich selbst dachte. Er tat alles Menschenmögliche, um seine Ehe zu retten. Und er war todunglücklich."

„Warum erzählen Sie mir das?"

Mrs Atkinson seufzte. „Ich kann sehen, wie er sie ansieht. Und wie glücklich Sie ihn machen."

„Wie meinen Sie das?"

„Unser Jonathan empfindet sehr viel für Sie. Ich gehe davon aus, dass Sie seine Gefühle erwidern."

Rhianna öffnete den Mund zum Protest. Dann machte sie ihn wieder zu.

„Ich habe ihn noch nie so entspannt gesehen", fuhr Mrs Atkinson fort. „Oder so glücklich."

„Vielleicht war er nur zu lange alleine."

„Gut möglich. Aber das ändert nichts an der Tatsache, was Sie beide füreinander empfinden. Habe ich Recht?"

„Sie sind mit einer scharfen Beobachtungsgabe gesegnet", bemerkte Rhianna befangen. „Vielleicht zu scharf."

„Ohne Fernseher, was bleibt mir übrig?" Mrs Atkinson lächelte und konzentrierte sich wieder auf das Karottenschneiden.

„Was schlagen Sie also vor, was ich mit diesen Gefühlen … anfangen soll?"

„Das Erste, was Sie tun …", erklärte die Haushälterin und wischte sich die Hände an der Schürze ab, „... ist, Mr Tyler zu besuchen. Er hat Ihnen des Rest des Tages versprochen, nicht wahr?"

„Das hat er."

„Erlauben Sie einem Mann nie, sein Versprechen zu brechen."

„Das werde ich mir merken", nickte Rhianna auf dem Weg zur Tür.

„Und noch etwas", rief ihr Mrs Atkinson hinterher.

„Ja bitte?"

„Egal was in der Vergangenheit vorgefallen ist, die Zukunft bringt immer ein gewisses Maß an Risiko mit sich. Wenn sie etwas wirklich wollen, müssen Sie darum kämpfen."

Den ganzen Weg zum Studio dachte Rhianna über Mrs Atkinsons Worte nach.

Konnte sie das Risiko eingehen, dass Jonathan ihr das Herz brechen würde?

~ * ~

Jonathan wanderte in seiner Hütte auf und ab. Die widerstrebenden Gefühle, die er für Rhianna empfand, frustrierten ihn. Seit Sirena hatte ihn keine andere Frau so angesprochen. Seine kleine Schiffsbrüchige hatte nichts mit Sirena gemein. Seine Exfrau verstand es nur zu Nehmen. Rhianna tat das Gegenteil.

Zuerst war es ihm um die Eroberung gegangen. Das konnte er nicht bestreiten. Verflucht, es war schon so lange her gewesen. Aber jetzt? Er fühlte mehr als physisches Verlangen nach Rhianna. Was er empfand war verführerisch und gefährlich. Ein Teil von ihm riet ihm, die Sache nur als kurzfristigen Flirt anzusehen. Ein anderer Teil konnte den Gedanken nicht ertragen, sie gehen zu sehen.

Was zum Teufel sollte er tun?

Er marschierte auf das Gemälde zu, an dem er gearbeitet hatte. Es war mit einem weißen Tuch abgedeckt. Mit seiner Fertigstellung würde dieses Bild die hervorragendste Arbeit sein, die er je geliefert hatte. Ohne Zweifel. Sein neues Bild würde ihm leicht einhunderttausend Mäuse einbringen. Dank Rhianna.

Er griff nach einem Pinsel. Die Tür hinter ihm öffnete sich. Jonathan drehte sich um und sein Herz machte einen Sprung. Rhianna stand in der Tür, frisch und wunderschön.

„Du hast mich gefunden", begrüßte er sie.

„Es war nicht allzu schwierig."

„Ich dachte mir, ich könnte hier etwas aufräumen, da du beschäftigt warst."

„Bist du am Malen?"

„Nein." Er drehte sich zu ihr um. Den Pinsel hielt er noch in der Hand. „Ich bin nicht in der Stimmung, jetzt daran zu arbeiten."

„Was würdest du gerne tun?"

Stirnrunzelnd sah er sie an. „Willst du mich in Versuchung führen?"

„Ich weiß es nicht."

Er trat einen Schritt auf sie zu und sah sie mit verschleiertem Blick an. Er wollte nichts mehr als sie dort, wo sie stand, nehmen, gegen die Tür gelehnt. Aber etwas hielt ihn zurück. Vielleicht das leichte Zittern ihrer Hand. Oder die kaum versteckte Furcht in ihren Augen.

Geh behutsam vor, erinnerte er sich.

Ein Gedanke nahm in seinem Kopf Gestalt an. „Ich weiß, wozu ich in der Stimmung bin."

Still wartete sie.

Jonathan legte den Kopf zur Seite. „Ich will dich malen."

Rhianna lachte. „Mich? Ich bin wohl kein geeignetes Modell."

„Vertraust du mir?"

Ihr Lächeln verschwand. „Ja."

Jonathan legte den Pinsel auf dem Tisch neben der Staffelei ab. Dann nahm er Rhianna bei den Händen und führte sie zur Couch. Er entfernte ihre Haarspange und ließ Rhiannas lange Locken frei über ihre Schultern fallen. Danach ergriff er den Saum ihres Kleides und zog es ihr über den Kopf. Rhianna erzitterte, als er seine Arme um sie legte, um ihren BH zu öffnen.

„Was hast du vor?", flüsterte sie atemlos.

„Ich will die Schönheit malen, die ich in dir sehe. Den Teil, den du verstecken willst. Was dir nicht gelingt."

Der BH landete auf dem Fußboden, gefolgt von ihrem Slip, den er langsam über ihre langen Beine nach unten zog.

„Ich bin nicht gekommen um …" Ihre Stimme versagte, als er vor ihr auf den Boden sank

„Ich weiß."

Rhiannas grüne Augen drückten Unsicherheit und Verlangen aus. „Ich bin gekommen, um zu reden."

„Später."

Er wollte sie küssen. Überall.

Noch nicht.

~ * ~

Rhianna konnte seinen Atem an der Stelle spüren, wo sich ihre Beine trafen. Er sandte ein Prickeln durch ihren Körper, der jeden Gedanken an eine Diskussion aus ihrem Gehirn vertrieb. Wie sollte sie denken können, wenn Jonathan vor ihr kniete und sie um ihr Vertrauen bat?

„Leg dich zurück", forderte er sie auf.

Nachdem sie auf dem Rücken lag, studierte er ihre Position. Dann hob er eines ihrer Beine an.

„So", bestimmte er.

Neben der Staffelei drückte Jonathan verschiedene Farbtuben auf einer hölzernen Palette aus. Mit drei Pinseln und der Palette in der Hand trat er wieder an sie heran.

„Was tust du da?", fragte sie verwirrt.

Er lächelte. „Ich werde dich malen."

„Solltest du das nicht auf der Leinwand tun?"

„Du bist meine Leinwand."

Rhiannas Herz klopfte. „Du kannst nicht auf mir malen. Das lässt sich nie wieder abwaschen."

„Das sind Wasserfarben. Sehr hautfreundlich und unter der Dusche abwaschbar."

Zweifelnd sah sie ihn an. „Aber …"

„Du hast gesagt, dass du mir vertraust, Rhianna."

„Das tue ich."

„Dann schließe die Augen und sei meine Leinwand."

Sie tat, worum er sie gebeten hatte. Mit angehaltenem Atem erwartete sie seinen ersten Pinselstrich.

„Das ist eine sich rankende Liane", erläuterte er, als sich die kühle Spitze seines Pinsels von ihrem Nacken bis hinunter auf ihre rechte Brust in weiten Kreisen vortastete.

Der nächste Pinselstrich ließ Rhianna erzittern. Er glitt unter ihre Brust und arbeitete sich dann behutsam nach oben bis kurz vor ihre Brustwarze vor. Das erotische Gefühl, das dieser Vorgang in ihr auslöste, ließ sie leise stöhnen. Der sanfte Pinselstrich weckte in ihr die Erinnerung an Jonathans Zunge, die ihre Haut liebkost hatte.

„Das ist eine Hibiskusblüte, die sich gerade zur Sonne hin öffnet", erläuterte Jonathan mit heiserer Stimme weiter.

Der Pinsel tanzte über ihre Brust. Ihr Stöhnen wurde lauter. Als Antwort auf die kühle Farbe, die den empfindlichen Punkt umkreiste, presste Rhianna die Beine zusammen.

„Lieg still", tadelte er sie leise.

Er fügte Kurven und Kreise in quälend flüssigen Bewegungen hinzu, bis sie kurz davor stand, den Verstand zu verlieren. Was sie wollte – was sie brauchte – hatte nichts mit Farben und Pinseln zu tun.

Eine warme Hand glitt an ihrem Oberschenkel entlang.

„Entspann dich", murmelte er. „Vertrau mir."

Der nächste Pinselstrich ebnete einen eisigen Pfad von ihrer Brust bis hinunter auf ihren Bauchnabel. Rhianna dachte, er würde dort enden. Sie hatte sich getäuscht. Die Spitze des Pinsels wirbelte weiter nach unten, nur um seitlich abzuweichen und sich auf der Innenseite ihrer

Schenkel zu verlieren. Jonathan tat das Gleiche auf der anderen Seite und teilte dann ihre Beine.

Sie hörte einen zischenden Atemzug. Nicht ihren eigenen. Jonathans.

„Ich vertraue dir", wiederholte sie. „Vollkommen."

Hinter ihren geschlossenen Augen stellte sich Rhianna vor, wie Jonathan sie ansah, jede Bewegung ihres Körpers registrierte. Ihr Herzschlag beschleunigte sich. Sie hatte sich noch nie so befreit gefühlt, weder physisch noch psychisch. Oder so erregt. Jeder Muskel ihres Körpers bat um Erleichterung. In diesem Augenblick wurde ihr klar, dass sie all das nehmen, was Jonathan ihr bieten würde. Selbst wenn er sie am Ende mit gebrochenem Herzen zurücklassen sollte.

„Ich will dich, Rhianna", flüsterte er ihr zu. „Aber dieses Mal werde ich dir geben, was du brauchst."

Bevor sie eine Antwort finden konnte, streichelte sie etwas Feuchtes zwischen ihren Beinen. Zunächst dachte sie, dass Jonathan sie dort malen würde.

Dann wurde ihr bewusst, dass er keinen Pinsel benutzte.

Kapitel 24

Winston verbrachte den Großteil des einstündigen Fluges nach Nassau in der Toilette des Flugzeugs. Drei Gläsern Rotwein war es nicht gelungen, seine Nerven zu beruhigen. Der turbulente Flug setzte ihm zu und hatte ihn veranlasst, sich krampfhaft an den Armlehnen festzuklammern. Zur Entspannung der Lage hatte auch nicht beigetragen, dass er jedes Mal den Bauch einziehen musste, sobald er an der Frau mittleren Alters neben ihm vorbei wollte. Sie war so in einen Schnulzenroman vertieft – in einen, wie sie Winstons Mutter immer gelesen hatte – dass sie kaum ihre Beine bewegte. Vielleicht würde er ihr beim nächsten Aufstehen einfach auf die Zehen treten

Sein Magen gurgelte laut.

„Gravol", gab die Frau ohne Hochzusehen von sich.

„Entschuldigen Sie?"

„Das nehme ich vor einem Flug. Es beruhigt den Magen."

„Danke für den Hinweis", entgegnete er trocken.

Die Frau las weiter.

Während das Flugzeug zum Landeanflug ansetzte, revoltierte Winstons Magen. Er war sich sicher, dass er sich übergeben musste. Er sprang aus dem Sitz, um die Toilette zu erreichen, bevor die Anschnallaufforderung kam. Zu spät. Die Flugbegleiterin schüttelte den Kopf und bedeutete ihm, den Sicherheitsgurt anzulegen. Auf dem Rückweg zu seinem Sitz musste er gegen eine Welle der Übelkeit ankämpfen.

„In der Sitztasche vor sich finden Sie eine Spucktüte", ließ ihn die Frau neben ihm wissen.

Winston wollte sie auf der Stelle erwürgen, ihr das hochnäsige Grinsen aus dem Gesicht verjagen

Stattdessen lächelte er nur. „Ich hoffe, Sie werden nichts abbekommen."

Die Augen der Frau sahen ihn ungläubig an. Dann rutschte sie soweit sie konnte, von ihm weg.

Letztendlich hatte er dann doch keine Verwendung für die Papiertüte. Das Flugzeug landete problemlos. Winston eilte als Erster vom Flugzeug in die Flughalle hinein. Auf der Herrentoilette entledigte er sich seines Frühstücks und seines Mittagessens. Danach fühlte er sich weit besser.

Vor dem Flughafengebäude wartete eine lange Reihe von Taxen. Winston entschied sich für ein schwarzes Fahrzeug mit einem ebenso schwarzen Fahrer. Beide kamen seiner dunklen Stimmung entgegen. Der Fahrer fuhr ihn zum Nassau Palm Hotel, ganz in der Nähe der Innenstadt. Es war kein Vier-Sterne Hotel, aber es würde seinen Dienst tun. Seine Anziehungskraft für Winston lag darin, dass die bekannten Paradise Island-Kasinos bequem mit einer kurzen Fahrt auf der Fähre zu erreichen waren. Da er auf das Eintreffen seiner Glock warten musste, hatte er vor, die Zeit bis dahin in den Kasinos zu verbringen.

Vielleicht hatte er ja endlich einmal eine Glückssträhne.

In seinem kleinen Zimmer im dritten Stock packte Winston aus und brachte seine Garderobe in dem winzigen Schrank unter. Dann zog er den Anzug aus und hängte ihn vorsichtig in den Wäschereibeutel, damit das Hotel ihn in die Reinigung schicken konnte. Diesen Anzug brauchte er, um morgen seine Show durchziehen zu können.

Neben alten Shorts, einem Red Sox-T-Shirt und einem Sonnenvisier, das er während seiner letzten Reise nach Mexiko erstanden hatte, trug Winston noch eine reflektierende Sonnenbrille, um sein Aussehen zu vervollständigen. Er sah genau wie alle Männer aus, die er in der Hotelhalle gesehen hatte - ohne besondere Merkmale. Unscheinbar. Durchschnittlich. Einfach zu vergessen.

„Du siehst wie ein Tourist aus, Win", nickte er seiner Erscheinung im Spiegel zu.

Falls es ihm gelang, sich hier in Nassau unauffällig unter die Touristen zu mischen, würde sich niemand an ihn erinnern oder gar seine Beschreibung an die Cops weitergeben können.

Er – oder Rhianna – würden später unauffindbar sein.

Winston stellte seinen Laptop auf die Kommode und schaltete ihn ein. Er musste für den Zugang zum Internet zahlen, was aber absolut akzeptabel war, da Winston die gestohlene Visakarte von Charles Duke benutzte. Charles war ein reicher Klient, der vermutet hatte, dass seine

Frau ihn betrog. Was sie auch getan hatte – mit Winston. Ihr Verlangen nach Bondage hatte es ihm leicht gemacht, sich während seines letzten Besuchs die Karte und den Ausweis ihres Mannes anzueignen.

Winston loggte sich in das Konto seiner Miami-Bank ein und stieß einen lauten Freudenpfiff aus, als er den Kontostand sah. Lance hatte Wort gehalten. Die fünfhundert Riesen, die er überwiesen hatte, hatte Winstons ‚Fluchtkonto' die Millionengrenze überschreiten lassen.

Du hast mich zu einem reichen Mann gemacht, JT.

Zur Feier des Tages bestellte Winston beim Zimmerservice ein leicht gebratenes Steak mit Pommes Frites. Und zum Nachtisch Bananencremetorte. Außerdem wählte er eine Flasche teuren Sekt aus und ließ sich zwei Gläser bringen. Morgen würde er mit seiner Verlobten anstoßen. Eine halbe Stunde später rollte der Hausdiener auf einem Wagen Winstons Bestellung ins Zimmer. Der Mann reichte Winston einen Eiskübel, in dem eine Sektflasche steckte. „Ich hoffe, der wird Ihnen zusagen. Es ist unser Bester."

Winston nickte und gab dem Mann ein Trinkgeld. Nicht zu viel, nicht zu wenig.

Nachdem er wieder alleine war, setzte Winston sich an den Tisch, der kaum groß genug für zwei Teller war. Das Steak war etwas zu lange gebraten, sonst konnte er sich nicht beschweren. Er wechselte zwischen Bissen von Pommes Frites und Kuchen ab. Innerhalb von zwanzig Minuten hatte er alles verschlungen.

„Zeit, über kreatives Finanzwesen nachzudenken." Winston öffnete seinen Laptop.

Eine halbe Stunde später hatte er den gesamten Betrag von seinem Konto in Miami auf sein Züricher Bankkonto umgeleitet. Von dort aus wurde das Geld über eine Anzahl nicht nachvollziehbarer Netzwerke weiter transferiert, bis es endlich in einer obskuren Bank in Marokko landete.

Danach entwarf er eine E-Mail.

Sehr geehrter Mr Lance, ich bin in die Schweiz gezogen. Sie können sich dessen gerne in meinem ehemaligen Büro versichern. Ich habe Ihnen eine Postkarte geschickt, die sie allerdings erst in zwei Wochen erreichen wird. Bitte senden Sie meinen Bonus umgehend an die Credit Suisse in Zürich, in der Schweiz.

Er fügte die nötige Konteninformation hinzu und drückte dann auf *Abschicken.* Sobald die zusätzlichen Fünfzigtausend in Zürich eingingen, würde er auch dieses Geld nach Marokko umleiten. Alle Nachforschungen nach Winston Chambers würden in der Schweiz im Sand verlaufen. Lance würde zudem keinen Grund zur Annahme haben, dass Winston sich an einem anderen Ort aufhielt, insbesondere, da er sein Büro aufgelöst und dem Vermieter eine falsche Adresse hinterlassen hatte.

Zufrieden lehnte er sich in seinem Stuhl zurück. „Und jetzt zum nächsten Punkt der Tagesordnung – die schwer zu findende Ms McLeod zu finden."

In der Nachttischschublade schob er eine Bibel zur Seite und zog das Telefonbuch vor. Er blätterte die Gelben Seiten durch, bis er die gewünschte Kategorie gefunden hatte. *Hotels.* Die folgenden drei Stunden verbrachte er damit, Hotels und Motels in der Gegend um Nassau herum anzurufen.

Ohne Erfolg.

„Du musst doch irgendwo untergekommen sein", grollte er.

Als nächstes versuchte er es auf einigen der anderen Inseln, wobei er den Hotelangestellten jedes Mal vormachte, dass es einen Notfall in der Familie gab, von dem er seine *Nichte* umgehend unterrichten musste. Aber Rhianna war auch auf keiner der anderen Hauptinseln zu finden.

Wo zum Teufel steckte sie bloß?

Mit dem Anzug in der Hand nahm Winston den Aufzug in die Lobby hinunter. An der Rezeption wandte er sich an eine attraktive, blonde Empfangsdame um die Zwanzig. Sie würde seiner Geschichte Glauben schenken.

„Kann ich Ihnen helfen?", erkundigte sie sich freundlich.

„Das können Sie." Er überlegte, wie sehr die Frau ihm zu Diensten sein konnte. In keiner Variante trug sie ihre Uniform. „Ich habe morgen einen Termin und möchte diesen Anzug in die Reinigung geben."

„Das kann ich gerne für Sie arrangieren."

Nachdem der Anzug im Hinterzimmer verschwunden war, begann Winston: „Da gibt es noch etwas …"

Die perfekten Zähne der Blondine blitzten. „Stimmt etwas mit Ihrem Zimmer nicht, Sir?"

„Nein, nein." Er hielt inne. „Ich versuche, jemanden zu finden. Es geht um einen Schicksalsschlag in der Familie."

„Oh nein." Das Lächeln der Frau erlosch. „Das tut mir außerordentlich leid."

Winston blinzelte, als ob er die Tränen zurückhalten musste. „Ich muss es meiner Nichte persönlich mitteilen. Aber ich weiß nicht, wo sie sich aufhält."

„Wo haben Sie sie gesucht?"

Er gab ihr die Liste der Inselhotels, mit denen er Kontakt aufgenommen hatte.

Die Blondine sah ihn fragend an. „Sind Sie sicher, dass sie sich in einem Hotel und nicht privat bei jemandem aufhält?"

Winston schüttelte den Kopf. „Ich weiß es nicht. In letzter Zeit hat sich meine Nichte sehr zurückgezogen." Mit verschwörerischer Miene lehnte er sich vor. „Sie hat sich mit ihrem Vater gestritten."

„Tut mir leid, Sir, aber vielleicht könnten Sie die Flughäfen überprüfen, ob sie vielleicht auf eine der anderen Inseln gereist ist."

Das war nicht die Antwort, die er sich erhofft hatte. Winston musste sich bemühen, sein freundliches Lächeln beizubehalten.

„Das habe ich bereits getan." *Nutzlose Schlampe.*

Kurz bevor er die Eingangstür erreicht hatte, fasste ihn jemand am Arm.

„Sir, haben Sie es im Hafen versucht?", erkundigte sich die Blonde von der Rezeption. „Vielleicht hat sie ein Boot genommen. Auf einigen der kleineren Inseln gibt es diverse Gästehäuser."

Dieses Mal schenkte Winston ihr ein ehrliches Lächeln. „Vielen Dank."

„Lassen Sie es mich bitte wissen, wenn ich behilflich sein kann, Ihren Aufenthalt bei uns angenehmer zu gestalten."

Anzüglich sah er sie an. „Sie möchten etwas tun?"

Zunächst schien die Frau zu überlegen, dann entfuhr ihren glänzenden Lippen ein entsetztes Keuchen. Sie räusperte sich und sagte: „Noch einen schönen Tag, Sir."

Er sah ihren schwingenden Hüften nach, als sie sich eilig hinter der Rezeption in Sicherheit brachte. Winston zwinkerte ihr zu. Bei anderer Gelegenheit hätte er ihr Angebot jederzeit angenommen, aber jetzt bewahrte er seine Unschuld für jemanden auf. Für eine ganz besondere Frau.

Ein sengender Schwall heißer Luft traf ihn als er die klimakontrollierte Eingangshalle des Hotels verließ. Sofort brach er in Schweiß aus, wobei allerdings unklar war, ob die Hitze oder die Aufregung, seiner Beute einen Schritt näher zu sein, dazu beigetragen hatte.

„Fahren Sie mich zum nächsten Hafen", forderte er seinen Taxifahrer auf.

Der verdrießliche Fahrer nickte und drehte dann den Reggae in seinem Autoradio auf volle Lautstärke auf.

Schon in Ordnung, dachte Winston. *Ich will auch nicht mit dir reden.*

Auf dem Weg zur Bayshore Marina schenkte er der Landschaft keinerlei Beachtung. Beim Anblick von etwa zweihundert Booten, die vertäut im Hafen lagen, wurden ihm jedoch die Hände feucht.

„Verdammt!", fluchte er leise vor sich hin.

Es würde Tage dauern, alle Schiffseigentümer zu befragen.

Er bezahlte den Fahrer, sah ihm beim Davonfahren nach, und

schlurfte dann die Hauptrampe hinunter. Eine Vielzahl von Wasserfahrzeugen begrüßte ihn. Vom Segelboot über Rennboote bis hin zu zwanzig Meter langen Luxusjachten. Er hielt am ersten Boot inne, auf dem er Passagiere entdecken konnte. Ein Rentnerehepaar.

„Ich suche meine Nichte." Er zeigte ihnen ein Foto von Rhianna. „Haben Sie sie gesehen?"

Der Mann schüttelte den Kopf. „Wir sind erst gestern Abend eingelaufen."

Winston wanderte den Kai hinunter und erkundigte sich bei jedem, den er traf, nach seiner Nichte. Alle gaben ihm die gleiche Antwort. Niemand hatte Rhianna gesehen.

Frustriert schleppte er sich zu einem Rennboot am Ende des Kais. Es hatte einen dieser romantischen Namen. *Misty's Dream.*

Er näherte sich ihm mit einem Gefühl totalen Versagens. Bei dem Fortschritt, den er an den Tag legte, würde es Wochen dauern, bis er jeden Hafen überprüft hatte. Aber dazu fehlte ihm die Zeit. Je mehr Zeit er darauf verschwenden musste, nach Rhianna zu suchen, desto größer wurde die Wahrscheinlichkeit, dass er entlarvt wurde. Duke konnte seine Kreditkarte als gestohlen melden. Oder seinen Ausweis.

An Bord der *Misty's Dream* arbeitete ein junger Einheimischer, dessen Haare eng in lange Zöpfen geflochten waren. Er kauerte über einem Außenbordmotor, die Werkzeugkiste zu seinen Füßen. „Entschuldigen Sie", rief Winston ihm zu. „Könnten Sie mir vielleicht behilflich sein?"

„Was kann ich für Sie tun?"

„Ich suche jemanden. Eine junge Frau."

„Wie heißt sie?"

„Rhianna McLeod."

Der Mann sah hoch und runzelte die Stirn. „Die habe ich vor einigen Wochen auf Angelinas Insel abgesetzt."

Winston konnte sein Glück kaum fassen. Mit einem breiten Lächeln sah er den Mann an und hielt ihm die Hand entgegen. „Charles Duke."

„Roland Saunders."

„Mr Saunders, ich würde gerne Ihren Fährdienst in Anspruch nehmen."

Saunders sah ihn an. „Die *Misty's Dream* ist kein Passagierdampfer. Das habe ich bereits Ihrer Freundin gesagt. Sie dient allein dem Versorgungstransport."

„Nun ja, vielleicht könnten Sie eine weitere Ausnahme machen." Winston zog ein Bündel mit Geldscheinen aus der Tasche. „Sagen wir zweihundert Dollar?"

Saunders seufzte. „Sagen wir dreihundert, und Sie sind im

Geschäft."

Winston bezahlte den Mann. „Sie werden sie dort drüben nicht vorwarnen, nicht wahr? Sobald Rhianna erfährt, dass ich auf dem Weg bin, wird sie wissen, dass etwas nicht stimmt. Ich möchte ihr das lieber persönlich mitteilen. Von Angesicht zu Angesicht."

Saunders zuckte mit den Achseln. „Ich kann sie sowieso nicht erreichen. Tylers Funkgerät ist kaputt."

„Tyler?"

„Ihm gehört die Insel."

Winston versteckte seine Besorgnis. Mögliche Komplikationen hatte er nicht eingeplant. Natürlich wohnten andere auf dieser vermaledeiten Insel. Er würde seinen ganzen Charme aufbringen müssen. Und seine Überzeugungskraft.

„Ich kann Sie morgen früh übersetzen", informierte Saunders ihn. „Heute Abend steht uns ein Sturm bevor."

Winston sah zum Himmel. Flockige, weiße Wolken standen am Horizont und die Sonne strahlte vom Himmel. „Scheint ziemlich ruhig zu sein."

„Glauben Sie mir", grinste Saunders, „heute Nacht wollen Sie sich in Ihrem Hotel aufhalten."

„Ich warte auf ein ..." Winston ertappte sich noch rechtzeitig, „... auf einen Anruf von Zuhause. Geht in Ordnung. Morgen, um welche Zeit?"

„Ich werde hier vollgetankt um neun Uhr früh auf Sie warten, Mr Duke."

Das passte hervorragend. Am Morgen würde Winston seine Glock in Händen haben.

„Wir sehen uns dann um neun Uhr früh." Nach einigen Schritten drehte Winston sich auf dem Absatz um. „Ich kann mich doch darauf verlassen, dass Sie mir nicht mein Geld abnehmen und mich dann hängen lassen, oder?"

Saunders sah ihn finster an. „Ja, Sie können mir vertrauen. Ich werde hier sein. Kommen Sie nicht zu spät."

Hocherfreut mit seinem Erfolg, Rhianna gefunden zu haben, schleppte sich Winston die hölzerne Rampe hoch. Oben angekommen hielt er innen, um zu Atem zu kommen und sich den Schweiß von der Stirn zu wischen. Er triumphierte.

Ich komme, Rhianna, mein Liebling.

Kapitel 25

In dieser Nacht wurden die Bahamas von einem Sturm geschüttelt. Rhianna erlebte die Natur in all ihrer Macht. Obwohl ihr die Wirbelstürme, die Florida regelmäßig zusetzten, nichts Neues waren, hatte sie sich noch nie so schutzlos gefühlt. Angelinas Insel war nicht sehr groß, und im Fall einer Notlage war es ihnen unmöglich, das Festland zu erreichen.

Kurz bevor der Sturm all seine Kräfte entfesselte, hatte Jonathan alle Fenster von außen mit Sturmläden gesichert und eine Anzahl von Taschenlampen auf dem Wohnzimmertisch deponiert.

„Falls der Generator aufgeben sollte", erklärte er.

„Passiert das oft während eines Sturms?" Rhianna schauderte bei dem Gedanken.

Er schüttelte den Kopf. „Nein, aber wir müssen auf alles vorbereitet sein. Sollte der Generator abschalten, kann ich nicht nach draußen, um ihn zu reparieren. Man kann nie wissen, was der Wind durch die Gegend wirbeln wird."

Misty fand den Sturm spaßig. Sie hatte sich ihre Taschenlampe bereits ausgesucht und schwenkte sie durch das Wohnzimmer, obwohl die Lichter noch brannten

„Verschwende die Batterien nicht, Misty", zeichnete Jonathan.

Rhianna lächelte.

„Was ist?", fragte er.

„Deine Zeichensprache macht Fortschritte. Du wirst schneller."

„Ich habe eine tolle Lehrerin", grinste er.

Und ich einen Lehrer, wollte sie sagen.

Rhianna machte es sich auf dem Sofa bequem und sah Misty und Jonathan zu, die Marshmallows in Kaminfeuer rösteten. Einen Augenblick stellte sie sich vor, wie es wäre, für immer auf Lancelot's Landing zu leben. Misty und sie würden sich tagsüber amüsieren, während Jonathan und sie nachts Erwachsenenspiele spielen würden.

Wie komme ich bloß auf diese Idee?

Jonathan kam mit einem auf einem Metallspieß gerösteten Marshmallow auf sie zu.

„Nein danke", wehrte Rhianna ab.

Jonathan ignorierte sie und zog die Süßigkeit vom Spieß. „Versuch doch mal."

Sie kicherte. „Ein Bissen wird mir ein Zuckerhoch bescheren."

Verheißungsvoll schwenkte er das Marshmallow solange vor ihren Augen, bis sie endlich zaghaft daran knabberte.

„Nicht schlecht", kommentierte sie.

„Nicht schlecht?" Verwundet sah Jonathan sie an. „Ich bin der König der Marshmallowröster. Frag Misty."

Jonathan sah ihr tief in die Augen und schob sich den Rest des Marshmallows in den Mund. Dieser kleine intime Akt ließ Rhiannas Puls schneller schlagen.

„Misty mag dich sehr", sagte er.

„Und was ist mit dir?", entfuhr es ihr. „Ich meine, macht es dir immer noch etwas aus, dass ich hier bin?" Ihre Wangen brannten.

Jonathan setzte sich neben sie. „Was glaubst du wohl? So schlimm war es gar nicht, dich auf meiner Insel gestrandet zu sehen. Du hattest einen guten Einfluss auf Misty. Sie hat in wenigen Wochen mehr von dir gelernt als von all ihren vorherigen Lehrerinnen." Er küsste sie auf die Wange. „Vielen Dank dafür, Rhianna."

„Misty ist ein intelligentes Kind."

Sie konnte ihren Blick nicht von Jonathans Gesicht wenden. Sie liebte ihn. Unmöglich, dies zu leugnen.

Ich war in meinem Leben noch nie so glücklich.

Der tobende Sturm draußen schien ihr dennoch wie ein böses Omen. Etwas war im Anmarsch. Sie wusste nicht, woher dieses drohende Gefühl stammte, aber sie wusste es. Etwas würde geschehen. All ihre Hoffnungen und Träume waren vom Einsturz bedroht.

Draußen kreischte der Wind in den Bäumen.

Während Jonathan Misty in ihr Bett brachte, blieb Rhianna unten, um die Küche aufzuräumen. Ihre Gedanken drehten sich im Kreis, wie sie ihre Gefühle für ihn mit Jonathan teilen konnte. Als er endlich nach unten kam, wartete sie im Wohnzimmer auf ihn.

„Misty ist schon nach drei Seiten von Dornröschen eingeschlafen.

Möchtest du etwas trinken?"

„Sicher."

Er schenkte zwei Gläser Wein ein. Ihre Augen trafen sich, als er ihr das Glas reichte. „Stimmt etwas nicht?"

Sie fasste all ihren Mut zusammen. „Ich frage mich nur, was wir danach tun werden."

„Wonach?"

Sie schluckte. „Wenn es Zeit für mich ist, nach Miami zurückzukehren."

„Vielleicht solltest du nicht zurückgehen", antwortete er.

Ein Glücksgefühl durchfuhr sie, bevor sie sich schnell wieder der Realität stellte.

„Ich habe eine Stelle", warf sie ein. „Mein Arbeitgeber braucht mich."

Jonathans Miene verdüsterte sich. „Wozu genau braucht er dich? Du hast nie viel davon gesprochen, was du tust, oder hast mir nie von deinem Arbeitgeber erzählt."

„Ich bin Palliativpflegerin. Meine Patienten vertrauen mir, dass ich nicht über sie rede."

„Dein Arbeitgeber ist also dein Patient."

Sie nickte.

Jonathan ließ sich ihr gegenüber in den Sessel fallen. „Es muss schwer sein, sich ständig mit dem Tod zu beschäftigen."

Sie zuckte mit den Achseln. „Das gehört alles zum Leben dazu."

„Dennoch, es muss deprimierend sein."

„Manchmal", gab sie zu. „Mein Arbeitgeber ist ein fürsorglicher, großzügiger Mann. Ich werde ihn sehr vermissen. Er war wie ein Vater für mich."

Sie dachte an JT, der auf ihre Heimkehr wartete. Er ging sicher davon aus, dass sie am Strand lag, Sonnencreme auftrug und Margaritas genoss.

Wenn JT nur wüsste.

„Weißt du", fuhr sie fort, „mein Arbeitgeber hat mich gelehrt, dass Familie alles ist. Vielleicht wäre es an der Zeit, mit deiner Familie Verbindung aufzunehmen."

„Es ist nicht der richtige Zeitpunkt", verneinte Jonathan schnell.

Sie seufzte. „Wenn du zu lange wartest, könnte es zu spät sein".

„Es ist bereits zu spät."

Sie hätte dies gerne bestritten, aber sein Gesichtsausdruck hielt sie davon ab. „Ich bin müde." Sie leerte ihr Glas. „Ich denke, ich werde mich hinlegen."

Jonathan antwortete nicht.

In ihrem Zimmer zog sich Rhianna aus schlüpfte ins Bett. Sie konnte Jonathans Worte nicht vergessen.

„Es ist bereits zu spät."

Wenn es zu spät für Jonathan und seinen Vater war, war es auch bereits zu spät für sie?

Werde ich je eine eigene Familie haben, die ich lieben kann?

Familienbeziehungen waren schwierig. Blut war nicht immer dicker als Wasser. In eine Familie hineingeboren zu werden, bedeutete nicht auch automatisch, zu lieben und geliebt zu werden. Die Schlagzeilen der Zeitungen boten hinreichend Beweise dafür. Aber *es war möglich*, Liebe an anderer Stelle zu finden, etwa bei Ersatzeltern.

Rhianna hatte sie vor deren Tod bei ihrer Tante und ihrem Onkel gefunden. Und dann bei JT und Higginson.

Ihr Blick fiel auf das Foto neben ihrem Bett.

Vielleicht konnte sie etwas tun, um JT zu helfen. Er hatte gesagt, dass es zwischen ihm und seinen Sohn keinen Kontakt gab. Sobald sie zurück in Miami war, würde sie nach dem verschwundenen Sohn suchen. Bevor JT starb, mussten die beiden sich aussprechen. Selbst wenn es ihr nicht gelingen sollte, den Sohn zu finden, würde ihr diese Aufgabe helfen, sie von Gedanken an Jonathan, Misty und an Angelinas Insel abzuhalten.

Jonathan hat angedeutet, dass ich nicht gehen soll.

Sie schüttelte den Kopf. Nur ein Vorschlag. Das war alles. Er hatte ihr nicht seine unsterbliche Liebe gestanden. Nicht mal irgendein Gefühl für sie erwähnt, außer dass er ihren Körper genoss.

Was ich fühle habe ihm auch nicht gesagt.

Das konnte sie nicht. Das Risiko war zu groß.

Der Wind heulte und die Läden klapperten, während Rhianna sich unter ihren weichen Laken verkroch. Sie schloss die Augen, unfähig, das bedrohliche Gefühl loszuwerden, dass ein Ereignis bevorstand. Etwas, das alles verändern würde.

~ * ~

Jonathan sicherte die Hintertür, dann die Haustür. Er war unruhig und kannte den Grund dafür. Rhiannas Vorschlag, mit seinem Vater Kontakt aufzunehmen, hatte ihn aufgewühlt. Sie hatte es so einfach klingen lassen, so problemlos. Einfach den Hörer aufheben und den alten Herrn anrufen, und alles wird vergeben sein.

Es konnte unmöglich so einfach sein, protestierte sein Verstand.

Es war zu lange her. Sein Vater war sicher umgezogen, hatte vielleicht sogar wieder geheiratet.

Das würde wirklich schmerzen.

Dennoch konnte Jonathan einen Funken Neugierde nicht bestreiten.

Oder den Drang, die Vergangenheit in Ordnung zu bringen. Vielleicht sollte er nach Miami zurückkehren.

Vielleicht gehe ich mit Rhianna zurück.

„Ich will nicht, dass sie geht", brummte er den Schatten zu.

Er hatte wenig Zeit darauf verschwendet, seine Gefühle zu analysieren. Er wusste nur, dass der Gedanke, dass Rhianna ihn verlassen würde, ihn bedrückte. Und was war mit Misty? Wo sollte er eine Lehrerin finden, die seiner Tochter zusagte?

„Du magst sie auch", flüsterte er.

Rhianna war so anders als Sirena. Ihr lag wirklich etwas an anderen Menschen. Er konnte sehen, dass sie Misty liebte.

Aber was empfand sie für ihn?

Er schnaubte. „Sie kann es sicher kaum erwarten, nach Hause zu kommen und all ihren Freundinnen von ihrer Sommeraffäre zu berichten."

Er sah in das obere Stockwerk hinauf. Rhianna schlief dort oben, und alles woran er denken konnte, war es, ihr Gesellschaft zu leisten. Aber nicht, um zu schlafen.

Jonathan wanderte im Wohnzimmer auf und ab.

Er wollte Rhianna. Er brauchte sie. Falls sie ihn verlassen sollte, würde er eine Leere empfinden, die kaum gefüllt werden konnte. Sein Körper und sein Verstand drängten ihn, ihr zu gestehen, was er empfand, ihr sein Herz anzuvertrauen. Er wollte jeden Morgen mit ihr aufwachen und jeden Abend mit Rhianna in seinen Armen einschlafen. Er wollte das *Glücklich und zufrieden bis ans Ende ihrer Tage*, wie in Mistys Märchen. Unvermittelt blieb er wie angewurzelt stehen. „Ich liebe Rhianna."

Sobald er diese Worte laut ausgesprochen hatte, wusste er, dass sie der Wahrheit entsprachen. Er liebte sie und wollte nie wieder ohne sie sein. Mit freudigem Herzen nahm er zwei Stufen auf einmal nach oben. Vor Rhiannas Schlafzimmertür holte er tief Luft. Dann öffnete er behutsam die Tür und trat ein.

Rhianna lag unter ihren Decken und schlief. Er trat an ihre Seite und zögerte dann. Sollte er sie wecken? Sollte er ihr sagen, was er für sie empfand?

Eine gerahmte Fotografie auf ihrem Nachttisch stoppte ihn.

Wie, in Gottes Namen, kam sie dazu?

Rhianna drehte den Kopf und öffnete die Augen. Als sie ihn sah, reagierte sie überrascht. „Was machst du denn hier?"

Heiße Wut überkam ihn. „Ist das ein Scherz? Hat er dich geschickt, um mich zurückzubringen?"

Rhianna blinzelte und bemühte sich, sich aufzusetzen. „Wovon redest du?"

„Davon!" Er warf ihr das Bild in den Schoss.

„Das ist ein Bild meines Arbeitgebers."

„Dein Arbeitgeber? Wer's glaubt! Das ist ein Foto meines Vaters."

~ * ~

Das verschlug Rhianna den Atem. „Was hast du gesagt?"

„Du hast mich gehört", fuhr Jonathan sie an. „Das ist mein Vater. Jacob Tyler Lance."

„Aber du hast doch gesagt, dein Name ist …"

„Jonathan Tyler Lance."

Verwirrt schüttelte sie den Kopf. „Ich dachte, dass Tyler dein Nachname ist. Den Namen Lance hast du nie erwähnt."

„Weil ich mein Bestes tue, ihm zu entkommen", knurrte Jonathan. „Ein Lance zu sein, bringt Verantwortung mit sich. Und ich war offensichtlich nie mehr als eine riesige Enttäuschung. Zumindest wurde mir das vor Jahren so bestätigt."

„JT ist dein Vater?"

Er starrte sie an. „Leider."

Rhianna griff sich ihren Bademantel am Fuß des Bettes, zog ihn über und setzte sich auf. „Das wusste ich nicht."

„Aber sicher."

Sein Gesichtsausdruck gefiel ihr nicht. „Was willst du damit andeuten?"

Bitter lachte er auf. „Damit will ich nicht das Geringste andeuten. Ich kenne jetzt die Wahrheit. Wie *zufällig* du auf dieser Insel gelandet bist. Wie du die Zeichensprache kennst, wenn ich eine Lehrerin für Misty suche. Himmel noch mal! Ich habe alles geschluckt."

„Moment mal." Rhianna versuchte, die Ruhe zu bewahren. „Ich bin hier rein *zufällig* gestrandet."

Jonathan tat so, als ob er sie nicht gehört hätte.

„Der Schweinehund hat dich geschickt, um mir nachzuspionieren. Ist es das? Er will wissen, ob ich mich und meine Tochter ernähren kann, nachdem ich seine Millionen abgelehnt habe. Er will mir meine in die Brüche gegangene Ehe unter die Nase reiben, weil er es so vorhergesagt hat." Er schüttelte den Kopf. „Ich kann es nicht glauben. Will er mich jetzt zurück haben, um sein *Königreich* zu übernehmen?"

„Dein Vater liegt im Sterben, Jonathan." Zaghaft wollte sie ihn berühren, aber er entzog ihr seinen Arm.

„Fass mich nicht an! Sie sind eine Lügnerin, Ms McLeod. Ich weiß nicht, wie ich je glauben konnte, dass ich etwas für dich empfinde. Zu denken, dass uns vielleicht eine gemeinsame Zukunft bevorsteht. Ich dachte du seist …" Seine Stimme brach. „Du bist wie Sirena. Ihr folgt beide dem Geld, und zur Hölle mit den anderen." Er drehte sich auf dem Absatz um und warf die Tür hinter sich ins Schloss.

Rhiannas Augen brannten mit unvergossenen Tränen.

Was war hier gerade vorgefallen?

Sie dachte an den Tag zurück, an dem JT ihr den Flugschein für ihren Traumurlaub überreicht hatte. Da hatte es einen Moment gegeben, in dem JT und Higginson einen Blick gewechselt hatten. Jetzt wusste sie, dass dies das Wissen um ihre Verschwörung gewesen war. Egal was Jonathan befürchtete, sie war sich sicher, dass es JT allein darauf ankam, sich wieder mit seinem Sohn zu versöhnen. Sie hatte den traurigen Ausdruck in JTs Augen gesehen, als er über seinen von ihm entfremdeten Sohn sprach. Er wollte eine Aussprache und Vergebung – von einem Sohn, der ihm nicht vergeben konnte.

„Ich habe die Liebe meines Lebens gefunden, und nun habe ich ihn verloren."

„Ich weiß nicht, wie ich je glauben konnte, dass ich etwas für dich empfinde", hatte Jonathan ihr gesagt.

Sie konnte beinahe fühlen, wie ihr Herz in Stücke gerissen wurde. Bald würde nichts von ihm übrig sein.

„JT?", entfuhr es ihr und drückte das Foto an sich. „Was hast du getan?"

Unfähig, länger in JTs lächelndes Gesicht zu sehen, öffnete sie ihre Nachttischschublade um das Bild darin zu verstecken. Dabei fiel ihr Blick auf den Druck der *Dame im Nebel.* Sobald sie die ‚unleserliche' Unterschrift sah, fiel es ihr wie Schuppen von den Augen. Sie wusste genau, wer dieses Bild gemalt hatte – und die anderen acht oder mehr Gemälde, die JT über die Jahre erstanden hatte.

„Mein Gott", zischte sie. „Wie konnte ich nur so dumm sein?"

JT hatte Jonathans Gemälde aufgekauft und hatte Hunderttausende von Dollars für sie ausgegeben. Aufgrund seiner Schuldgefühle? Oder hatte er versucht, seinen Sohn auf die einzige Art zu unterstützen, die ihm zur Verfügung stand?

Weiß Jonathan das?

Das bezweifelte sie. Eine Kunstgalerie kümmerte sich um die Verkäufe. Er hatte wahrscheinlich nie einen Gedanken auf die Käufer verschwendet, da das Geld durch die Galerie hereinkam. Sie war sich relativ sicher, dass Jonathan nie bewusst Geld von seinem Vater angenommen hätte, selbst als Entgelt für eines seiner Gemälde. Er würde es als einen Ausverkauf ansehen - jemand ließ ihm Wohltätigkeit zukommen. Und um die zu akzeptieren, war Jonathan viel zu stolz

Was soll ich nur tun?

Sie fiel auf ihr Bett zurück, ausgelaugt und empfindungslos. JT musste sie in dem Gedanken hergeschickt haben, dass sie die Zusammenhänge erkennen und ihm seinen verschwundenen Sohn heimbringen würde.

JT, warum hast du nicht einfach zum Telefon gegriffen?

Die Antwort war klar. Stolz. Beide Männer der Familie Lance hatten ein Übermaß daran.

Sie konnte verstehen, warum JT vor seinem Tod seinen Sohn wiedersehen wollte. Menschen, die wussten, dass sie im Sterben lagen, nahmen oft Kontakt zu Familienmitgliedern oder Freunden auf, um Geschehenes ungeschehen zu machen oder um gebrochene Herzen zu heilen.

Aber warum hatte er sie in diese Angelegenheit hineingezogen?

Zwei Dinge waren ihr absolut klar. JT hatte dies arrangiert, und Jonathan würde ihr nie glauben, dass sie ihn nicht wissentlich hintergangen hatte.

Einen Moment lauschte sie dem Wind, der draußen um das Haus stürmte, dann kroch sie ohne den Morgenmantel auszuziehen in ihr Bett zurück. Vielleicht konnte sie diesen Albtraum einfach wegschlafen. Vielleicht würde sie morgen früh aufwachen und entdecken, dass sie alles nur geträumt hatte.

Vielleicht wird sich der Erdboden öffnen und mich einfach verschlingen.

Ein unruhiger Schlaf bemächtigte sich ihrer und spielte mit ihrem verwundeten Herzen, wie es nur Albträumen möglich ist. Flüchtige, bedrohliche Visionen von Einsamkeit und Unsicherheit belasteten Rhiannas Träume.

Kapitel 26

Winston erwachte am folgenden Morgen und machte sich auf die Suche nach seinem Frühstück. Das Hotelrestaurant war klein und bis auf einen Tisch unbesetzt. Die Kellnerin war langsamer als ein Faultier, was ihn über alle Maßen irritierte. Das und die Tatsache, dass sie ihm den Tisch direkt neben einem Paar mit einem schreienden Baby zugewiesen hatte, obwohl der Raum nur leere Stühle aufwies.

Die faule Kuh wollte nicht zu weit laufen, schätzte er.

Das Weinen des Babys füllte den Raum.

Winston starrte die Eltern an, die ihm keinerlei Beachtung schenkten. Die Mutter versuchte ihrem Baby die Flasche zu geben, die ihr aber von einer winzigen, geballten Faust aus der Hand geschlagen wurde.

Der kleine Teufel war ein Kämpfer.

Als Winston das Geschrei nicht länger ertragen konnte, bestand er auf einen Tisch am anderen Ende des Restaurants.

Mach nicht zu viel Ärger, Win. Sei unsichtbar.

Aber selbst die Notwendigkeit unsichtbar zu bleiben, hatte ihre Grenzen.

In weniger als einer halben Stunde hatte er einen Teller voller Rühreier, fettem Speck, Würstchen und Pfannkuchen verschlungen. Zudem leerte er eine Kanne starken Kaffees, der wie dicker Sirup aus dem Behälter floss. Die Mahlzeit und das Koffein sollte seinen Metabolismus anfachen und ihn konzentriert und ihn in Bestform halten. Für das heutige Projekt musste er all seinen Verstand zusammenhalten.

Beim Verlassen des Restaurants fiel ihm auf, dass das Baby endlich eingeschlafen war. Die Eltern sahen erleichtert aus. Einen Meter vor ihnen blieb er stehen und nieste heftig. Das konnte er fabelhaft vortäuschen. Ein gut platziertes Niesen erlaubte einem Privatdetektiv in der Nähe seines Ziels zu verweilen, um Informationen zu erheischen. Außerdem war es auch wunderbar dazu geeignet, jemanden zu Tode zu erschrecken – etwa dieses Baby.

Bösartig lächelnd eilte er aus dem Restaurant, gerade als das Baby von neuem zum Schreien ansetzte. Er hasste Babys, allerdings nicht so sehr wie glückliche Paare.

Zurück in seinem Zimmer fand er eine Zeitung und seinen frisch gereinigten Anzug vor. Die verbliebene Cohiba-Zigarre steckte er in die Jackentasche. Er konnte es kaum erwarten, sie zu rauchen - vielleicht nachdem Rhianna und er ihre neue Beziehung gebührend gefeiert hatten?

Das rote Licht am Telefon leuchtete auf. Winston rief die Rezeption an.

„Wir haben ein Paket für Sie, Mr Duke", teilte ihm der Angestellte mit.

„Ich bin auf dem Weg."

Frohen Mutes verließ Winston sein Hotelzimmer.

Wenige Minuten später brachte er das Paket, das seine geliebte Glock enthielt, auf das Zimmer zurück und verschloss die Tür.

„Meine kleine Schönheit ist angekommen."

Auf dem ungemachten Bett sitzend streichelte er die tödliche Waffe, überprüfte die Patronen und sicherte die Waffe. Keine gute Idee, frühzeitig versehentlich zu schießen. Er brachte die Glock in der Innentasche seiner Jacke unter und arrangierte seine Aktentasche so, dass Rhiannas Akte obenauf lag.

Winston entledigte sich seiner Touristentracht und zog seinen Anzug an. Dazu wählte er eine seidene Krawatte und steckte seinen falschen Ausweis in die Tasche mit der Zigarre. Im Badezimmerspiegel begutachtete er sich. Das enthusiastische Leuchten seiner Augen sagte ihm zu.

Nichts würde ihn nun aufhalten können.

Er führte ein kurzes Telefongespräch mit einem privaten Flugplatz, den er in den Gelben Seiten des Inseltelefonbuchs gefunden hatte. Nachdem er mit Dukes Visakarte den Piloten samt seines kleinen Flugzeugs engagiert hatte, war Winstons Fluchtplan gesichert.

Er war hungrig. Allerdings sehnte er sich dieses Mal nicht nach einer Mahlzeit.

Zwanzig Minuten vor neun Uhr an diesem Morgen wartete ein Taxi auf ihn, um ihn an sein Ziel – den Bayshore Hafen – zu bringen. Heute schenkte er seiner Umwelt Aufmerksamkeit. Nassaus Straßen waren von

Blättern, Ästen und Müll übersät - Opfer des erbarmungslosen Sturms vom gestrigen Abend. Städtische Straßenreiniger waren bereits am Werk, missmutige, alte Männer, die die Bürgersteige fegten und die Straßen von herumliegenden Objekten befreiten. Der Morgensonne war es noch nicht gelungen, die Straßen nach dem starken abendlichen Regenguss zu trocknen.

Es dauerte nicht lange, bevor Winston seine Kleiderwahl bereute. Der Anzug und die hohe Luftfeuchtigkeit ließen ihn übermäßig schwitzen. Unbehaglich rutschte er im hinteren Teil des Taxis hin und her und spreizte seine dicken Beine. Er konnte nur hoffen, dass sich um seinen Schritt herum keine Schweißspuren zeigten, oder auf dem Sitz des Taxis nach seinem Aussteigen.

Am Hafen lief er beinahe x-beinig, um der Feuchtigkeit zwischen seinen Beinen Gelegenheit zum Trocknen zu geben. Dort wo seine fetten Schenkel aufeinandertrafen, hatte er bereits einen Hitzeausschlag entwickelt.

Winston entdeckte Roland Saunders, der mit einem älteren, weißen Mann das Rennboot mit Kisten belud.

„Ich hoffe, Sie haben mich nicht vergessen, Mr Saunders", begrüßte Winston sie mit freundlicher Stimme.

Der ältere Mann sah hoch. „Sie müssen Mr Duke sein. Wie ich höre, sind Sie auf dem Weg zu Angelinas Insel."

Winston biss sich auf die Zunge und nickte. Das fehlte ihm gerade noch; ein Schnüffler, der seine dicke Nase in etwas steckte, was ihn nichts anging.

„Denny Dorchester", stellte sich der Mann mit ausgestreckter Hand vor.

Winston zögerte und erwiderte den Gruß. „Warum laden Sie diese Kisten?"

„Vorräte für Tyler", erwiderte Saunders.

„Wieso liefern Sie die an? Hat dieser Tyler kein eigenes Boot?"

„Das *ist* sein Boot", informierte Dorchester ihn.

„Kommen Sie mit uns?" Winston hoffte, dass diese Frage oberflächlich interessiert klang, anstatt die Panik zu verraten, die er verspürte. Dorchesters Augen blitzten auf, bevor er verneinend den Kopf schüttelte. „Ich muss in die Stadt."

Winston konnte wieder atmen. „Nett, Sie kennengelernt zu haben."

Er verfolgte den älteren Mann, der nun die Rampe hochkletterte, mit seinen Blicken. Oben angekommen drehte sich Dorchester noch einmal um.

Winston verzog das Gesicht. *Verschwinde, du Schwachkopf.*

Saunders startete den Motor. „Fertig zum Ablegen, Mr Duke."

„Nennen Sie mich Charles."

Saunders deutete mit dem Kopf auf die hintere Sitzbank des Bootes. „Dort hinten werden Sie ausreichend Platz finden. Kommen Sie an Bord."

Winston kletterte in das Boot und machte es sich in all seiner Breite auf dem hinteren Sitz bequem. Die Knöpfe seiner Jacke konnten dem Umfang seines Bauchs kaum im Zaum halten. Winston zog den Bauch ein und tätschelte versteckt die Seite seiner Jacke. Solange sie zugeknöpft blieb, war die Waffe unsichtbar.

Die *Misty's Dream* lief langsam aus dem Hafen aus. Sobald sie die Hauptverkehrsrinne hinter sich gelassen hatten, in der eine reduzierte Geschwindigkeit eingehalten werden musste, gab Saunders Vollgas.

„Da ich unerwartet auftauche, erzählen Sie mir doch ein wenig von diesem Tyler", bat Winston.

„Tyler legt großen Wert auf seine Privatsphäre."

Falls Saunders dachte, dass das Thema damit beendet war, hatte er sich verrechnet. Winston musste wissen, mit wem er es zu tun haben würde.

„Es muss schwer sein, da draußen zu leben", sinnierte er.

Saunders zuckte mit den Achseln. „Angelinas Insel hat alles, was er braucht und will."

„Außer einem Weg, ihr zu entkommen."

„Dazu bin ich da."

„Wie erhält er seine Lebensmittel und andere Vorräte?"

„Gewöhnlich liefere ich ihm einmal im Monat alles was er braucht."

„Eine Art Einsiedler, was?"

„So etwas in der Art. Gelegentlich kommt er mit mir zurück."

Interessant, dachte Winston. Die Insel lag abgelegen, was ihm zum Vorteil gereichte. Dazu kam die Tatsache, dass dieser Tyler offensichtlich kein größeres Problem darstellte.

„Wie viele Personen leben auf der Insel?", erkundigte er sich.

„Nur Tyler, seine Tochter und seine Angestellten – die Atkinsons. Und Ihre Freundin Miss McLeod." Saunders zögerte einen Moment bevor er fragte: „Ist jemand in ihrer Familie verstorben?"

„Noch nicht", erwiderte Winston mit gefasstem Gesicht. „Aber wir gehen davon aus, dass er diese Woche nicht überleben wird."

Saunders nickte. „Nicht leicht, der Überbringer schlechter Nachrichten zu sein."

„Ich habe Schlimmeres getan."

Der junge Mann sah ihn einen Moment prüfend an. Winston hielt seinem Blick stand. Saunders war neugierig. Hoffentlich blieb er das, anstatt Verdacht zu schöpfen.

Winston musste gähnen. Er zählte nicht zu den Frühaufstehern, besonders nicht zu solch früher Stunde.

„Wie lange dauert es bis zur Insel?", erkundigte er sich.

„Knapp eine Stunde."

Winstons Magen stolperte. „Verdammt", murmelte er.

Saunders sah ihn über die Schulter hinweg an. „Stimmt etwas nicht?"

„Ich hätte nicht so üppig frühstücken sollen."

„Sie werden doch nicht seekrank, oder?"

„Ich bin mir nicht sicher. Es ist Jahre her, seit ich das letzte Mal auf einem Boot war."

„Versuchen Sie, an etwas Angenehmes zu denken", schlug Saunders vor. „Das hilft gewöhnlich."

Winston runzelte die Stirn. Er war es leid, dass alle ihm gute Ratschläge geben wollten. „Wie wäre es, wenn Sie mir zeigen, wie man mit solch einem Boot umgeht?", konterte er. „Das wird mich von der Übelkeit ablenken."

„Gerne."

Saunders verlangsamte das Boot und Winston trat näher an ihn heran.

„Das da zeigt Ihnen also, in welche Richtung Sie unterwegs sind?", fragte er mit seinem besten eifrigen Studentengesicht. „Was tun Sie, wenn Sie nach Nassau zurückkehren wollen?"

Saunders gab ihm einen Schnellkurs in der Bedienung von Wasserfahrzeugen. Er zeigte ihm, wie er das Navigationsgerät benutzen musste, wie er die Geschwindigkeit erhöhen und verringern konnte, und wie er den Markierungen entlang der Wasserstraße zu folgen hatte.

Schifffahrt für Dumme, dachte Winston.

Nur dass er nicht der Dumme war. Sonders Saunders.

Kapitel 27

Die Morgensonne weckte Rhianna früh. Schweren Herzens verließ sie die Sicherheit ihres Schlafzimmers und ging nach unten, unsicher, was sie Jonathan sagen sollte. Aber die Sorge hätte sie sich schenken können. Das Haus war ruhig. Leer.

Im Wohnzimmer starrte sie auf das Foto von Misty und ihrem Vater, das auf dem Kaminsims stand. Nach ihrer Abreise würde sie beide so sehr vermissen. Jonathan nicht in ihrem Leben zu haben, würde ein riesiges Loch in ihrem Herzen hinterlassen. Es ging auch nicht darum, dass sie sich nach der Aufregung verbrachter Nächte mit ihm sehnen würde. Sie wollte ihn als Mensch. Er hatte etwas in ihr entfacht. Ein Verlangen nach menschlichem Kontakt; einen Wunsch, mehr zu empfinden. Er hatte ihr gezeigt, was Liebe ist, ohne die Worte je ausgesprochen zu haben.

Tränen bildeten sich in ihren Augen, die sie verdrängte. „Schluss mit dem Weinen."

Sie richtete sich hoch auf. Wenn sie schon den Tag allein verbringen musste, dann könnte sie sich genauso gut nützlich machen. Außerdem, wenn sie sich beschäftigte, würde sie weniger über die Tatsache grübeln, dass Jonathan sie verachtete. Er zählte sicher schon die Tage, bevor sie endlich verschwand.

Auf dem Fußboden des Büros lagen stapelweise Bücher, die Rhianna nach dem Abstauben in die Regale einordnete. Nachdem alle Regale aufgeräumt waren, holte sie sich einen soliden Küchenstuhl, um auch ganz oben auf dem Bücherregal zu wischen. Dabei verfing sich ihr Lappen in einem Stapel losen Papiers. Den zog sie nach unten, um ihn am Ende ihrer Arbeit wieder an Ort zu Stelle zu verfrachten.

Aber das Glück war ihr nicht hold. Auf den Zehenspitzen stehend hörte sie, wie sich jemand näherte.

„Was zum Teufel machst du da?"

Rhianna drehte sich um, um Jonathan zu antworten, verlor dabei aber das Gleichgewicht. Sie stieß einen Schrei aus und fiel zur Seite, während die Papiere in ihren Händen sich über den Fußboden verteilten. Rhianna hatte Glück, dass Jonathan sie auffing.

„Tut mir leid", murmelte sie beschämt. Sie konnte ihm nicht ins Gesicht sehen. „Ich musste etwas tun."

„Und dann hast du dich entschlossen, dich hier ein wenig umzusehen?", fragte er schneidend und stellte sie auf die Beine.

Sie konnte die Hitze ihrer Wangen spüren. „Ich habe nicht spioniert. Ich wollte da oben abstauben."

Jonathan ignorierte sie und fing an, die Papiere auf dem Fußboden einzusammeln.

Zwei vergilbte Fotografien fielen Rhianna ins Auge. Sie nahm sie vom Teppich auf. Auf einem Bild erkannte sie die jüngere Version ihres Arbeitgebers. JT stand neben einer attraktiven, dunkelhaarigen Frau – sicher Jonathans Mutter. Das nächste Foto zeigte einen glücklichen Jungen, der um die sechs Jahre alt war.

Jonathan, nahm sie an.

Sie drehte das dritte Foto um. „Oh, mein Gott …"

„Was ist los?", fuhr Jonathan sie an.

Mit zitternder Hand zeigte sie ihm das Foto.

„Na und? Was ist damit?"

Rhianna hielt ein Schluchzen zurück. „Wie kommst du an ein Foto meiner Mutter?"

~ * ~

Jonathan war sprachlos. Hatte er Rhianna richtig verstanden?

Er räusperte sich. „Das kann unmöglich deine Mutter sein."

„Das ist sie. Ich habe das gleiche Bild. Im Haus deines Vaters."

„Das", verkündete Jonathan, während er ihr das Foto aus der Hand riss, „ist das Bild der Frau, mit der mein Vater ein Verhältnis hatte. Ich habe dir von ihr erzählt. Bevor ich das Haus verließ, stahl ich es meinem Vater aus der Jackentasche." Sein Gesicht verhärtete sich. „Ich habe es behalten, um mich daran zu erinnern, wie sehr der mächtige JT Lance seine Familie schätzte. Diese Frau zerstörte mit seiner Hilfe meine Familie."

Rhiannas Gesicht wurde leichenblass.

„Ich bin sicher, dass sie nur wie deine Mutter aussieht", sagte er mit düsterer Miene.

„Ich sage es dir doch, das *ist* meine Mutter."

„Das darf doch nicht wahr sein", knurrte er. „Zuerst das Foto meines Vaters in deinem Zimmer und nun das."

Wenn diese Frau tatsächlich Rhiannas Mutter war und die Geliebte seines Vaters, dann waren er und Rhianna auf eine Weise verbunden, die sie nie in Erwägung gezogen hatten.

„Ich will jetzt nicht darüber reden", sagte er und floh ins Wohnzimmer.

„Warte!", rief Rhianna ihm nach. „Du kannst nicht einfach davonlaufen. Wir müssen darüber reden, herausfinden, was hier vorgeht." Sie folgte ihm an die Bar und schenkte sich einen Drink ein. „Meine Mutter hätte meinen Vater nicht betrogen. Sie hat ihn geliebt. Das weiß ich."

„Woher willst du das wissen? Sie starben, bevor du geboren wurdest."

Der gekränkte Ausdruck ihrer Augen verriet ihm, dass er sie tief verletzt hatte.

„Meine Tante hat mir erzählt, dass sie sich geliebt haben. Sie hatten nur Augen füreinander."

Jonathan seufzte frustriert. „Mein Vater trug dieses Bild jahrelang mit sich herum. Es hat meine Eltern auseinander gerissen."

Rhianna brach in Tränen aus. „Das tut mir leid, aber ich kann immer noch nicht glauben, dass sie … Ich will es nicht glauben! Meine Eltern waren glücklich miteinander." Sie stürzte den Drink mit einem Schluck hinunter und haute dann das Glas auf die Theke.

Jonathans Kopf dröhnte. *Solch ein Chaos!*

„Ich bezweifle, dass JT mit meiner Mutter geschlafen hat, nur um mir dann Jahre später eine Einladung zu schicken, seine Pflege zu übernehmen", argumentierte Rhianna mit kühler Stimme.

„Mein Vater war immer ein skrupelloser Geschäftsmann."

„Hier geht es nicht um ein Geschäft, Jonathan. Hier geht es um Persönliches. Falls dein Vater mit meiner Mutter geschlafen hat, dann waren beide Ehebrecher." Ihre Stumme wurde traurig. „Und es würde bedeuten, dass mich JT von Anfang an belogen hat".

Jonathan konnte keine tröstenden Worte finden. Was gab es zu sagen? Es gab nur eine Person, die die Wahrheit kannte, und die lag zweihundert Meilen von hier entfernt im Sterben.

„Pass auf, Rhianna, wir können nicht mit Sicherheit sagen, ob …"

Abwehrend hob sie die Hand. Als sie endlich sprach, klang ihre Stimme lustlos und ohne Emotionen. „Ich werde mich hinlegen."

Nachdem Jonathan alleine war, ließ er sich schwer in einen Sessel fallen.

„Der Teufel soll dich holen, *Dad*", fluchte er leise.

Aber falls sein Vater für das, was er getan hatte, zur Hölle fahren sollte, würde er dort nicht alleine bleiben.

Ich werde im Fegefeuer direkt neben dir sitzen, dachte Jonathan.

Er versuchte Rhiannas Gesicht zu vergessen. Trotz dieser neuen Entwicklung waren seine Gefühle für sie unverändert stark. Darauf hatte sein Vater wohl gezählt. Der alte Mann hatte Rhianna als das sprichwörtliche Opferlamm zu ihm geschickt. Jonathan genoss es nicht, der Schlächter zu sein.

Er erinnerte sich an die letzte Unterhaltung mit seinem Vater. Die, in der JT ihm gesagt hatte, dass er einen riesigen Fehler machte, Sirena zu heiraten.

„Sie wird dich verlassen, sobald ihr jemand etwas Besseres vor die Nase hält", hatte ihn sein Vater gewarnt. „Egal ob es eine Rolle in einem größeren Film ist, mehr Geld oder andere Vergünstigungen. Sirena ist allein auf ihren Vorteil aus."

„Sie liebt mich!", hatte Jonathan ihn angeschrien. „Und ich liebe sie. Allein darauf kommt es an."

Wie naiv er damals doch gewesen war. Liebe allein konnte das Glück bis in alle Ewigkeit nicht garantieren. Nichts konnte das.

Was sich gerade wieder bewiesen hatte.

Er liebte Rhianna. Unsinnig, das zu bestreiten. Er liebte sie von ganzem Herzen. Wenn dieses verfluchte Foto nicht zwischen ihnen stünde, hätte er sie gebeten, zu bleiben. Nicht, dass er ihr die Ehe versprechen konnte. Das konnte er nicht. Noch nicht. Aber der Gedanke, dass Rhianna aus seinem Leben verschwinden könnte, traf ihn hart und ließ ihn schier verzweifeln.

„Was kann ich tun?", grübelte er stöhnend.

Konnte er ihre Beziehung retten?

Er blätterte die Seiten durch, die Rhianna gefunden hatte und sah sich das Foto seiner Eltern an. Sie sahen so glücklich aus. War das Liebe? Vielleicht. In jedem Fall sahen sie glücklich aus. Die Rückseite des Fotos trug ein Datum. Als die Aufnahme gemacht wurde, war Jonathan gerade erst fünf Jahre alt.

„Wart ihr glücklich?", fragte er. „Habt ihr euch wirklich geliebt?"

Sein Vater lächelte ihn an.

Jonathan schloss die Augen.

Es gab nur einen Weg, die Wahrheit zu erfahren. Das bedeutete, dass er dem Mann gegenüber treten musste, der ihn verraten hatte – ihn und seine Mutter. Vielleicht würde sein alter Herr, wenn Jonathan ihn direkt auf Rhiannas Mutter ansprach, endlich mit der Wahrheit herausrücken.

Würde diese Wahrheit Jonathan und Rhianna befreien? Oder würde sie wie das Fallbeil einer Guillotine ihre Beziehung und jede Hoffnung auf eine gemeinsame Zukunft permanent trennen?

„Ich muss es herausfinden", entschied er. „Das ist er uns schuldig."

Und ich schulde es Rhianna, diese schreckliche Situation ein für alle Mal zu klären.

Jonathan sah nach oben. Sie würden ein oder zwei unbehagliche Wochen verbringen, bevor Roland mit dem Boot zurückkam. Falls sie es bis dahin schafften, sich nicht gegenseitig vollkommen vor den Kopf zu stoßen, würde er Vorkehrungen treffen, mit Rhianna auf das Festland zu reisen.

Ein Klopfen riss ihn aus seinen Gedanken.

Stirnrunzelnd ging er zur Tür.

„Ich habe Misty heimgebracht", sagte Marvin Atkinson beim Eintreten. „Sie möchte ein Eis am Stiel."

Misty grinste und rannte direkt in die Küche.

„Vielen Dank."

„Kein Problem." Die Augen des älteren Mannes musterten ihn. „Ok, was ist los, Tyler?"

„Nichts."

„Ach ja? Du bist ein schlechter Lügner."

„Das ist etwas, das ich nicht von meinem Vater geerbt habe."

Marvin sah ihn scharf an und nickte dann. „Ärger mit den Frauen, was?"

„Wenn du wüsstest …"

Und schon hatte Marvin mit einem Glas Cognac in der Hand das Sofa konfisziert und nickte und hörte Jonathan zu, während der all seine Frustrationen und Abneigungen gegen seinen Vater kund tat.

„Ich habe so viele Jahre damit verbracht, mich von ihm fernzuhalten, mir geschworen, dass ich nie so wie er sein werde." Jonathan war erschöpft. „Jetzt weiß ich nicht, was ich tun soll. Halte ich mich aus allem raus und lebe einfach so weiter wie bisher? Oder konfrontiere ich ihn?"

„JT liegt im Sterben, sagst du?", fragte Marvin.

„Rhianna sagt, er hat einen Gehirntumor. Eine Art Krebs."

„Wie lange noch?"

„Sie sagt, es könnte jederzeit passieren, obwohl sie ihm sechs Monate gegeben haben. Ich verstehe einfach nicht, wieso er es für eine gute Idee hielt, Rhianna herzuschicken. Er weiß, wie ich zu ihm stehe."

Marvin schwenkte die goldene Flüssigkeit im Glas. „Scheint mir, als ob er Kontakt mit dir aufnehmen will. Warum sonst würde er sie herschicken?"

„Um mir das Leben zu vermiesen."

„So wie ich das sehe, hast du die letzten Wochen nicht unbedingt gelitten."

Hilflos zuckte Jonathan mit den Schultern. „Na ja, solange sie hier ist, haben wir uns eben etwas amüsiert. Nur ein Sommerflirt."

„Tatsächlich. Nichts mehr als das?"

„Ich weiß es nicht." Kopfschüttelnd senkte Jonathan den Kopf. „Ich will denken, dass es nur etwas Flüchtiges war, aber ich glaube, dass es mehr ist." Er kratzte an einem Farbkleks auf seinem Hemd, bevor er Marvin ansah. „Ich will, dass es mehr ist."

Marvin grinste, was die Anzahl der Falten um seine Augen herum verdoppelte. „Na endlich, er sieht der Wahrheit ins Gesicht."

„Welcher Wahrheit?"

„Du liebst sie, du Idiot. Meine bessere Hälfte und ich wissen das schon seit letzter Woche. Es ist so offensichtlich."

Mir offensichtlich nicht, folgerte Jonathan.

„Habt ihr den lieben langen Tag nichts Besseres zu tun", fragte er Marvin, „als über Rhianna und mich zu reden?"

Marvin schnaubte. „Worüber sollten wir hier sonst reden?"

„Womöglich habt ihr auch noch Wetten abgeschlossen", murrte Jonathan.

Der ältere Mann sah ihn mit unschuldigen Augen an. „Aber Tyler, du solltest nicht so zynisch sein." Er trank einen Schluck seines Cognacs. „Du kannst nicht bestreiten, dass du etwas für Rhianna empfindest."

Jonathan blieb ihm die Antwort schuldig.

„Ich denke, dass ihre Gefühle für dich ebenfalls sehr stark sind", fuhr Marvin fort. „Und die haben nichts damit zu tun, dass JT sie hergeschickt hat."

„Aber woher weiß ich das? Wie kann ich mir sicher sein, dass sie hier nicht nur aufgetaucht ist, um mir nachzuspionieren und meinem alten Herrn darüber zu berichten?"

„Hast du sie direkt danach gefragt und dann auf ihre Antwort gewartet?"

Jonathan starrte ihn an. „Ich … ähm …"

„Ja, das dachte ich mir." Marvin seufzte. „Hör zu, Tyler, du bist wie ein Sohn für mich. Wenn du Rhianna willst, musst du um sie kämpfen."

„Das habe ich mit Sirena versucht und trotzdem habe ich sie verloren."

„Die war den Kampf nicht wert. Die verfolgte ihre eigenen Ziele."

Jonathan lächelte traurig. „Warum hatten sie alle durchschaut, nur ich nicht?"

„Die Liebe ist blind. Und taub und dumm."

Jonathan stieß mit Marvin an. „Du sagst es."

Eine lange Stille folgte, bevor einer von ihnen das Gespräch wieder aufnahm.

Jonathan fragte: „Nun gib es schon zu."

Marvins Mund verzog sich zu einem Lächeln. „Ich habe die Wette verloren. Ich dachte, es würde länger dauern, bevor du dich in Rhianna verliebst. Ich schulde meiner werten Gattin zwei Wochen Wäsche- und Küchendienst."

„Ich habe mich nicht ..." Jonathan grinste. „Ok, also schön. Ich habe mich in Rhianna McLeod verliebt."

Jetzt musste er nur noch herausfinden, was er mit dieser Erkenntnis anfangen sollte.

~ * ~

Mit einem Schal über ihren Schultern stand Rhianna auf dem Balkon. Die Morgenluft war frisch, eine Folge des Sturms der letzten Nacht.

Ihr Leben stand ihr vor Augen. Ihre Kindheit mit ihrer Tante und ihrem Onkel. Die Pflegefamilien, in denen sie untergebracht worden war. Die Misshandlungen, die Peter Waverley ihr angetan hatte. Die einsamen Jahre, die sie auf der Suche nach einer Familie verbracht hatte.

Sie klammerte sich am Geländer fest. „Ich wünsche mir nichts mehr als jemanden zu lieben. Jemanden, der meine Liebe erwidert. Ist das zu viel verlangt?"

Hatte sie es etwa nicht verdient, glücklich zu sein?

Rhianna dachte an ihre Auseinandersetzung mit Jonathan zurück. Er war wütend auf ihre Mutter, und wie es schien, mit gutem Grund. Als sie die Möglichkeit einer Affäre zwischen ihrer Mutter und JT diskutiert hatten, war Rhianna etwas in den Sinn gekommen. An dem Tag, an dem sie JT Lance zum ersten Mal getroffen hatte, war er gedanklich verwirrt gewesen. Er hatte sie *Anna* genannt. Dieser Name hatte ihr bis heute nicht viel gesagt.

Wann immer Tante Madeleine ihr von ihren Eltern erzählt hatte, hatte sie die Namen Susanna und Robert benutzt. Tante Madeleine hatte allerdings auch erwähnt, dass Rhiannas Vater seine Frau bei einem anderen Namen rief – ein Name, den er seit der Highschool für sie hatte. *Anna.*

„Anna!", hatte JT Rhianna an diesem ersten Tag gerufen. „Du bist zurückgekommen!"

Rhianna hatte diesen Vorfall vergessen. Bis heute.

Sie lehnte sich gegen das Geländer. „Oh, mein Gott. Jonathan hat Recht. Meine Mutter kannte JT."

Die Frage war nur, wie gut?

Das ließ eine Menge Dinge in anderem Licht erscheinen. JTs Suche nach ihr und sein Stellenangebot. Seine Verwirrung über Rhiannas Identität. Die verblüffende Ähnlichkeit zwischen der Dame im Nebel und ihr, dem Gemälde, zu dem Jonathan inspiriert worden war …

Rhianna schnappte nach Luft. „Er hat sie als Sirene gemalt, als Verführerin … Wegen meiner Mutter."

Die Dame im Nebel *war* ihre Mutter.

Alle hatten Rhianna bestätigt, wie sehr sie der Frau in diesem Bild ähnlich sah.

„Jonathan sieht das auch", flüsterte sie.

Deshalb sah er sie nun als jemanden, der ihn in Versuchung führen sollte, als jemanden, der ihn hinters Licht geführt hatte.

Rhianna ließ den Kopf hängen. „Endlich bietet sich mir die Gelegenheit, Liebe zu finden, und das Schicksal reißt sie mir aus den Händen."

Es gab nur eine Lösung. Sie musste Angelinas Insel verlassen.

Aber wo sollte sie hin? Sie konnte nicht in das Herrenhaus der Lances zurück. Es war ihr jetzt unmöglich, dort zu leben, jetzt, da sie die Wahrheit über JT und ihre Mutter kannte. Zudem würde sie JT ständig an Jonathan erinnern.

Ich kann mir aber nicht sicher sein, ob diese Unterstellungen wirklich der Wahrheit entsprechen, überlegte sie. *Vielleicht gibt es ja eine andere Erklärung, die nicht so … zerstörerisch ist.*

Sie seufzte. „Nein, Davonlaufen ist keine Lösung."

Sie musste JT Lance konfrontieren und ein für alle Mal herausfinden, welche Beziehung zwischen ihrer Mutter und ihm bestanden hatte. Wenn dem so sein sollte, wie Jonathan es behauptete, würde sie gehen ohne sich umzuschauen. Falls es aber nur die geringste Chance für eine plausible Erklärung gab, schuldete sie JT, ihn anzuhören.

Der Gedanken an eine emotionelle Gegenüberstellung ließ sie innerlich erzittern, aber die Zeit war gekommen, alle Karten auf den Tisch zu legen.

Was hatte sie schon zu verlieren?

Alles.

Kapitel 28

Das Rennboot hüpfte über das Wasser und Winston beäugte die vorbeirasende Szenerie mit Argusaugen. In dieser Gegend hielten sich nur wenige Wasserfahrzeuge auf. Was weniger Zeugen bedeutete.

Er lächelte Saunders zu. „Beinahe geschafft?"

„Ja. Noch fünfzehn Minuten. Die Anlegestelle befindet sich auf der Westseite der Insel."

Saunders lenkte das Boot auf eine kleinere hügelige Insel mit üppiger Vegetation zu. Der Mann hatte sich als überaus hilfreich erwiesen. Winston verstand nun genau, wie er das Boot zu führen hatte. Der Privatflughafen mit dem wartenden Flugzeug lag einige Meilen westlich von Nassau. Er würde leicht zu finden sein. Winston musste einfach nur der Küste folgen.

„Ich gehe davon aus, dass ich Miss McLeod und Sie zurück nach Nassau mitnehmen werde?", wollte Saunders wissen.

„So ist es geplant", log Winston. *Ich wette, du hast keine Ahnung, dass das für dich nur eine einfache Fahrt sein wird.*

Saunders loszuwerden war die einzige Art, wie er den Erfolg seines Plans garantieren konnte.

„Liegt das Haus am Strand?"

Saunders schüttelte den Kopf. „Nicht zu weit davon entfernt, aber sie werden es nicht sehen können."

Winston grinste. „Dann wird unser Auftauchen also eine Überraschung sein."

Besorgt sah Saunders ihn an. „Ich muss Sie warnen. Tyler mag keine Überraschungen. Er legt sehr viel Wert auf seine Privatsphäre."

„Gut, dass ich dann allein Rhianna suche."

Saunders überließ Winston seinen Gedanken und konzentrierte sich darauf, das Boot näher an den Strand zu manövrieren. Um eine Landzunge herum konnten sie einen hölzernen Steg erkennen.

„Noch fünf Minuten", verkündete Saunders. „Ich werde auf Sie warten."

„Sehr gut."

Kurze Zeit danach lenkte Saunders das Boot vorsichtig auf die Anlegestelle zu. Behende sprang er aus dem Boot und sicherte die Vertäuung.

„Dort durch die Büsche hindurch", erklärte er Winston und zeigte auf die Baumlinie, „dort drüben, und dann gehen Sie einfach geradeaus. Es gibt keinen Pfad, aber solange sie sich südöstlich halten, sollten sie das Haus finden."

Misstrauisch sah Winston ihn an. „Sie sind sich ganz sicher, dass Sie mich nicht auf einer verlassenen Insel absetzen?"

Saunders lachte. „Nur keine Sorge. Das ist nicht Gilligans Insel. Gehen Sie nur. Sie werden das Haus nach gut fünfunddreißig Metern sehen."

Winston hielt sich an der Hand des Mannes fest und ächzte laut, während er sich von ihm auf den Steg helfen ließ. Womit er nicht gerechnet hatte, war Saunders ausgeprägtes Interesse an ihm, oder die Tatsache, dass er Winstons Glock sehen konnte, als sich dessen Jacke verschob.

„Sind Sie Polizist?", fragte Saunders.

„Nicht direkt".

„In dieser Gegend werden Sie keine Waffe brauchen."

„Da haben Sie sicher Recht, aber man kann nie vorsichtig genug sein."

Der junge Mann lachte verunsichert. Dann wandte er sich achselzuckend um und fing mit der Löschung seiner Ladung an.

„Danke, dass Sie mich gesund hierher gebracht haben, Saunders."

„Gern geschehen, Mr Duke."

„Wie wäre es mit einem kleinen Bonus?"

Als Saunders sich zu ihm umdrehte, schlug Winston hart mit der Waffe auf ihn ein. Der Mann stöhnte auf und fiel dann bewusstlos zu Boden. Mit einem zufriedenen Lächeln zog Winston ihn an den Fußgelenken den Steg entlang. Gelegentlich musste er innehalten, um Atem zu schöpfen. Wiederholt schlug Saunders Kopf mit dumpfem Geräusch gegen die an Land führenden Stufen auf. Er hinterließ eine Spur im Sand, als Winston ihn in Richtung Büsche zog.

Aber Winston hatte ein Problem. Saunders konnte jeden Moment aufwachen und ihm einen Strich durch seinen sorgfältig ausgeklügelten Plan machen. Erschießen konnte ihn Winston aber nicht. Dazu war das Haus zu nahe.

Nach einem Moment des Zögerns beugte er sich vor und schlug erneut auf Saunders ein. „Wenn du weißt, was gut für dich ist, bleibst du unten."

Neben dem Kopf des Mannes machte sich eine kleine Blutlache breit.

Winston sah sich die Glock an und bemerkte einen Tropfen Blut am Lauf, den er mit einem Blatt abwischte.

Nachdem er Saunders mit losem Unterholz abgedeckt hatte, schlug Winston vom Strand aus die Richtung ein, die ihm sein Reiseleiter gewiesen hatte. Das dichte Laubwerk machte ihn nervös. Schritt für Schritt bahnte er sich seinen Weg, während er ängstlich den Boden und die Bäume nach Schlangen absuchte. Wiederholt strich er sich mit der Hand über den Anzug, um die Spinnweben, die sicher an ihm hingen, abzubürsten.

Nimm dich zusammen, Win. Bleib ruhig und gefasst. Bleib cool.

Endlich öffnete sich die Vegetation und ein zweistöckiges Haus lag vor ihm, hinter dem einige kleinere Gebäude sichtbar waren. Winston ging davon aus, dass eines davon das Haus der Angestellten war. Damit blieben ihm Tyler und dessen Tochter.

Und Rhianna.

Es fiel ihm schwer, seine Begeisterung unter Kontrolle zu halten. Sein Plan war einfach brillant. Zuerst der schönen Frau seinen Willen aufzwingen, sich das nehmen, was er von ihr wollte, und sie danach an Lance gegen einen ansehnlichen Betrag zurückverkaufen. Damit wäre seine Rente gesichert.

Er ging um das Haus herum. Niemand hielt sich im Garten hinter dem Haus auf.

Über ihm nahm er eine Bewegung wahr.

Als Winston nach oben sah, stockte ihm der Atem.

Da ist sie!

Rhianna McLeod stand auf dem Balkon des oberen Stockwerks. Der Wind spielte mit den langen Strähnen ihrer leuchtend roten Haare. Sie sah in den Himmel hinauf, ohne zu bemerken, dass sie beobachtet wurde. Ihr Gesichtsausdruck vermittelte Schwermut.

Ich kann dich glücklich machen, versprach Winston ihr.

Schnell begab er sich an die Haustür. Er atmete tief durch und setzte sein freundlichstes Lächeln auf. Dann klopfte er und wartete.

Einige Minuten verstrichen, bevor er es erneut versuchte.

Als die Tür sich endlich öffnete, verging ihm das Lächeln. Er hatte

Rhianna erwartet, nicht den hochgewachsenen, gut gebauten, zornig aussehenden Mann, der vor ihm stand.

„Was zum Teufel geht hier vor?" Die Stimme des Mannes klang wie ein Gewitter. „Wie zum Teufel kommen Sie auf meine Insel? Und was wollen Sie hier?"

Etwas in der Stimme und dem Erscheinungsbild des Mannes kam Winston bekannt vor. Er kannte diesen Mann, konnte aber nicht genau sagen, woher

„Sie müssen Tyler sein", sagte er mit frisch poliertem Lächeln. „Ich muss Ms McLeod sprechen."

Tylers Augen verengten sich. „Ach ja? Was haben Sie wohl mit ihr zu besprechen?"

„Mein Name ist Charles Duke, der Anwalt ihres Arbeitgebers JT Lance. Er hat mich geschickt, um sie abzuholen." Um einen noch besseren Effekt zu erzielen, fügte er hinzu: „Der arme Mann hat einen Rückfall erlitten."

Unsicher sah Tyler ihn an. „Kommen Sie herein."

Winston betrat das Haus und stellte seine Aktentasche ab. Als ihn der Hausherr zögernd ansah, zog er ungeduldig eine Augenbraue nach oben. „Heute noch, bitte."

„Ms McLeod hat sich hingelegt", erklärte Tyler. „Ich werde sie holen." Er ging auf die Treppe zu und drehte sich dann auf dem Absatz um. „Wie sind Sie hergekommen, Mr Duke?"

Winston improvisierte. „Ich habe einen Ihrer Bekannten getroffen. Roland Saunders."

„Wartet er an der Anlegestelle?"

„Nein, er konnte mich nicht begleiten. Er hat mir das Boot vermietet."

Tyler schien überrascht zu sein. Einen Augenblick befürchtete Winston, dass er zu weit gegangen war.

„Sieht aus, als ob sich dieser Tage jeder ein Zubrot verdienen will", seufzte Tyler.

Winston wollte gerade antworten, als er über die Schultern des Mannes hinweg eine Erscheinung von atemberaubender Schönheit wahrnahm, die scheinbar freischwebend die Treppe hinunterglitt. Er starrte sie an. Seine Beute. Seine Göttin.

Meine Braut.

„Was ist denn los?", fragte Rhianna.

„Das ist JTs Anwalt", erläuterte Tyler ihr.

Rhianna blieb wie angewurzelt stehen. „Ist ihm etwas zugestoßen?"

Winston schüttelte den Kopf. Sein Lächeln verblasste. „Ms McLeod, ich bin Charles Duke. Der Anwalt Ihres Arbeitgebers. Ich bedauere, Ihnen mitteilen zu müssen, dass JT einen Rückfall hatte. Er hat mich gebeten, Sie abzuholen."

Mit dieser Ankündigung fiel seine zukünftige Verlobte in Ohnmacht.

Kapitel 29

Rhianna schlug die Augen auf und fand zwei Gesichter über sich, die sie besorgt ansahen.

Sie blinzelte. „Was ist passiert?"

„Du bist ohnmächtig geworden", erklärte Jonathan.

Hinter ihm stand der Fremde, Charles Duke. Der schwergewichtige Mann hatte kleine, kalkulierende Augen, die gerade mit der Präzision eines Scharfschützens auf Rhianna gerichtet waren. Die Poren seiner übergroßen Nase ließen vermuten, dass der Mann dem Alkohol zusprach. Sein Lächeln war unglaubwürdig und wirkte gekünstelt.

Nicht der sympathischste Mann, den sie je getroffen hatte.

Er ist ein Anwalt, rief sie sich ins Gedächtnis zurück. *Für JT.*

Sie wollte sich aufsetzen, aber behutsam hielt Jonathan sie davon ab. „Bleib noch einen Moment liegen, Rhianna. Du hast einen Schock erlitten." Seine Stimme klang gedrückt. „Das haben wir beide."

„Sie kennen Mr Lance ebenfalls?" Das schien Charles zu überraschen.

„Das könnte man sagen, Mr Duke."

Rhianna holte tief Luft. „Lass mich aufstehen. Ich muss packen."

Der Gedanke, dass JT einen Rückfall erlitten hatte, ließ sie aktiv werden. Egal was er in der Vergangenheit falsch gemacht hatte, ihr war nun klar, dass sie bei ihm bleiben musste. JT hatte so viel für sie getan. Sie musste ihm die Chance geben, seine Verbindung zu ihrer Mutter zu erklären. Hoffentlich würde es eine Erklärung sein, mit der alle leben konnten.

„Nun mal langsam." Jonathan wandte sich an den älteren Mann.

„Ich werde Ihnen nicht erlauben, sie einfach so mitzunehmen, ohne vorherige Bestätigung Ihrer Aussage."

„Dann sollten wir vielleicht Mr Lance anrufen? Was meinen Sie? Er wird bestätigen, warum ich hier bin."

Rhianna schüttelte den Kopf. „Hier gibt es kein Telefon."

Charles wischte sich über die feuchte Stirn. „Ich kann Ihnen das Schreiben zeigen, das er mir geschickt hat."

„Das hätte ich gerne gesehen", verlangte Jonathan.

Rhianna schnaubte entrüstet. „Himmel, Jonathan. Er ist JTs Anwalt."

„Keine Sorge, Ms McLeod", beruhigte Charles sie. „Ich trage den Brief bei mir."

Der Mann watschelte zur Tür um seine Aktentasche zu holen und sie auf dem Wohnzimmertisch vor ihnen zu öffnen.

„Hier bitte."

Charles überreichte Rhianna ein Stück Papier. Sofort erkannte sie JTs Briefkopf. Das Schreiben selbst enthielt die Bitte an den Anwalt, Rhianna zu finden und sie nach Hause zu bringen. Der Brief war getippt und trug JTs Unterschrift.

„Ich werde packen."

Auf dem Weg in ihr Zimmer sah sie sich ohne Recht zu wissen warum, noch einmal um. Charles starrte ihr nach. Auf seinem Gesicht lag ein merkwürdiger Ausdruck. Einer, der sie vermuten ließ, dass er etwas wusste, was er ihr vorenthalten hatte.

Sie zuckte zusammen. *Ist JT bereits gestorben? Ist es das, was er mir nicht sagen will?*

Sie zwang sich, diesen Gedanken zu verbannen. Mit schnellen Schritten durchquerte sie dann ihr Schlafzimmer und versuchte nicht daran zu denken, dass sie dabei war, Jonathan, Misty und Angelinas Insel für immer zu verlassen.

„Konzentriere dich auf JT", tadelte sie sich selbst. „Er braucht dich."

Sie dachte an Charles Duke. Irgendetwas stimmte mit diesem Mann nicht, aber was genau, konnte sie nicht definieren. Eines wusste sie in jedem Fall. Sie mochte ihn nicht. Von ihm ging eine unangenehme Kälte aus.

Sei nicht so undankbar. Er wird dich nach Hause bringen. Zu JT.

Würde sie die Wahrheit über ihre Mutter erfahren, bevor JT dem Tod anheimfallen würde? Das hoffte sie.

Mit ihrem Koffer im Schlepptau war sie überrascht, den Anwalt immer noch im Wohnzimmer vorzufinden. Jonathan hatte ihm sogar einen Martini angeboten.

„Ich bin soweit", nickte sie Charles zu.

„Sehr gut. Ich habe uns einen Flug nach Miami gebucht. Wir haben noch …" Charles sah auf die Uhr und verschüttete dabei einen Teil des Drinks auf seine Jacke. „Verdammt! Ich bin manchmal so ungeschickt." Er biss sich auf die Lippen und lief Rot an.

„Ich hoffe, Ihr Anzug ist nicht ruiniert", sagte Rhianna und reichte ihm einige Papiertücher.

Charles schüttelte den Kopf. „Das ist doch nur Alkohol."

„Wann fliegt ihr Flugzeug?", kehrte Jonathan zum Thema zurück.

„In gut zwei Stunden", erwiderte Charles.

„Da bleibt Ihnen nicht viel Zeit. Oder mir."

„Wozu brauchst *du* Zeit?", wollte Rhianna überrascht wissen.

„Ich hatte gehofft, mit dir zurückzufliegen."

„Das wird nicht möglich sein", mischte sich Charles ein. „Der Flug ist komplett ausgebucht. Ich hatte Glück die letzten beiden Sitze zu ergattern, und das auch nur, weil ich einen medizinischen Notfall geltend machte." Er rieb sich sein Doppelkinn. „Sie könnten den nächsten Flug nehmen, Mr Tyler. Ich glaube, der fliegt etwa vier Stunden später."

Jonathan runzelte die Stirn. „Mir bleibt wohl keine andere Wahl."

„Entschuldigen Sie uns einen Augenblick", bat Rhianna Charles. Sie wandte sich an Jonathan. „Kann ich dich kurz sprechen?"

„Sicher."

Sie zog ihn in die Küche. „Warum bist du so unhöflich?"

„Bin ich nicht. Es gefällt mir nur nicht, dass irgendeine wildfremde Person auf meiner Insel auftaucht."

„Ach ja. So wie ich." Finster musterte sie ihn. „JT hat ihn gebeten, mich zurückzuholen. Also gehe ich."

„Dann komm mit mir zurück. Mit dem späteren Flug."

„Was ist nur in dich gefahren? Vor nicht allzu langer Zeit wolltest du nichts mehr mit mir zu tun haben, und jetzt willst du zusammen mit mir die Reise nach Hause antreten?"

„Ich würde es nicht unbedingt mein *Zuhause* nennen."

„Aber ich würde das", riss ihr der Geduldsfaden. „Und genau das tue ich auch."

Jonathan schnappte sie am Arm. „Hör zu. Mit diesem Duke stimmt etwas nicht."

„Und das wäre?"

„Ich weiß es nicht. Vielleicht geht es JT ja schlechter, als er zugeben will. Ich möchte nur nicht, dass dich jemand verletzt."

„Seit wann stört es dich, wenn mir jemand wehtut? Du hast mich in letzter Zeit mehr als genug verletzt."

„Rhianna …" Er schüttelte den Kopf. „Hör zu, es tut mir leid, dass ich dir gegenüber so explodiert bin. Ich stand unter Schock. Erst schickt dich mein Vater her. Dann erfahre ich das von ihm und deiner Mutter …"

„Hör sofort damit auf. Wir wissen nicht, was zwischen ihm und meiner Mutter vorgefallen ist."

„Du hast Recht." Er gab ihren Arm frei und streichelte ihr die Wange. „Und momentan scheint es auch vollkommen unwichtig zu sein. Ich kann nur daran denken, dass ich dich nicht gehen lassen will."

Rhianna stockte der Atem.

„Ich mag dich", fuhr er fort. „Sehr sogar."

Gereizt sah sie ihn an. „Das darf ja wohl nicht wahr sein. Es stimmt offensichtlich. Männer wollen immer das, was sie nicht haben können. Jetzt, kurz vor meiner Abreise, fällt dir auf einmal ein, dass dir etwas an mir liegt."

Jonathan fluchte verhalten. „Warum muss zwischen uns alles immer so kompliziert sein?"

„Ich weiß es nicht." Sie hielt inne, zwang sich zur Ruhe und wünschte sich, dass er ihr seine Gefühle zu einem früheren Zeitpunkt verraten hätte. „Tu mir einen großen Gefallen, Jonathan. Nein, tu dir selbst einen Gefallen. Kehre nach Miami zurück und regele die Dinge mit deinem Vater. Um seinetwillen, um deinetwillen und für Misty." Sie drehte sich um und ließ ihn stehen. „Ich werde mit Mr Duke gehen und mich um JT kümmern."

„Ich werde im nächsten Flugzeug sitzen", rief Jonathan ihr nach. „Vergiss nicht, Roland mit dem Boot zu schicken. Sag ihm, es sei ein Notfall."

Die Tränen traten Rhianna in die Augen. „Auf Wiedersehen, Jonathan."

„Wir müssen uns beeilen", drängte Charles.

Rhianna sah nach oben. Es blieb ihr nicht einmal genug Zeit, sich von Misty zu verabschieden.

„Selbstverständlich", stimmte sie zu.

Sie trat aus dem Haus und folgte JTs Anwalt durch die Bäume hindurch. Ein letztes Mal drehte sie sich um. Jonathan stand im Türrahmen und sah ihr nach.

Er sah unglücklich aus.

~ * ~

Jonathan biss die Zähne zusammen und bekämpfte seinen Impuls, hinter Rhianna herzulaufen. Als sie sich umdrehte, hätte er ihr beinahe laut zugerufen: *Ich liebe dich. Verlass mich nicht.*

Was er jedoch nicht getan hatte. Für diese Feigheit machte er sich nun Selbstvorwürfe. „Ein richtiger Mann", höhnte er.

Er fragte sich, ob er je die Gelegenheit haben würde, ihr seine Gefühle zu gestehen. Vielleicht war es bereits zu spät. Vielleicht hatten sie ihren Zeitrahmen bereits verpasst.

Rhianna verschwand unter den Bäumen. Jonathan setzte sich in Bewegung. Sein erstes Ziel war das Haus der Atkinsons. Er klopfte an. Sobald Marvin ihn sah, zog er ihn nach drinnen.

„Rhianna wurde von einem Anwalt abgeholt", berichtete Jonathan.

„Was will denn ein Anwalt von ihr?"

„Er arbeitet für meinen Vater."

Mrs Atkinson trocknete sich die Hände an ihrer Schürze. „Mein Gott. Was hat Ihr Dad denn mit Rhianna zu tun?"

„Das ist eine lange Geschichte, die ich Ihnen erzählen werde, sobald ich die Zeit dazu habe. Aber jetzt muss ich packen. Misty und ich fliegen nach Miami. Um meinen Vater zu sehen."

„Und Rhianna?", fragte Mrs Atkinson.

„Ja, die auch."

„Wie können wir helfen, Junge", wollte Marvin wissen.

„Wenn ihr euch bitte um das Haus kümmert, während wir weg sind. Ich bin mir nicht sicher, wie lange wir in Miami bleiben werden."

„Selbstverständlich."

Jonathan sammelte sich. „JT liegt im Sterben."

Seltsam, seinen eigenen Vater beim Namen zu rufen, aber so war Jonathan aufgewachsen. Sein Vater war JT Lance, Finanzmogul und Multimillionär-Arschgeige.

Mrs Atkinson ergriff seine Hand. „Keine Sorge, mein Lieber. Wir werden uns hier um alles kümmern. Gehen Sie nur und besuchen Sie Ihren Vater. Es klingt, als ob er Sie braucht."

„In welcher Beziehung steht Ms McLeod zu deinem Vater?" fragte Marvin interessiert.

„Sie ist JTs Krankenschwester."

Marvin ließ einen lauten Pfiff hören. „Wer hätte das gedacht."

„Ich nicht", bestätigte Jonathan ihm trocken.

„Sie ist ein wunderschönes Mädchen mit einem großen Herzen", attestierte Mrs Atkinson. „Und Ihr Dad hält sie sicher sehr auf Trab. Ich kann mich erinnern, dass Sie ihn mehr als einmal als schwierig beschrieben haben."

„Was eine Untertreibung war." Jonathan ging zur Tür. „Ich verschwinde, sobald Roland mit dem Boot eintrifft."

Marvin begleitete ihn bis vor die Tür.

„Danke, Marvin."

„Kein Problem. Sei nur sicher, dass du das Mädchen wieder mit dir zurückbringst."

Jonathan schüttelte den Kopf. „So einfach ist das nicht."

„Junge, wenn man jemanden liebt, macht man es sich einfach. Alles Wertvolle ist den Kampf wert. Denk daran."

Marvins Worte verfolgten Jonathan beim Packen. Der Mann hatte Recht. Es war Zeit, zu kämpfen. Schweren Herzens trug er seinen Koffer nach unten und stellte ihn neben der Eingangstür ab. Mistys Tasche würde er später packen.

Im Haus herrschte eine unheimliche Stille. Misty machte ihren Mittagsschlaf. Mrs Atkinson war bei ihrem Mann und er war … allein. War es in diesem Haus immer so still gewesen, bevor Rhianna aufgetaucht war?

Er wanderte zum Regal hinüber, auf dem er die Bilder der Geliebten seines Vaters versteckt hatte. Es gab einfach keine andere Erklärung für die Besessenheit des alten Mannes mit der mysteriösen Susanna. Oder vielleicht doch?

Jonathan ließ sich in den Sessel fallen, lehnte sich zurück und verschlang die Arme vor der Brust. „Sie ist weg", informierte er das leere Zimmer. „Und du musst alleine in das Flugzeug steigen und nach Hause fliegen, um sie wiederzusehen."

Aber zwischen ihm und seinem Vater gab es so viel böses Blut. Konnte sich ihre Beziehung verbessern? Rhianna war davon überzeugt.

Vielleicht hat er sich geändert, überlegte Jonathan. *Vielleicht ist er nicht länger der hartherzige Mann, den ich kannte.*

Er sah auf ein Foto von Misty. Sie hatte ihren Großvater nie kennengelernt. *Ich bin ihr gegenüber unfair.*

„Verdammter Mist. Ich muss nach Hause gehen. Und ich muss Misty mitnehmen."

Mit dem Eintreffen Rolands würde Jonathan alles gepackt haben und reisefertig sein. Misty würde glauben, dass sie Ferien machten. Die Atkinsons konnten sich während seiner Abwesenheit um Lancelot's Landing kümmern. Alles war geregelt. Warum verspürte er dann diese Unruhe und konnte die Abreise kaum erwarten?

Zwei Worte.

Charles Duke.

Der Mann hatte nichts getan, was auf irgendeine Weise verdächtig gewesen wäre, aber die Art wie er Rhianna angesehen hatte, hatte Jonathan nicht gefallen. Duke schien zu geleckt, wie ein hinterlistiger Gebrauchtwagenhändler. Der Mann war auf die Bitte seines Mandanten hin von Miami hergeflogen. Dann hatte er Roland dazu überredet, ihm das Boot zu vermieten und ihm den Weg zu erklären, obwohl Roland genau wusste, wie sehr Jonathan seine Privatsphäre schätzte. „Warum würde Roland so etwas tun?"

Kapitel 30

Rhianna war erst zehn Minuten weg. Jonathan konnte keine Ruhe finden. Das unheilvolle Gefühl in seiner Magengegend ließ sich nicht so einfach ignorieren. Es raubte ihm dem Atem, ließ ihn nach Luft schnappen.

Wovor fürchtete er sich so?

Unfähig, sich zu entspannen entschied er, dass die Lösung in körperlicher Tätigkeit lag. Er würde den Koffer zur Anlegestelle hinuntertragen. Sobald Roland zurück war, würde er Misty und ihre Tasche holen.

Auf dem Weg zwischen den Bäumen hindurch dachte er über die Situation nach. Sein Vater lag im Sterben – Mistys Großvater.

Rhiannas Arbeitgeber.

Wo wollte sie nach dem Tod von JT hin?

Der Gedanke, dass Rhianna einfach aus seinem Leben verschwinden könnte, setzte ihm zu. Mit zusammengebissenen Zähnen erteilte er sich selbst gute Ratschläge. „Vergiss sie! Es wäre sowieso nicht auf Dauer gewesen."

Nicht, wenn sein Vater in die Angelegenheit verwickelt war.

Jonathan fragte sich zum hundertsten Mal, warum JT ausgerechnet Rhianna in die Villa Lance holte, um ihn zu pflegen, und sie dann auf die Angelina-Insel geschickt hatte. Rhianna sollte Jonathan zurückbringen – das war die einzig logische Erklärung.

„Und genau das hat er erreicht", murmelte er.

Der alte Mann hatte gewonnen. Dieses Mal.

Und wenn JTs Intrigen nicht schon anstrengend genug waren, gab es jetzt noch jemand anderen, der ihm Gedanken machte. Charles Duke. Irgendwie war es diesem Mann gelungen, Roland zu überreden, ihm das Boot zu leihen.

Es sei denn, er hätte es gestohlen.

Vielleicht hatte JT dem Anwalt eine solch hohe Summe Bargeld angeboten, dass die unbedeutende Tatsache eines fehlenden Transportmittels Duke nicht aufhalten konnte. Aber plausibel klang das nicht. Falls der Mann *tatsächlich* das Boot gestohlen hatte, wäre Roland ihm dicht auf den Fersen. Jeder im Hafen wusste, wer *Misty's Dream* steuerte.

Jonathan trat unter den Bäumen hervor und hastete mit dem Koffer in der Hand über den Strand. An der Anlegestelle blieb er enttäuscht stehen. Leer. Weder Duke noch Rhianna noch ein Boot waren zu sehen.

Mit einer Hand beschattete er seine Augen und blinzelte gegen die Sonne. *Misty's Dream* umrundete gerade die westliche Landzunge.

Die Enttäuschung übermannte ihn.

Er sah auf die Uhr. Er hatte ungefähr zwei Stunden, bevor Roland hier sein konnte. Falls Duke versäumte, ihm die Nachricht weiterzugeben, war Jonathan sich sicher, dass Rhianna es nicht versäumen würde. Er wanderte auf den Steg hinaus und sah in das kristallklare Wasser. Es war ruhig, lag spiegelglatt da. Jonathan atmete tief die leichte, parfümierte Luft ein und schmeckte das Salz der Brise.

Gott, wie sehr er diesen Ort liebte. Angelinas Insel inspirierte ihn wie kein anderer Ort der Welt. Sie hatte ihm nach Sirenas Verschwinden geholfen, sein gebrochenes Herz zu heilen. Er hielt es für wahrscheinlich, dass sie das Gleiche für den Schmerz tun würde, den er nun mit Rhiannas Verlust empfand. In Gedanken versunken ließ er den Koffer los, der prompt umfiel und gefährlich nahe am Rand des Stegs hin und her schwankte. Jonathan stürzte sich auf ihn, bevor er im Wasser landen konnte.

Mit dem Koffer wieder fest im Griff bemerkte er einen dunklen Fleck auf der hölzernen Planke. Er schob den Koffer zur Seite. Der zog eine tiefrote Spur hinter sich her. Jonathan ging in die Knie, um sich diese Substanz näher anzusehen. Was immer es auch war, es war in das Holz eingedrungen. Hatte er hier Farbe verschüttet? Nein, unmöglich. Er war seit Wochen nicht mehr hier gewesen. Außerdem wäre verschüttete Farbe längst getrocknet.

Zögernd berührte er den nassen Fleck. Er war klebrig, wahrscheinlich durch die Hitze der Sonne. „Was in drei Teufels Namen ...?" Er starrte auf das Rot seiner Finger und wusste, was er vor sich hatte.

Blut.

Nach Begutachtung der Holzbohle entschied er, dass es hier genug Blut gab, um seine Besorgnis zu erregen. Seine Überlegungen wurden von einem Rascheln in den Büschen hinter ihm unterbrochen.

Jonathan wirbelte herum.

Einige Meter den Strand hinunter bewegte sich das Laubwerk. Und nicht vom Wind. Unter den Büschen bewegte sich etwas Lebendiges.

Er konnte ein Stöhnen hören. Er wusste, dass dies weder die Atkinsons noch Misty sein konnten. Soviel zu seiner Privatinsel.

Verdammt, wer versteckt sich noch auf meiner Insel?

„Wer immer Sie sind", rief er aus, „zeigen Sie sich!"

Das Stöhnen ertönte erneut.

Er sah sich auf dem Strand um. Er hatte keine Waffe, nichts, um sich zu verteidigen. Jonathan sprang vom Steg auf den Strand hinunter und bewegte sich auf die raschelnden Büsche zu.

„Zwingen Sie mich nicht, Sie da rauszuholen."

Schritt für Schritt bewegte er sich voran und suchte dabei den Sand nach einer geeigneten Waffe ab. Da! Ein abgebrochener Ast. Sein Ende war scharf und schwer. Dem Sturm sei gedankt.

Jonathan schwenkte ihn wie einen Knüppel vor sich her. „Ich sagte, sie sollen sich zeigen", verlangte er. „Sofort!"

Sobald Jonathan die Baumreihe erreicht hatte, stocherte er mit seinem behelfsmäßigen Schwert in den Büschen, wo er Sekunden zuvor Bewegung beobachtet hatte.

„Das ist Ihre letzte Warn…"

Ein Mann taumelte auf ihn zu. Roland!

Der junge Mann fiel vornüber in den Sand, was Jonathan zu sofortigem Handeln veranlasste. Schnell drehte er Roland auf den Rücken. Seine Augen waren geschlossen, er atmete schwach und eine blutige Wunde zierte die Seite seines Kopfes.

„Mein Gott, Roland! Was ist passiert?"

Roland stöhnte und seine dunklen Augen blinzelten. „Tyler?"

„Genau, Kumpel. Ich bin da. Was ist passiert?"

„Duke …"

Jonathans Herz stand kurz vor dem Zerspringen. „Hat er dir das angetan?"

Roland nickte schwach. Dann nuschelte er etwas vor sich hin.

„Was war das? Sag es noch einmal, Roland."

„Er … Er hat … eine Waffe."

„Was will ein Anwalt mit einer Waffe?"

„Glaube nicht, dass er … Anwalt ist.", flüsterte Roland.

„Ich auch nicht. Kannst du gehen?"

„Ich denke schon."

Jonathan half Roland auf die Beine. „Ich bringe dich zum Haus zurück. Marvin wird sich um deine Verletzung kümmern."

„Danke."

„Nicht der Rede wert."

Sie schleppten sich voran.

„Was macht der Kopf?", fragte Jonathan besorgt.

„Nichts, was ein guter Whisky nicht kurieren könnte", erwiderte Roland stoisch. „Hast du die Lieferung gesehen?"

„Welche Lieferung?"

„Die am Strand."

Jonathan verneinte. Ihm waren die Kisten gar nicht aufgefallen.

„Das Funkgerät …" Roland stolperte, aber Jonathan fing ihn auf.

„Hast du die Ersatzteile mitgebracht, Roland? Sind die in den Kisten?"

Roland lächelte breit. „Keine Ersatzteile."

„Wieso um alles in der Welt grinst du dann? Wie zum Teufel soll ich von dieser verdammten Insel kommen?"

Rolands Lächeln wurde noch strahlender. „Mit dem neuen Funkgerät, das ich mitgebracht habe."

Jonathan grinste. „Du bist ein absolutes Genie!"

Sie hatten das Haus erreicht und nach wenigen Minuten ruhte Roland auf Jonathans Sofa.

„Es ist nur eine Fleischwunde", versicherte Marvin ihm. „Die muss vielleicht mit zwei oder drei Stichen genäht werden, aber das ist auch schon alles."

„Bei einer Kopfwunde fließt immer viel Blut", erklärte Mrs Atkinson.

„Roland hat uns ein neues Funkgerät mitgebracht", informierte Jonathan sie. „Es ist am Strand."

„Worauf wartest du dann noch?", drängte Marvin. „Setz unserem Mädchen hinterher."

Unserem Mädchen.

Jonathan musste lächeln. Ja, Rhianna war zu ihrem Mädchen geworden.

Das hätte ihm früher bewusst sein sollen.

So schnell ihn seine Beine trugen, rannte Jonathan an den Strand zurück, wo er die Kisten in der Nähe der Bäume entdeckte. Er riss die erste Kiste auf und durchwühlte sie. Malutensilien. Kein Funkgerät. In der dritten Kiste wurde er endlich fündig.

„Roland, mein Freund, du hast dir eine Gehaltserhöhung verdient."

In der Kiste befanden sich auch zwei Batterien.

„Festland Küstenwache, hier spricht Angelinas Insel. Ich muss einen Notfall melden."

„Angelinas Insel, was ist Ihr Notfall?", fragte eine männliche Stimme.

„Hier spricht Jonathan Tyler ... Lance. Mein Boot wurde gestohlen. Der Dieb überfiel meinen Kapitän Roland Saunders und hat ihn verletzt."

„Muss er medizinisch versorgt werden?"

„Er hat eine Kopfwunde, scheint aber in Ordnung zu sein."

„Anzeichen einer Gehirnerschütterung?"

„Nein."

„Wissen Sie, wer das Boot entwendet hat, Mr Lance?"

Jonathan zwang sich, seine Stimme unter Kontrolle zu halten. „Der Name des Mannes ist Charles Duke. Er behauptete, ein Rechtanwalt aus Miami zu sein." Er gab eine kurze Beschreibung und wartete auf den Zuständigen der Küstenwache, den Standort der *Misty's Dream* zu orten.

Einige Minuten später erklärte der Mann der Küstenwache: „*Misty's Dream* wurde auf dem halben Weg zum Festland gesichtet, Mr Lance."

„Sie werden diesen Duke also erwischen, bevor der Kerl das Festland erreicht?"

„Leider gibt es da ein Problem."

Jonathans Hoffnung verblasste. „Und das wäre?"

„Unsere Wasserfahrzeuge sind alle im Einsatz – ein Feuer auf einem Containerschiff. Das nächste Boot der Küstenwache ist eine gute Stunde von der Position Ihres Bootes entfernt. Sie werden es nicht rechtzeitig erreichen. Und unser Hubschrauber ist ebenfalls draußen, zusammen mit den Polizeibooten."

„Verdammt."

„Haben Sie ein zweites Boot?"

„Nein. Aber versuchen Sie Denny Dorchester im Bayshore Hafen. Falls er dort ist, wird er uns abholen."

„Mr Saunders sollte ein Krankenhaus aufsuchen. Nur als Vorsichtsmaßnahme."

„Das wird er."

Einen Moment blieb es still. „Wir tun, was wir können, Mr Lance. Ich werde Verbindung mit der Royal Bahamas Police aufnehmen. Sie werden vom Land her nach Ihrem Boot Ausschau halten. Vielleicht gelingt es mir auch, den Hubschrauber abzukommandieren. Ich bin sicher, dass Sie Ihr Boot unbeschädigt zurückerhalten werden."

„Das Boot ist mir egal. Duke hat eine Frau mitgenommen. Eine ... Freundin von mir. Rhianna McLeod."

„Wollen Sie damit sagen, dass dies eine mögliche Entführung ist?"

„Das befürchte ich."

„Wir tun, was wir können, Mr Lance. Haben Sie Geduld. Wir

melden uns bei Ihnen."

Der Mann meldete sich ab und ließ Jonathan frustriert und in großer Sorge zurück. Selbst wenn der Hubschrauber eingesetzt wurde – auch der konnte nicht viel ausrichten. Eine Wasserlandung war ihm nicht möglich.

Jonathan wanderte auf dem Strand ab und ab.

Hinter ihm ertönte ein lautes Hupen. Jonathan wirbelte herum. Ein Rennboot kam auf ihn zu. Schnell. Am Steuer saß ein älterer Mann mit weißen Haaren, der ihm aufgeregt zuwinkte. Jonathan erkannte ihn.

Denny Dorchester.

Jonathan rannte zur Anlegestelle. „Wieso sind Sie so schnell hier?"

„Ich war in der Nähe und habe den Funkverkehr verfolgt", rief Denny ihm zu, während er am Steg anlegte.

„Sie haben meinen Notruf gehört?"

„Ja."

Jonathan sprang ins Boot und Denny lenkte mit Vollgas auf das offene Wasser hinaus.

„Gibt es einen besonderen Grund, weshalb Sie den Funkverkehr abgehört haben?", erkundigte sich Jonathan. „Gewöhnlich tun Sie das nicht."

„Ich habe Duke heute Morgen getroffen. Er gefiel mir nicht. Ich traute ihm nicht. Eigentlich wollte ich in die Stadt gehen, aber dann hat mich mein Instinkt dazu getrieben, ihm auf das Wasser zu folgen. Ich war auf der Südwestseite von Angelina, als ich ihn auf das Festland zuhalten sah. Ohne Roland." Er schluckte. „Wie geht es ihm?"

„Es geht ihm gut, Denny. Marvin kümmert sich um ihn."

„Ok, dann schnappen wir uns jetzt den Schweinehund!"

„Ich bin mir nicht sicher, was passieren wird, wenn wir ihn einholen."

Denny sah ihn besorgt an. „Was meinen Sie?"

„Duke hat mir etwas genommen."

„Die Misty's Dream?"

„Rhianna McLeod. Der beste „Traum", den ich je hatte."

Denny grinste. „Wurde aber auch Zeit, Tyler!"

„Wenn Sie auch nur mit einem Wort erwähnen, dass ich das gesagt habe", sah Jonathan ihn finster an, „werde ich Roland feuern."

Kapitel 31

Rhianna versuchte sich zu entspannen, während Angelinas Insel hinter ihr aus dem Blickfeld verschwand. Aber das Gefühl, dass Charles Dukes Blick viel zu oft auf ihr ruhte, machte sie nervös.

„Sind Sie sicher, dass wir es rechtzeitig durch die Sicherheitskontrollen schaffen werden?"

„Kein Problem. Vertrauen Sie mir."

Innerlich schüttelte Rhianna sich. Ihm vertrauen? Sie kannte ihn nicht.

Aber JT kennt ihn.

Irgendwie konnte sie sich einfach nicht vorstellen, dass JT diesen Mann als seinen Rechtsanwalt beschäftigte.

„Sie kümmern sich also um JTs Firmengeschäfte?", hakte sie ein wenig nach.

Charles sah auf seine Aktentasche. „Das Firmengeschäft?"

„Ja, so etwas wie Zivilklagen oder Unternehmensfusionen."

Charles kicherte. „Oh ja. Ich arbeite an einigen Fällen."

„Und was ist mit Strafverfahren?"

„Nein, die fasse ich nicht an."

Eine unbehagliche Stille breitete sich zwischen ihnen aus.

„Sie sagten, JT erlitt einen Rückfall", begann Rhianna zögernd. „Wurde er in ein Krankenhaus eingeliefert?"

„Ich denke ja."

„Aber er lebt noch, oder?"

Charles wandte sich ihr zu und sah ihr voll ins Gesicht. „Ich versichere Ihnen, dass JT am Leben ist. Aber ich denke, dass ihm nicht mehr viel Zeit bleibt."

Rhianna seufzte. „Ich hätte ihn nie verlassen dürfen."

„Sie scheinen sehr an dem alten Mann zu hängen."

Rhianna starrte ihn an. „Natürlich tue ich das. Er war mir gegenüber sehr gütig."

„War er das?"

„Natürlich war er das. Warum würden Sie etwas anderes unterstellen?"

Charles hielt eine Hand hoch. „Tut mir leid, Rhianna. Ich wollte ihm nichts unterstellen. Einfach eine falsche Wortwahl. Ich bin mir sicher, dass er sehr gut zu Ihnen war."

Es dauerte einen Moment bevor ihr auffiel, dass er sie bei Vornamen genannt hatte. Damit konnte sie sich nicht anfreunden.

„Mr Duke, haben Sie JTs Testament aufgesetzt?"

Diese Frage schien den Mann aus der Bahn zu werfen.

„Ich, ähm ..." Charles räusperte sich. „Ja, das habe ich."

„Wissen Sie, ob er seinem Sohn etwas hinterlassen hat?"

Charles sah sich nach ihr um. „Wessen Sohn? JTs?"

„Ja", bestätigte Rhianna ungeduldig.

„Ich wusste nicht, dass er einen Sohn hat."

„Sie haben ihn gerade kennengelernt."

Entgeistert starrte Charles sie an. „Der Mann auf der Insel?"

„Jonathan Lance."

Charles' Gesicht drückte seinen Schock aus. Dann brummte er etwas vor sich hin und wandte ihr den Rücken zu.

Was zum Teufel geht hier vor? wunderte Rhianna sich.

JT hätte Jonathan und Misty in jedem Fall etwas hinterlassen. Wovon ein Anwalt Kenntnis hätte. Tatsächlich war es merkwürdig, dass Charles noch nie von Jonathan gehört hatte. Warum würde JT seinem Anwalt diese Tatsache verschweigen?

Weil Charles Duke nicht das ist, was er zu sein behauptet, wurde Rhianna mit einem Mal klar.

Rhianna schluckte schwer. „Wie war noch der Name der Anwaltsfirma, mit der Sie assoziiert sind?"

„Ich habe keinen Namen genannt."

Es war Duke, der die nachfolgende peinliche Stille unterbrach. „Ms McLeod, es scheint, als seien wir an einem entscheidenden Punkt angelangt. Sie sind eine sehr wissbegierige junge Dame, aber so klug sind Sie auch wieder nicht." Er zog seine Waffe und richtete sie auf Rhianna. „Machen Sie keine Dummheiten."

Rhianna schrie auf. „Was wollen Sie?"

„Ich nehme mir, was ich will."

Die Art, wie er das sagte, in Kombination mit dem Blick, den er ihr zuwarf, ließ sie erzittern. Diesen Ausdruck kannte sie. Sie hatte ihn in Peter Waverleys Augen gesehen - jedes Mal, bevor er sie vergewaltigt hatte.

„Bitte, lassen Sie mich gehen", flehte Rhianna ihn an. „Ich werde Sie nicht verraten. Das verspreche ich."

Charles lächelte. „Keine Sorge, mein Schatz. *Ich* verspreche dir, dass ich mich sehr gut um dich kümmern werde."

~ * ~

Mit der Waffe in der Hand drehte Winston sich in seinem Stuhl vor und zurück. Um seinen Preis im Auge zu behalten. Rhianna McLeod war eine Schönheit. Er konnte ihren ersten gemeinsamen Abend kaum erwarten.

„Wer sind Sie wirklich?", fragte Rhianna.

Er lächelte. „Ich bin der Mann, der dich angenehm unterhalten wird." Die Angst in ihren Augen erregte ihn.

„Warum ich?", fragte sie mit schwacher Stimme.

Er zuckte mit den Achseln. „Dafür kannst du JT Lance verantwortlich machen."

„Sie kennen Ihn also wirklich. Woher?"

„Wir hatten … geschäftlich miteinander zu tun." Winston sah auf das Navigationsgerät. „Direkt auf Kurs."

„Wohin bringen Sie mich?"

„Ins Paradies." Er hielt kurz inne. „Lance wird eine Menge Geld dafür zahlen, dich zurückzubekommen. Er hängt sehr an dir. So wie sein Sohn, vermute ich."

„Es geht Ihnen also um Geld."

„Unter anderem." Seine Augen tasteten sie von Kopf bis Fuß ab. „Wir werden viel Spaß miteinander haben, bevor das Geld eintrudelt."

„Das bezweifle ich", entgegnete Rhianna angespannt.

Winston richtete die Waffe auf sie. „Meine Liebe, du solltest besser nicht mit mir streiten."

„Dann sind Sie also ein Frauenschänder."

Winstons Gesicht brannte. „Sagen Sie das nie wieder. Nie wieder."

Offensichtlich hatte Rhianna seine Warnung verstanden. Sie drehte ihm den Rücken zu.

„Weißt du, der gute alte JT hat eine Menge Geld dafür springen lassen, dich zu finden", wechselte er das Thema. „Eine Menge Geld und viele Jahre. Ich kann ihn gut verstehen."

Rhianna wirbelte herum. „Wovon reden Sie?"

„Lance und ich kennen uns schon eine ganze Weile. Vor langer Zeit beauftragte er mich zunächst, einige seiner Angestellten und einige

Firmen zu überprüfen, die er … übernehmen wollte. Seine Weste ist nicht ganz so weiß, wie er die Leute glauben lassen will." Winston fuhr sich über die schweißnasse Stirn. „Dann bat er mich vor einigen Jahren, dich zu finden. Es hat lange gedauert, bevor ich dahinter kam, warum er dich unbedingt finden wollte."

„Warum?"

Winston lachte. „Diese Geschichte soll dir der alte Mann selbst erzählen. Allerdings kann ich dir bereits jetzt garantieren, dass sie dir nicht gefallen wird."

„Die Geschichte über die Affäre mit meiner Mutter?"

Winston versteifte sich. „Wo hast du das her?"

„Aus einer zuverlässigen Quelle."

„Von wem?"

„Das ist unwichtig, Mr Duke."

Winston sah sie drohend an. „Da bin ich anderer Meinung, meine Liebe."

Ein vollkommen neuer Gesichtspunkt. Einen, den er nie vermutet hätte. Falls JT eine Affäre mit Rhiannas Mutter gehabt hatte, konnte das ein Riesenproblem darstellen. Oder es konnte ihm zum Vorteil gereichen.

„Im Endeffekt kommt es auf all das nicht an", überlegte er laut. „Deine Gefühle gegenüber JT Lance haben keinerlei Auswirkungen auf meinen Plan."

„Und der wäre?"

„Ein sehr reicher Mann zu werden und deine Gesellschaft ausgiebig zu genießen. Zumindest, bis ich dich zurückgeben werde."

Das Zittern in Rhiannas Händen stoppte.

„Dann werden Sie mich also gehen lassen?"

„Nachdem alles vorbei ist", nickte Winston und verfolgte jede ihrer Bewegungen.

Rhianna war mehr als nur eine Schönheit. Die Frau war eigensinnig und widerspenstig. Das gefiel ihm. Wenn er etwas hasste, dann war es eine einfache Eroberung. Dazu genoss er die Jagd zu sehr. Einen ebenbürtigen Gegner in die Knie zu zwingen, war ungemein befriedigend.

Er lächelte.

Die Jagd hatte begonnen.

~ * ~

Rhianna sah auf ihre Hände hinunter, unfähig, die schrecklichen Flashbacks ihrer Vergangenheit aus ihren Gedanken zu verbannen. Das konnte sie nicht noch einmal durchmachen. Sie konnte nicht erneut zum Opfer werden. Das würde sie nicht zulassen.

Aber wie konnte sie gegen den Mann angehen?

Mit halbgeschlossenen Augen sah sie sich unauffällig im Boot nach einer Waffe um. Außer zwei Schwimmwesten und einem Fernglas, das neben Charles an einem Haken hing, gab es hier nichts, was in dieser Richtung brauchbar wäre. Selbst wenn es ihr mit viel Glück gelingen sollte, ihn über Bord zu werfen, ohne selbst im Wasser zu landen - sie war nicht in der Lage, ein Rennboot zu bedienen. Sie musste warten, bis sie das Festland erreicht hatten. Sicher würde ihr dort jemand zur Seite stehen. Außer dass niemand wusste, dass Duke sie entführt hatte.

Rhiannas Mut sank.

Jonathan glaubte, dass sie sich in der sicheren Gesellschaft des Anwalts seines Vaters aufhielt.

Den Tränen nahe stieß Rhianna einen Seufzer aus.

Ihr blieb nichts anderes übrig, als abzuwarten. Nachdem sie an Land waren, würde sie einen Weg finden, Charles Duke entweder aus eigenem Antrieb zu entkommen oder sie würde jemanden um Hilfe bitten.

Sie sah über das Wasser hinweg und hoffte, dass am Horizont ein anderes Wasserfahrzeug auftauchen würde. Aber sie waren allein. Das einzige Boot, das Rhianna hinter ihnen entdecken konnte, war nur ein weit entfernter, winziger, weißer Punkt, und war sicher in die entgegengesetzte Richtung unterwegs.

„Ist Charles Duke ihr richtiger Name?" Rhianna war entschlossen, so viele Informationen wie möglich aus dem Mann herauszuholen.

„Nein."

„Wie heißen Sie wirklich?"

Über die Schulter hinweg sah er sie spöttisch an. „Wie heißt es so schön im Film? Wenn ich dir das sagen, muss ich dich umbringen."

Sie zuckte zusammen.

Der Mann grinste und konzentrierte sich dann wieder auf das Navigieren des Bootes.

„Wie viel Geld wird JT Ihnen wohl geben? Was denken Sie? Für mich, meine ich."

„Jeden Betrag, den ich von ihm verlange."

„Sie sind sich Ihrer Sache ziemlich sicher."

„Nein, aber ich kenne Lance."

Rhianna ließ diese Aussage einen Moment auf sich wirken.

„Hatte er wirklich einen Rückfall?"

Der Mann schüttelte den Kopf. „Keine Ahnung."

„Also ist er nicht im Krankenhaus", sagte sie erleichtert. „Gott sei Dank."

Sie drehte den Kopf. Der weiße Punkt, den sie vorhin wahrgenommen hatte, folgte nun den Küstenlinien der nördlichen Inseln.

Es schien etwas größer zu sein, als ob es ihnen näher käme.

Bitte findet mich.

Sie hielt die Tränen zurück und biss sich auf ihre zitternde Unterlippe. Sie weigerte sich zu weinen. Das würde ihrem Entführer zu viel Vergnügen bereiten

Rhianna dachte an Jonathan. Sie hätte ihm gestehen sollen, was sie für ihn empfand. Falls sich ihr noch einmal die Gelegenheit bieten sollte, würde sie es tun. Sie würde es der ganzen Welt verkünden.

Jonathan, ich liebe dich.

In Gedanken entwarf sie eine Szene, in der Charles Duke festgenommen und sie befreit wurde. Jonathan würde auf sie zulaufen, erleichtert, dass ihr nichts passiert war. Er würde sie in die Arme nehmen und ihr versichern, dass alles gut werden würde. Und dann würde auch er ihr seine Liebe gestehen.

Ein wunderbarer Traum – bevor Rhianna sich wieder in die Realität zurückrief.

Jonathan wartete auf Angelinas Insel, Meilen von hier entfernt, auf ein Boot, das nie kommen würde. Er wusste nichts von der Gefahr, in der sie sich befand. Ungleich den Abenteuern der tapferen Helden und den edlen Rittern der Märchenwelt würde Sir Lancelot ihr nicht auf seinem getreuen Ross zur Hilfe eilen.

Sie musste sich auf sich selbst verlassen.

Charles Duke – oder wer immer er auch war – gab ein zufriedenes Grunzen von sich.

„Dort ist das Festland. Es ist nicht mehr weit."

„Wohin bringen Sie mich? Haben Sie ein Haus?"

Der Mann zielte mit der Waffe auf sie. „Wir werden einen kurzen Flug machen. Ich warne dich. Die kleinste Dummheit, und ich verspreche dir, dass ich umkehren und Lance Junior auf der Insel eine Kugel in den Kopf jagen werde. Und seiner Tochter gleich mit." Er legte den Kopf zur Seite. „Ich hatte leider nicht das Vergnügen, sie kennen zu lernen. Wie alt ist die junge Dame denn?"

Charles leckte sich die Lippen. Rhianna wurde es beinahe übel. „Sie ist noch ein Baby."

Die Enttäuschung stand dem Mann im Gesicht geschrieben.

Sie sah auf das Wasser hinaus. Der Drang hineinzuspringen, war überwältigend, aber sie wusste, dass sie es nicht bis zum Strand schaffen würde. Sie war keine gute Schwimmerin. Außerdem würde Charles sie einholen und wieder an Bord ziehen. Oder noch schlimmer, er würde sie mit dem Boot überfahren und die Schiffsschraube würde sie in Stücke reißen.

Als die Küste in Sicht war, suchte sie nach dem Hafen. Falls sie hier anlegen sollten, musste sie nach Roland oder Denny suchen. Einer der beiden wäre sicher bereit, ihr zu helfen.

Der Kai lag vor ihnen und Rhianna hielt den Atem an.

„Verdammt", fluchte Charles Duke.

Rhianna fasste Hoffnung. „Was ist denn?"

„Nichts."

Der Mann wendete das Boot, um es aus der Hafenanlage hinauszusteuern. Rhianna konnte Blaulichter und Männer in schwarzen Uniformen erkennen. Einige von ihnen winkten aufgeregt.

Rhianna holte tief Luft und sprang in die Höhe. „Hilfe! Ich brauche Hilfe!"

Ohne Warnung traf etwas ihren Hinterkopf. Sie brach auf dem Deck des Bootes zusammen. Stöhnend betastete sie ihren Kopf. „Haben Sie auf mich geschossen?"

Charles stand über ihr. Nur eine Hand am Steuer. „Das werde ich, das nächste Mal." Zur Beteuerung zeigte er ihr die Waffe in seiner Hand.

Eine Welle der Übelkeit überkam sie. Rhianna schloss die Augen. Sobald sie sich etwas besser fühlte, bemerkte sie, dass Charles seine ganze Aufmerksamkeit der Polizei am Strand widmete.

Etwas veranlasste Rhianna sich umzudrehen. Sie musste einen Freudenschrei unterdrücken.

Ein Boot raste auf sie zu.

Bitte lass das die Polizei sein.

Das Boot näherte sich, und sie konnte zwei Männer an Bord erkennen. Jonathan war einer von ihnen.

Ihr Herz raste. *Er will mich retten.*

Jetzt musste sie noch sicherstellen, dass Charles sich vollkommen auf den Strand konzentrierte.

„Was ist das?", deutete sie nach vorn und stellte sich neben ihn.

„Weiß ich nicht", fuhr er sie an. „Sehe ich vielleicht wie ein verdammter Fremdenführer aus?"

„Nein. Tut mir leid."

Das Boot fuhr auf eine kleine Bucht zu, in der neben einer Rollbahn und einer Flughalle eine Reihe kleinerer Flugzeuge geparkt waren.

„Ist das unser Ziel?", fragte Rhianna entsetzt. „Fliegen wir irgendwohin?"

„Ich sagte dir doch. Wir machen einen kleine Reise an einen sehr sicheren Ort."

Unbemerkt sah Rhianna sich um. Jonathan war so nahe, dass sie sehen konnte, wie er warnend einen Finger vor die Lippen hielt. Sie nickte und widmete Charles wieder ihre Aufmerksamkeit. Sie musste den Mann vom Lärm des sich nähernden Bootes ablenken.

„Fliegen wir irgendwohin, wo es heiß und sonnig ist?" Sie lächelte Charles mit großen Augen an. „An einen Strand? Weil ich Strände wirklich liebe. Und Hotels. Ich war einmal in Mexiko, wo ich Margaritas mit diesen hübschen, kleinen Schirmchen am Strand getrunken habe. Waren Sie schon mal in Mexiko? Könnten wir dort hingehen?"

Das mit Mexiko war eine Lüge. Sie hatte die Vereinigten Staaten zum ersten Mal mit ihrem Flug in die Bahamas verlassen.

War das gerade erst wenige Wochen her?

Sie schwatzte planlos über alles weiter, was ihr in den Sinn kam, im Wissen, dass ihre Gebete erhört worden waren. Ihr Ritter ohne Furcht und Tadel war auf dem Weg.

Kapitel 32

Jonathan atmete auf. „Da ist sie."

Als Rhianna sich verstohlen zu ihm umdrehte, bedeutete er ihr zu schweigen. Je näher sie der Misty's Dream kamen, desto besser.

„Roland sagt, dass Duke eine Waffe hat", informierte er Denny. „Ich brauche etwas, das einer Waffe gleichkommt."

„Ich habe nur kleinere Werkzeuge."

„Die werden mir wohl wenig helfen."

Denny kratzte sich am Kopf. Ihm kam eine Idee. „Ich habe zwar keine Pistole mit Munition, aber ich habe etwas, das beinahe genauso gut ist." Er entriegelte eine kleine Metalltür und reichte Jonathan eine orangefarbene Leuchtpistole. „Das ist eine Orion, ein Hinterlader, Kaliber 12. Das sollte helfen."

Jonathan nickte und sah nach vorn.

Misty's Dream lag nur noch knapp zwanzig Meter vor ihnen.

Der Gedanke, dass Duke Hand an Rhianna legen könnte, ließ Jonathan Rot sehen. Der Mann konnte von Glück reden, wenn Jonathan ihn am Leben lassen würde.

Fünfzehn Meter.

Er hatte die Angst in Rhiannas Gesicht gesehen, obwohl sie gerade ihr Bestes tat, Duke abzulenken.

Zehn Meter.

Als sich Dennys Boot der Misty's Dream näherte, stand Jonathan mit der Leuchtpistole in der Hand bereit.

„Fahr neben ihnen an", bat er Denny.

Rhianna sah ihnen unauffällig zu. Jonathan bedeutete ihr, sich an das hintere Ende des Bootes zurückzuziehen, aber Duke erwischte sie am Arm.

„Duke!", rief Jonathan ihm zu, als die beiden Boote sich beinahe berührten. „Lassen Sie sie gehen!"

Charles Dukes Miene verdüsterte sich und er gab Gas. Das Boot schoss nach vorn, ebenso wie Dennys. Gleichauf rasten die Boote nebeneinander her. Jonathan sah nur noch eine Möglichkeit.

Als die beiden Boote nur Zentimeter voneinander entfernt waren, setzte er zum Sprung an. Er verfehlte die Misty's Dream um wenige Zentimeter und konnte sich in letzter Sekunde noch an ihrer Seite festklammern. Die Leuchtpistole flog ihm aus der Hand und rutschte über das Deck. Jonathan hielt sich mit aller Kraft fest. Seine Beine schlugen immer wieder hart auf der Wasseroberfläche auf. Rhianna wollte ihm zur Hilfe eilen.

„Nicht!", versuchte er sie zu warnen.

Hilflos musste er zusehen, wie Dukes Waffe Rhianna hart zwischen den Schulterblättern traf. Bevor sie in sich zusammensackte, konnte Jonathan noch ihre Stille Bitte erkennen. *Hilf mir,* flehte ihr Gesichtsausdruck. Dann brach sie vor ihm auf dem Deck zusammen.

„Rhianna!" Jonathan schrie auf.

Mit übermenschlicher Anstrengung gelang es ihm, sich an der Seite der *Misty's Dream* hochzuziehen und sich hineinfallen zu lassen. Bis Jonathan endlich auf den Füßen stand, hatte Duke bereits die Geschwindigkeit verringert und hielt die Waffe auf ihn gerichtet. Der Schweinehund grinste breit.

„Aha … Sie sind also JTs Sohn, was?"

Jonathan blieb ihm die Antwort schuldig.

„Sagen Sie Ihrem Kumpel, er soll verschwinden", warnte Duke. „Oder ich werde der lieblichen Rhianna eine Kugel in den Kopf jagen." Er richtete die Waffe auf Rhianna, die unbeweglich da lag.

Jonathan bedeutete Denny, sich zurückzuziehen.

„Sie Dreckskerl." Bebend vor Zorn wandte Jonathan sich an Duke. „Wenn Sie sie verletzt haben, werde ich …"

„Werden Sie was? Mich umbringen? Kein leichtes Unterfangen, wenn ich derjenige mit der Waffe bin, was?"

„Ich weiß nicht, was Sie vorhatten, aber Rhianna werden Sie nicht mitnehmen. Die Küstenwache ist auf dem Weg und die Polizei wurde ebenfalls benachrichtigt."

Duke verzog das Gesicht. „Das ist mir bereits aufgefallen. Sie sind ein überaus lästiger Zeitgenosse."

Jonathan versuchte es mit einer anderen Taktik. „Geben Sie mir Rhianna, und Sie können gehen, wohin Sie wollen. Ich kann Ihnen sogar

Geld geben, wenn es das ist, worauf Sie scharf waren."

„Keine gute Alternative. Ich denke, am Einfachsten wird es sein, Sie einfach zu erschießen und über Bord zu werfen." Er zielte auf Jonathans Brust und lächelte. „Gute Reise."

Bevor Jonathan Zeit hatte, sich aus der Schusslinie zu entfernen, hörte er einen lauten Knall. Charles Dukes Anzug fing Feuer. Geschockt ließ der Mann die Waffe fallen. Mit einem verwirrten Gesichtsausdruck stolperte er nach hinten. Eine Sekunde lang versuchte er vergeblich, das Gleichgewicht zu halten. Dann fiel er rückwärts ins Wasser.

Trotz Rhiannas benommenem Zustand hatte sie die Leuchtpistole gefunden.

„Oh, Gott", stöhnte sie. „Habe ich ihn umgebracht?"

Jonathan reagierte schnell. Er eilte an ihre Seite und half ihr, sich aufzurichten. „Du bist in Sicherheit."

„Was ist mit dem Mann?", weinte sie.

Jonathan stellte den Motor ab und sah über die Seite des Bootes. Duke trieb mit dem Gesicht nach unten im Wasser, nur wenige Meter von ihnen entfernt. Er sah zu, wie Denny den Körper des Mannes aus dem Wasser fischte und zu sich an Bord zog. Denny sah zu Jonathan hinüber und schüttelte den Kopf.

„Er hat das bekommen, was er verdient hat", sagte Jonathan.

Rhianna riss die Augen auf. „Er wollte dich erschießen."

„Ja, aber das ist ihm nicht gelungen."

Haltlos schluchzte sie. „Ich dachte, er würde uns beide umbringen. Du wirst nicht glauben, was er mit mir vorhatte. Er wollte mich …"

Jonathan drückte seinen Finger auf ihre Lippen. „Ganz ruhig … sprich nicht mehr von ihm. Du bist in Sicherheit, Rhianna. Das ist das Entscheidende."

Der verängstigte Ausdruck in ihren Augen war mehr als er ertragen konnte.

Er küsste sie. Sanft.

Während Denny die Misty's Dream sicher hinter seinem Boot festmachte, zog Jonathan Rhianna an sich. Ihre Arme legten sich um seinen Hals. Zitternd wie Espenlaub klammerte sie sich an ihn.

„Ich wäre gestorben, wenn dir etwas zugestoßen wäre", murmelte er gegen ihre Lippen.

Rhianna seufzte und schmiegte sich in seine Arme. „Ich habe darum gebetet, dass du mich retten wirst, aber ich ging davon aus, dass du ihm seine Lügen abgekauft hast."

Jonathan schüttelte den Kopf. „Von dem Moment an, als ich ihm die Tür aufmachte, wusste ich, dass mit ihm etwas nicht stimmte."

„Aber woher wusstest du, dass ich in Gefahr war?"

„Von Roland." Auf Rhiannas fragenden Blick hin fuhr er fort. „Das Schwein hat Roland auf der Insel außer Gefecht gesetzt und ihn in die Büsche gezerrt. Als er zu sich kam, hat er mich gefunden und mir erzählt, dass Duke eine Waffe hatte."

„So heißt er nicht."

„Wie heißt er dann?"

„Das hat er mir nicht verraten. Aber er kennt deinen Vater."

„Woher?"

„Da bin ich mir nicht sicher. Er sagte, er wollte deinen Vater erpressen. Er hat darauf spekuliert, dass JT viel dafür zahlen wird, um mich wohlbehalten wiederzusehen."

„Wenn JT es nicht getan hätte, hätte ich es getan."

„Wirklich?" Grüne Augen, den Tränen nahe, sahen zu ihm auf. „Warum?"

„Was glaubst du wohl?"

Rhianna senkte den Kopf. „Ich weiß es nicht."

„Weil ich dich liebe, du albernes Mädchen." Und zum Beweis küsste er sie mit Inbrunst. Nachdem beide Atem holen mussten, sah er ihr tief in die Augen. „Ich war ein Idiot. Ich hätte es dir sagen sollen, bevor du gegangen bist."

„Sag es noch einmal", flüsterte sie.

„Ich liebe dich, Rhianna McLeod. Ich liebe dich und für den Rest meines Lebens will ich jeden Morgen neben dir aufwachen."

Das Lächeln, das sie ihm schenkte, ließ ihn beinahe erblinden. „Ich liebe dich auch, Jonathan Tyler Lance."

Er trat einen Schritt zurück. „Ich werde mit dir kommen."

„Nach Miami? Charles hat gelogen. Dein Vater hatte keinen Rückfall."

Erleichtert atmete Jonathan auf. „Eine gute Nachricht. Trotzdem werden wir ihn besuchen. Ich muss versuchen, mich wieder mit ihm zu versöhnen. Bevor er …"

Sie küsste ihn. „Gut. Nutze die Zeit, die euch gegeben ist."

Rhianna hatte Recht. Egal wie viel Zeit JT noch blieb, Jonathan wollte sie mit seinem Vater verbringen. Misty musste ihren Großvater kennenlernen, eine Beziehung zu ihm finden. Und Rhianna musste die Wahrheit über ihre Mutter erfahren.

Es kann keine gemeinsame Zukunft geben, bevor wir nicht die Wahrheit kennen.

Kapitel 33

Im Taxi vor dem Internationalen Flughafen von Miami drückte Rhianna Jonathan fest die Hand. „Du tust das Richtige."

Misty, die zwischen ihnen saß, kicherte vor sich hin. Obwohl ihre Stimme noch heiser war, klang ihr Lachen aufgeregt und glücklich.

„Dein Großvater hat dich das letzte Mal als Baby gesehen", zeichnete Jonathan.

Rhianna sah ihm zu, wie er sich mit seiner Tochter unterhielt. Er ging mittlerweile sehr viel sicherer mit der Zeichensprache und mit Mistys wachsendem Vokabular um.

Das kleine Mädchen strich sich eine Haarsträhne hinter das Ohr und Rhianna sah, wie Jonathan stutzte.

„Misty, du trägst deine Hörgeräte", rief er erstaunt aus.

Misty nickte. „Rhianna hat mir gesagt, dass ich ohne sie die Musik verpassen werde."

„Welche Musik?" Fragend sah er Rhianna an.

„Wenn du genau hinhörst, sind wir ständig von Musik umgeben." Augenzwinkernd lächelte sie Misty zu. „Magische Musik."

Schweigend lauschten die Drei einer Weile den Geräuschen Miamis – dem Lärm des Verkehrs, lautem Hupen, einem Verkehrshubschrauber über ihnen. Die Stadt lebte und atmete in vollen Zügen.

„Danke", flüsterte Jonathan Rhianna über Mistys Kopf zu.

„Gern geschehen", erwiderte Rhianna aus vollem Herzen.

In diesem Moment war sie glücklicher, als sie es sich jemals erträumt hatte.

„Werden wir hier leben, Daddy?", zeichnete Misty.

„Vielleicht später. Dieses Mal sind wir nur zu Besuch hier."

„Gut. Weil ich Lancelot's Landing vermisse."

„Mir geht es genauso", gab Rhianna zu. „Du hast mir übrigens nie erklärt, woher der Name Lancelot's Landing stammt."

Jonathan nickte. „Das war Mistys Idee. Als ich die Insel kaufte, nannten wir sie zunächst einfach Angelinas. Als Misty ungefähr fünf Jahre alt war, bestand sie darauf, dass ich ihr dieselbe Geschichte wieder und wieder vorlese. Sir Lancelot und das Eisschloss. Wir veranstalteten Schwertkämpfe mit abgebrochenen Ästen."

Rhianna gluckste leise. „Du?"

„Ja", gab er lachend zu. „Misty hat sich den Namen ausgedacht. Das Lustige ist, dass sie die Familiengeschichte der Lances nicht kennt. Für sie war Tyler ihr Nachname." Traurig sah er vor sich hin. „Ich bestand wohl so sehr darauf, mich von JT zu distanzieren, dass ich übersah, wie negativ das mein Leben all die Jahre beeinflusst hat. Und auch Mistys."

„Und du glaubst mir nun wirklich, dass ich nicht wusste, wer du warst?"

„Ja, ich glaube dir."

Erleichtert beobachtete Rhianna den vorbeiziehenden Verkehr. Schon bald würde ihr Leben total auf den Kopf gestellt werden. Durch Jonathan und Misty, die nun zu ihr gehörten. Dies machte sie glücklich. Trotzdem war sie immer noch nervös, JT gegenüberzutreten.

Was würde sie ihm sagen?

Sie erinnerte sich an den Tag ihrer Ankunft in Miami, wie überwältigt sie von der großen Stadt gewesen war und wie sie sich vor der Zukunft gefürchtet hatte. Ihr Verhältnis zu JT hatte sie all diese Bedenken vergessen lassen. Und jetzt war sie im Begriff, ihm einige sehr schwierige Fragen zu stellen. Was, wenn die Antworten die Dinge verschlimmern würden?

Besorgt warf sie Jonathan einen Blick zu.

Ihr blieb keine Wahl, alles dem Schicksal zu überlassen. Das Schicksal hatte sie vor Monaten zu JT geführt. Dann auf Angelinas Insel. Und jetzt hielt das Schicksal die Zukunft aller Beteiligten in den Händen.

Falls es nötig sein sollte, werde ich für meine Zukunft kämpfen, dachte sie, als das Taxi vor dem Herrensitz der Lances vorfuhr.

Sie kletterten aus dem Taxi und nahmen das riesige Haus und seine wundervoll gepflegten Außenanlagen in sich auf.

„Trautes Heim, Glück allein", flüsterte sie.

Rhianna betrat das Haus, während Jonathan und Misty sich weiter draußen auf der Veranda aufhielten. Jonathan brauchte sicher einige Minuten, um all seinen Mut zusammenzunehmen. Sie stellte ihren Koffer ab, zog ihre Jacke aus und hängte sie in den Schrank der Eingangshalle.

Die Haustür öffnete sich.

„Ist die Luft rein?"

„Im Moment ja. Selbst wenn wir Higginson über den Weg laufen, der Mann beißt nicht." Aufmunternd lächelte sie ihm zu. „Versprochen."

Misty hielt sich dicht hinter ihrem Vater und bewunderte mit weit aufgerissenen Augen die üppige Ausstattung. „Ist das ein Schloss, Daddy?"

„Beinahe."

„Lebt Sir Lancelot hier?"

Rhianna brach in schallendes Gelächter aus.

„Das ist Grandpas Haus", erklärte Jonathan ihr.

Während Misty durch die Eingangshalle hüpfte, hatte Rhianna ein Auge auf Jonathan. Seine fahrigen Gesten verrieten ihr, wie nervös er war. Sie trat an ihn heran, nahm ihn bei den Händen, stellte sich auf die Zehenspitzen und küsste ihn.

„Wie habe ich mir den verdient?", fragte er.

„Du siehst aus, als ob dir nicht wohl in deiner Haut ist."

„Du hast Recht." Er berührte seinen Mundwinkel. „Hier tut es weh." Sie küsste die Stelle.

„Und hier." Er zeigte mitten auf seine Lippen.

Rhianna war nur zu gerne bereit, ihm diese Bitte zu erfüllen.

„Entschuldigung", sagte eine Stimme.

Schnell zog sich Rhianna mit hochrotem Kopf zurück. „Higginson. Ich habe Sie nicht kommen gehört."

„Offensichtlich", bemerkte der Mann trocken.

Jonathan lächelte. „Es ist lange her, Higginson."

„Das ist es, Herr Jonathan", bestätigte der Butler und schüttelte Jonathans ausgestreckte Hand.

„Sie scheinen nicht überrascht, uns zu sehen", wunderte Rhianna sich.

Higginson nickte. „Wir dachten uns, dass Sie Ihre Reise abbrechen werden, sobald Sie erfahren, auf wessen Insel Sie gelandet sind."

„Sie und JT haben also diesen Plan geschmiedet?", wollte Jonathan wissen.

„Wir wussten, dass nur Ms McLeod Sie überzeugen konnte, nach Hause zu kommen."

„Aber warum haben Sie es mir nicht einfach gesagt?", fragte Rhianna. „Ich war vollkommen unwissend und dachte, ich wäre auf dem Weg in eine Ferienanlage."

Higginson sah unter sich. „Dafür muss ich mich entschuldigen. Ich wollte es Ihnen sagen, aber JT dachte …" Er verstummte. Mit einem Seufzer schlug er vor: „Es ist wohl am besten, wenn JT Ihnen das selbst erklärt."

„Wir haben bereits einige Dinge geklärt", warf Jonathan ein. „Aber es gibt eine Menge offener Fragen."

„Die JT sicher beantworten wird. Ich werde ihn auf Ihren Besuch vorbereiten. Geben Sie mir einige Minuten. In der Zwischenzeit Herr Jonathan …"

„Einfach Jonathan, bitte."

„In der Zwischenzeit fühlen Sie sich bitte wie zu Hause, Sir. Miss McLeod, warum bringen Sie das Kind und Jonathan nicht nach oben, um sich einzurichten? Ich bin sicher, Sie werden eine Weile bei uns bleiben." Präzise drehte Higginson sich auf dem Absatz um und verschwand den Flur hinunter.

Misty zog Jonathan am Ärmel. „Daddy, ist das der König?"

„Nein, Schatz. Den König wirst du später treffen."

„Werden wir in diesem Schloss schlafen?"

„Ja, Misty, das werden wir. Für eine Weile wird dies unser Zuhause sein."

Diese Worte ließen in Rhianna Hoffnung und das Gefühl eines Versprechens in sich aufsteigen. „Kommt mir, ihr Zwei. Gehen wir nach oben und suchen euch ein Zimmer aus."

„Hat der König ein Sir Lancelot-Zimmer?", wollte Misty voller Begeisterung wissen.

„Ich glaube nicht, Schätzchen, aber ich bin sicher, wir werden ein hübsches Gartenzimmer finden, in dem es viele Blumen gibt."

Auf dem Weg nach oben fragte Rhianna sich, wie das Wiedersehen zwischen Jonathan und JT verlaufen würde. Würden Sie endlich ihre Beziehung ins Reine bringen? Oder würde die Vergangenheit sie weiter voneinander getrennt halten?

Während Jonathan Misty beim Auspacken half, sah sich Rhianna in ihrem Schlafzimmer um. Es schien so lange her zu sein, dass sie in diesem Bett geschlafen oder das Gemälde der *Dame im Nebel* bewundert hatte. Sie sah es sich jetzt erneut an, nahm die kleinsten Details dieses einzigartigen Kunstwerks in sich auf. Beinahe wollte sie schwören, dass sie die Blumen riechen konnte. Etwas so wunderschönes hatte ihr noch nie gehört. Oder etwas so wertvolles.

Mit dem Finger zeichnete sie die unleserliche Unterschrift des Künstlers nach – Jonathans Unterschrift. Eines der Blumendesigns im Bild hatte er auf ihren Körper gemalt.

Sie erzitterte. Das schien so lange her zu sein.

Es klopfte.

„Herein."

„Mistys Sachen sind ausgepackt", verkündete Jonathan vom

Türrahmen her. „Sie schläft jetzt. Die Reise hat sie müde …"
Unvermittelt hielt er inne. Ungläubig waren seine Augen auf die Wand
gerichtet. „Was macht die *Dame im Nebel* denn hier?"

„Dein Vater hat sie mir zum Geburtstag geschenkt."

Er stellte sich vor das Gemälde und fuhr über den Rahmen. „Er hat
es gekauft?"

„Wenn du es zurückhaben möchtest …"

„Nein", weigerte er sich. „Es gehört dir. Es ist nur seltsam, es hier
wiederzufinden. Die Galerie hat es an einen Sammler verkauft. Ich
wusste allerdings nie, an wen."

„Du wirst hier einige deiner Bilder wiederfinden. Ich habe
mindestens zwölf mit deiner Unterschrift in der Villa hängen sehen."

Jonathan schüttelte den Kopf. „Ich verstehe nicht. Er hat meinen
Wunsch, Maler zu werden, gehasst. Hat gesagt, dass sei ein Hobby für
Faulenzer, keine respektable Karriere." Seine Stimme klang bitter. „Er
war außer sich, als ich ihm eröffnete, dass ich malen wollte, anstatt die
Geschäfte von Lance Industrie zu übernehmen. Als dann noch die Ehe
mit Sirena dazu kam, konnte ich nicht einmal mehr mit ihm reden, ohne
dass er mir all meine Unzulänglichkeiten vorwarf."

„Deshalb bist du gegangen."

„Was hätte ich sonst tun sollen? Er war ein Tyrann."

„Du wirst feststellen, dass er sich verändert hat."

„Das muss ich erst mit eigenen Augen sehen."

Sie seufzte. „Jonathan, wenn ich im Lauf meiner Karriere etwas
gelernt haben, dann das, dass Menschen, die im Sterben liegen, das
unbedingte Bedürfnis haben, ihre Fehler wiedergutzumachen. JT weiß,
dass er Fehler gemacht hat. Ich glaube, dass er sie zutiefst bereut."

„Das werden wir ja sehen." Er sah ihr in die Augen. „Was, wenn er
dir gesteht, dass er eine Affäre mit deiner Mutter hatte? Was, wenn dir
klar wird, dass deine Eltern nicht das glücklich verheiratete Paar war,
von dem dir erzählt wurde?

„Darum mache ich mir Gedanken, wenn es soweit ist."

Higginson klopfte an. „Entschuldigen Sie die Störung, Miss
McLeod, aber JT verlangt nach ihnen. Und nach Jonathan."

Rhianna lächelte. „Dann machen wir uns besser auf den Weg."

„Siehst du", beschwerte sich Jonathan. „JT ist immer noch der
Gleiche."

Rhianna hoffte von ganzem Herzen, dass er sich täuschen möge.

~ * ~

Im Lehnstuhl seines Zimmers sitzend rieb JT sich die Beine. Seine
Hände zitterten leicht.

Aus Nervosität.

Er hatte viel wiedergutzumachen und betete, dass es noch nicht zu spät war. Der Gedanke, seinen Sohn nach all diesen Jahren wiederzusehen, ängstigte ihn. Jonathan konnte so eigensinnig sein.

Das hat er von seinem alten Herrn geerbt, dachte JT.

In einer beigen Hose und einem weißen Hemd erwartete er ungeduldig das Eintreffen seiner Gäste. Obwohl es merkwürdig schien, seinen Sohn als *Gast* anzusehen.

Und was ist mit dem Kind? Vergeblich durchforstete er seine Erinnerung nach dem Namen seiner Enkelin. *Mimi? Melanie?*

Verächtlich schüttelte er den Kopf. Seine Erinnerung, oder der Mangel an ihr, frustrierte ihn ohne Ende.

Zaghaft klopfte es an der Tür.

„Kommt rein", rief er, mit einem, wie er hoffte, freundlichem Lächeln im Gesicht.

Rhianna erschien zuerst, und sein aufgesetztes Lächeln verwandelte sich in echte Freude.

„Ich bin so froh, dich zu sehen", sagte er.

Rhianna trat an seinen Stuhl heran und küsste ihn auf die Wange. „Es ist schön, dah... wieder hier zu sein."

JT gab vor, diesen Ausrutscher nicht bemerkt zu haben, obwohl es ihn schmerzte, dass sie das Herrenhaus der Lances nicht länger als ihr Heim ansah. Er hoffte, dies zu korrigieren. Schon bald.

„Wie geht es Ihnen?", fragte sie.

„Als ob der Tod darauf wartet, eine Willkommensparty für mich zu veranstalten."

„Immer der Optimist", sagte eine tiefe Stimme.

Jonathan betrat den Raum.

JT sah zu ihm hoch. „Du sieht älter aus, Jon."

„Ich *bin* älter."

„Ich bin froh, dass du gekommen bist."

Jonathan starrte ihn an. „Bist du das?"

„Ja."

Einen Augenblick lang herrschte ein unbehagliches Schweigen, das durch Rhiannas Aussage unterbrochen wurde. „Wir haben viele Fragen."

„Da bin ich mir sicher." JT deutete auf zwei Stühle, die Higginson hereingebracht hatte. „Setzt euch, bitte." Nachdem sie Platz genommen hatten, fuhr er fort: „Ich bin sehr glücklich, euch beide hier zu sehen. Ich war mir nicht sicher, wie lange ihr auf der Insel bleiben werdet."

„Wir flogen unmittelbar nach der Rettung Rhiannas ab", informierte ihn Jonathan emotionslos.

„Was ... Wie bitte?" Mit klopfendem Herzen sah JT Rhianna an. „Was willst du damit sagen, nach ihrer Rettung?"

„Kennst du einen Mann namens Charles Duke?"

JT schüttelte den Kopf. „Ich glaube nicht."

„Er sagte, er sei dein Anwalt. Er hat uns weißgemacht, dass du einen Rückfall hattest und Rhianna brauchst. Tatsächlich hatte er nicht vor, sie nach Miami zu bringen. Er hatte andere Pläne."

„Mein Gott", flüsterte JT. „Wie sah er aus?"

„Ein kleiner, fetter Mann mit gemeinen Augen."

JT graute es. „Winston Chambers. Er ist der Privatdetektiv, den ich vor langer Zeit damit beauftragte, Rhianna zu finden." Um Entschuldigung bittend sah er Rhianna an. „Ich hatte keine Ahnung, dass er dir nachstellen würde. Er hatte mir versprochen, dich in Frieden zu lassen, solange ich ihn gut dafür bezahle. Was ich getan habe."

„Der Hund hat dich erpresst?", fragte Jonathan sichtlich aufgebracht. „Warum hast du nicht die Polizei gerufen?"

„Das konnte ich nicht. Er hatte Informationen …" JTs Stimme erstarb, während er Rhianna mit feuchten Augen ansah. „Er hat dir nichts getan, oder? Ich könnte mir nicht vergeben, wenn er dich verletzt hätte."

„Nein, er hat mich nicht verletzt, JT. Mir geht es ausgezeichnet."

„Wo ist dieses Schwein jetzt?"

„Er ist tot", gab Jonathan Auskunft.

„Es tut mir so leid. Das hätte nie geschehen dürfen."

JT wandte den Kopf ab und hoffte, dass niemand seine Tränen sah.

~ * ~

Rhianna entging das leichte Zucken von JTs Schultern nicht.

„Es ist nicht deine Schuld, JT", versicherte sie ihm sanft. „Schlussendlich ist alles gut gegangen."

„Aber Chambers …"

„Chambers ist nicht länger relevant", unterbrach Jonathan ihn. „Es gibt wichtigere Dinge zu diskutieren. Etwa, den Grund, warum du Rhianna auf Angelinas Insel geschickt hast."

„Um dich zurückzubringen, natürlich."

„Aber warum haben Sie mir nicht gesagt, wohin ich gehe?"

JT sah Rhianna an. „Wärst du gegangen?"

Sie verstand seine Skepsis. Falls er sie gebeten hätte, seinen abtrünnigen Sohn auf irgendeiner Insel in den Bahamas ausfindig zu machen und heimzubringen, hätte sie ihm vorgeschlagen, eine geeignetere Person für diesen Auftrag zu finden.

„Ich dachte, wenn du gehst und Jon näher kennenlernst, würdest du … na ja, dich in ihn verlieben. Damit mein Geld, wenn ich sterbe, euch allen zu Gute kommen kann."

Jonathan fuhr auf. „Wann wirst du endlich lernen, dass es dir nicht zusteht, mit dem Leben anderer Menschen zu spielen?"

„Ich musste dich sehen, Sohn. Ich wusste, dass du nie auf meine Bitte allein gekommen wärst."

„Ok, hier bin ich also. Was ist so unerhört wichtig, dass du mich mit aller Gewalt sehen musstest?"

„Ich weiß nicht, wo ich anfangen soll." JTs Stimme zitterte.

Rhianna beugte sich zu ihm vor und streichelte den Arm des alten Mannes. „Am Anfang. Wann haben Sie meine Mutter kennengelernt?"

„Du weißt darüber Bescheid?"

„Nicht die ganze Geschichte."

„Ich war geschäftlich in Bangor und am meinem letzten Abend dort traf ich Rhiannas Eltern." Er studierte den Fußboden. „Es war ein grauenvoller Unfall. Und ich war schuld daran."

„Wovon sprechen Sie?", fragte Rhianna verwirrt.

„Von der Nacht, in der deine Eltern umkamen."

JT sagte dies so leise, dass sie dachte, sie hätte sich verhört. „Aber Sie kannten meine Mutter schon vor diesem Tag, JT. Sie hatten eine Affäre mit ihr. Erinnern Sie sich?"

Er schüttelte den Kopf. „Ich erinnere mich. Aber du verstehst mich falsch. Ich hatte keine Affäre mit deiner Mutter. An dem Abend, an dem ich deine Eltern traf, war mir ein wichtiges Geschäft durch die Lappen gegangen. Darüber war ich aufgebracht. Zudem machte ich mir Gedanken um die finanziellen Konsequenzen. Ich war auf dem Weg zurück in mein Hotel. Es war sehr spät." Er sah sie mit gequälten Augen an. „Ich war am Telefon im Streit mit Jons Mutter. Ich schenkte dem Verkehr keinerlei Aufmerksamkeit. Oder der vereisten Straße."

Rhiannas hatte Mühe zu atmen. *Oh, Gott ...*

JT schluckte schwer. „Ich hatte keine Ahnung, dass ich auf der falschen Straßenseite gegen den Verkehr fuhr – bis ich frontal auf sie auffuhr."

Rhianna keuchte. „Nein!"

„Ja. Ich bin für den Tod deiner Eltern verantwortlich."

Es war weit schlimmer, als sie erwartet hatte.

„Aber es war Fahrerflucht", warf sie ein.

„Ich bin nicht stolz auf das, was ich getan habe", flüsterte JT mit heiserer Stimme. „Mein Geschäft stand kurz vor dem Bankrott. Meine Familie war von mir abhängig. Ohne mich wäre Sie mittellos gewesen. Deshalb lief ich davon, ja. Aber nicht, bevor ich nach deinen Eltern gesehen und einen Krankenwagen gerufen habe."

In Rhiannas Augen standen Tränen. „Mein Vater erlag sofort seinen Verletzungen."

„Nein", berichtete JT. „Er war noch am Leben, als ich mich über ihn beugte. Er sagte ‚Anna' *und dann starb er.*"

„Oh, mein Gott", stöhnte Rhianna auf.

„Als mir klar wurde, dass deine Mutter schwanger war, wusste ich, dass ich den Unfall melden musste. Ich benutzte das Handy deines Vaters für den Notruf. Dabei fiel mir seine Brieftasche ins Auge. Ich musste ihre Namen wissen. Aus irgendeinem Grund war mir das ungemein wichtig." JT rang um Atem. „Dann fiel mir das Foto deiner Mutter in die Hände. Susanna. Ich weiß nicht, wieso ich es an mich nahm, noch kann ich mich daran erinnern, dass ich es eingesteckt habe." JT sah Rhianna an. „Du siehst deiner Mutter so ähnlich."

Rhianna war bis in ihr tiefstes Inneres aufgewühlt. Sie wusste nicht, was sie sagen sollte.

„Du hast mich all diese Jahre glauben lassen, dass du eine Affäre hattest", brachte Jonathan sichtlich geschockt hervor.

„Ich wusste nicht, wie ich Annas Foto sonst erklären konnte. Das Schuldgefühl war unbeschreiblich, einfach überwältigend." Müde zuckte JT mit den Achseln. „Vielleicht wollte ich, dass mich jemand für etwas schuldig erklärte. Also ließ ich dich in dem Glauben."

„Hat meine Mutter etwas gesagt, bevor sie starb?", fragte Rhianna.

„Sie hat von dir gesprochen. Sie bat mich, mich um ihr Baby zu kümmern." Er schluchzte. „Ich blieb bei ihr, bis ich den Krankenwagen hörte."

„Aber Sie ließen Sie zurück", weinte Rhianna.

„Ich weiß, und es gibt nichts, was meine Feigheit entschuldigen könnte. Ich bemühte mich, etwas wieder gut zu machen und ließ deiner Tante und deinem Onkel anonym Geld zukommen. Aber nach ihrem Tod und mit deiner Unterbringung in einer Pflegefamilie verlor ich die Spur. Es tut mir so leid, Rhianna."

JTs Geständnis füllte sie mit grenzenloser Traurigkeit. Sie konnte ihn nicht ansehen. Oder Jonathan. Sie wollte nur noch in ihr Zimmer, um sich ihrem Kummer hinzugeben.

„Rhianna", flüsterte JT. „Wirst du mir je vergeben können?"

Es war ihr unmöglich, zu antworten. Sie hatte Angst, was ihr Mund von sich geben würde.

„Ich denke, dazu wird sie einige Zeit brauchen", sagte Jonathan.

Rhianna trat an das Fenster und sah über den professionell angelegten Garten und die perfekten Blumenbeete hinaus. Ihre Eltern hätten sicher alles dafür gegeben, in einem solchen Haus zu leben. Diese Chance wurde ihnen genommen. Von JT. Weil er sich nicht auf die Straße konzentriert hatte. Trug Jonathans Vater wirklich die Schuld oder hatte das Schicksal die Hand im Spiel?

Ihre eigenen Worte an Jonathan kamen ihr in den Sinn.

Menschen, die im Sterben liegen, haben das unbedingte Bedürfnis, ihre Fehler wiedergutzumachen.

Konnte sie JT vergeben? War nicht mehr dazu nötig, als nur die richtigen Worte auszusprechen?

Nein, das reichte nicht.

Jemand berührte sie an der Schulter.

„Alles in Ordnung?", fragte Jonathan.

Abwehrend verschränkte sie die Arme vor der Brust. „Ich weiß es nicht. Ich kann nicht denken."

Mit einem Blick über ihre Schulter sah sie zu JT hinüber. Er saß zusammengesunken in seinem Sessel, die Hände vor den Augen. Er schluchzte leise – das müde, erschöpfte Weinen eines Mannes, der gelitten hatte, der weiter litt.

Wollte sie, dass er weiter litt?

Nein.

Ihre Eltern waren tot. Dieses Wissen hatte sie durch ihr Leben begleitet. Es führte kein Weg zurück, es gab keine Möglichkeit, den Lauf der Dinge zu ändern. Sie hatte ihre Eltern verloren. JT hatte seine Ehe und seinen Sohn verloren. Jonathan hatte für so viele Jahre seinen Vater verloren.

Hatten Sie nicht alle genug gelitten?

Müde bis auf die Knochen räusperte Rhianna sich. „Ich vergebe dir, JT. Zu viele Menschen haben bereits unter diesem Geheimnis gelitten. Ich vergebe dir."

Der alte Mann brach in sich zusammen. Rhianna eilte an seine Seite und wiegte ihn tröstend in den Armen, bis sich sein Weinen beruhigt hatte. Dann sah sie zu Jonathan auf, der sie mit einem Ausdruck der Bewunderung ansah. Und mit etwas anderem. Mit Hoffnung, vielleicht?

Ihr Herz stolperte ein wenig.

~ * ~

An diesem Abend, nachdem JT sich auf sein Zimmer zurückgezogen hatte, saß Rhianna vor dem Kamin im Wohnzimmer und starrte in die Flammen. Ihr Leben hatte einige unerwartete Wendungen genommen, die sie atemlos und unsicher hinsichtlich ihrer Zukunft zurückgelassen hatten. Sie fühlte sich total verloren.

Was nun?

Mit nachdenklichem Gesichtsausdruck gesellte sich Jonathan zu ihr.

„Hattest du ein gutes Gespräch mit deinem Vater?"

„Besser als erwartet. JT war sehr von Misty eingenommen."

„Ich gehe davon aus, dass diese Gefühle auf Gegenseitigkeit beruhten."

Er grinste. „Ganz recht."

Jonathan saß dicht neben Rhianna auf dem Sofa. Er schien ihr noch

nie so nahe gewesen zu sein. Und sie hatte sich nie mehr davor
gefürchtet, was er zu sagen hatte.

„Und was jetzt?"

„Nun ja, das kommt darauf an, Rhianna."

„Auf was?"

Er ergriff ihre Hand. „Ob du mir so vergeben kannst, wie du JT
vergeben hast."

Rhianna versuchte, das Flattern ihres Herzens zu ignorieren. „Was
sollte ich dir zu vergeben haben?"

„Dafür, dass ich dachte, du seist auf der Insel, um mir
nachzuspionieren." Sein Daumen streichelte ihre Hand. „Dafür, dass ich
dir nicht geglaubt habe."

„Das ist doch längst vergessen."

„Ist es das?" Tief sah er ihr in die Augen. „Ich war ein Dummkopf.
Ein kompletter Idiot."

„Sprich ruhig weiter", schmunzelte sie.

„Ich kann mir nicht vorstellen, ohne dich auf Angelinas Insel
zurückzukehren."

Rhianna wusste nicht, wie ihr geschah.

„Ohne dich wird es dort nicht das Gleiche sein", fügte er hinzu.
„Und Misty braucht dich wirklich."

„Misty?"

Er zog sie an sich heran. „*Ich* brauche dich, Rhianna".

„Wie lange?" Fragend sah sie in seine tiefblauen Augen. „Die Zeit
der Sommerabenteuer ist vorbei."

„Ich will kein Abenteuer." Er küsste ihre Handfläche. „Ich will für
immer."

Rhianna Puls raste.

Sagt er wirklich das, was ich mir zu hören einbilde?

„Was bedeutet ‚für immer'?", fragte sie leise.

„Weißt du das nicht?" Er beugte sich zu ihr hin und küsste sie. „Ich
liebe dich, Rhianna McLeod."

„Wirklich?"

Er lachte. „Muss ich es dir beweisen?"

„Ja, bitte."

Als seine Lippen die ihren berührte, fühlte Rhianna sich nicht länger
verloren. Ihr Ritter hatte sie gefunden, hatte sie gerettet und schon bald
würde er sie auf sein Inselschloss mitnehmen.

Kein größerer Wunsch konnte je in Erfüllung gehen.

Epilog

Drei Tage später heirateten Rhianna und Jonathan im Garten der Villa Lance. Misty, das Blumenmädchen, streute rosafarbenen Hibiskus und Rosenblätter auf das Gras. Hinter ihr eskortierte JT Rhianna den mit Blumen geschmückten Gang hinunter und stellte sich als Treuzeuge neben seinen Sohn. Mrs Atkinson war Rhiannas Trauzeugin, während Marvin, Higginson, Roland und Denny grinsend zusahen und stolz Pfiffe und Rippenstöße austauschten. Rhianna hätte sich keine schönere Hochzeit vorstellen können.

„Ich habe nur eine Bitte", sagte JT kurz bevor er sie zum Altar führte.

„Was immer du möchtest, JT."

„Ich möchte Angelinas Insel sehen. Ich glaube, ich möchte dort meine letzten Tage verbringen. Mit dir, Jon und … Sirena."

„Misty", korrigierte sie und küsste die Wange des alten Mannes.

„Sicher … Misty." Verwirrt sah er sie an. „Habe ich das nicht gesagt?"

Rhianna lächelte. „Natürlich hast du das."

Die Musik setzte ein und JT bemerkte: „Siehst aus, als ob dort eine Party stattfindet."

Sie nahm seinen Arm. „Lass uns nachsehen, was meinst du?"

~ * ~

Bereits am nächsten Tag kehrten sie auf Angelinas Insel zurück.

An ihrem ersten Abend auf der Insel stand Rhianna an der Anlegestelle und beobachtete die untergehende Sonne. JT saß in einem Deckstuhl neben ihr und sah auf das Meer hinaus, ein Lächeln in seinem vergrämten Gesicht. Es war wunderbar ihn lächeln zu sehen. Er hatte den ganzen Tag unter schrecklichen Kopfschmerzen gelitten.

„Es ist so wunderschön hier", sprach JT beinahe zu sich selbst. „Die Luft ist so frisch und wohlriechend."

„Das war auch mein erster Eindruck", gab Rhianna ihm Recht.

Das Rascheln von Blättern veranlasste sie, sich umzuwenden.

Jonathan stand am Strand und wartete auf sie. In seinen Armen hielt er eine große Leinwand.

„Ich bin gleich zurück", kündigte sie JT an und klopfte ihm leicht auf die Schulter.

„Lass dir nur Zeit, meine Liebe. Ich werde mich heute Abend nicht vom Fleck rühren."

Rhianna schlenderte die Anlegestelle hinauf, mit einem Herzen voller Liebe und Glück. „Was hast du da, Jonathan?"

„Ein neues Gemälde. Ich konnte nicht erwarten, es dir zu zeigen."

Er drehte ihr die Leinwand zu. Rhianna schrie hörbar auf. In dem Bild ruhte eine Frau auf einer Liege. Ein hauchdünner, seidener Schal war über ihren nackten Körper drapiert. Lange, goldbraune Haare fielen ihr auf die Brüste. Um den Hals trug sie eine Perlenkette. Ihr Ausdruck war verträumt, als ob sie auf ihren Geliebten warten würde. Die Frau hatte Rhiannas Gesicht.

„Das kannst du unmöglich verkaufen", erklärte sie entsetzt.

Jonathan grinste. „Das hatte ich auch nicht vor."

„Warum hast du es dann gemalt?"

„Um mich daran zu erinnern, das du mir gehörst."

Rhianna schlang ihre Arme um seinen Hals. „Daran müsst Ihr erinnert werden, Sir Lancelot?"

„Tag für Tag, Mylady", flüsterte er ihr zu, während seine Lippen ihre fanden.

~ * ~

deutschsprachige Romane:

www.ingridsbooktranslations.de
www.ingridsbooktranslations.com

Die Melodie der Wale

Eine zeitlose Geschichte über Liebe, Lügen, Tragödie und Transformation.

Dreizehn Jahre ist es her, dass der tragische Tod ihrer Mutter Sarah Richardsons Leben zerstörte. Schockierende Umstände führten bei dem trauernden Teenager zu einem teilweisen Gedächtnisverlust.

Es ist leichter, manche Dinge einfach zu vergessen.

Eine vertraute Stimme aus ihrer Kindheit veranlasst Sarah - mittlerweile Mitte Zwanzig und eine talentierte Führungskraft im Marketingbereich - sich erneut mit ihrer Vergangenheit auseinanderzusetzen. Mit einer Vergangenheit, die sie längst begraben hatte.

Manche Dinge sind dazu bestimmt, vergessen zu werden.

Heimgesucht von Albträumen und Visionen über einen gelbäugigen Wolf, Kreaturen der Erde und Killerwale, die ihr in langen, einsamen Nächten erbarmungslos zusetzen, muss Sarah sich endlich ihrer Furcht stellen und ihre verlorene Erinnerung heraufbeschwören – selbst wenn sie das vernichten sollte.

An manche Dinge muss man sich erinnern – um jeden Preis.

Die Melodie der Wale wird weltweit in Schulen als literarische Grundlage zum Studium eines Romans, für Buchbesprechungen und als Buchklublektüre verwendet. Die unterschiedlichen sozialen und emotionalen Themen (Mobbing, Rassismus und Tod) machen dieses Buch zur perfekten Lektüre für Leser jeder Altersgruppe. Ihr E-Book-Händler bietet dieses Buch in verschiedenen Formaten an.

Über die Autorin

Kanadierin Cheryl Kaye Tardif ist die internationale Erfolgsautorin einer Reihe von spannungsgeladenen psychologischen Kriminalromanen. Einige ihrer Werke wurden bereits in Deutsch, Französisch, Türkisch und Chinesisch veröffentlicht, wie etwa *Divine Sanctuary, Submerged, Divine Justice, Children of the Fog (Des Nebels Kinder), Divine Intervention, The River (Wilder Fluss)* und *Whale Song (Die Melodie der Wale)*. New York Times Bestsellererzählerin Luanne Rice beschreibt *Die Melodie der Wale* als „ ... eine faszinierende Geschichte über Liebe und Familie und die Geheimnisse des menschlichen Herzens ... ein wunderbarer, unvergesslicher Roman."

Inspiriert von ihrem Idol Stephen King, schreibt Cheryl gerne Kurzgeschichten, wie etwa *Skeletons in the Closet & Other Creepy Stories* (E-Book) und *Remote Control* (eine E-Book Novelle). Ihre Kurzgeschichten wurden in verschiedene Sammlungen aufgenommen, unter anderem auch in *Shadow Masters* und *What Fears Become*.

Mit dem Debut ihrer spannenden Romanze *Lancelot's Lady*, veröffentlicht unter dem Pseudonym Cherish D'Angelo, drang Cheryl im Jahr 2010 auch in die Welt der Liebesromane vor.

Booklist schwärmt: „Tardif, die in Kanada bereits großen Erfolg verzeichnet ... ist ein Name, mit dem südlich der Grenze gerechnet werden muss."

Cheryls Webseite: http://www.cherylktardif.com
Ihr offizielles Blog: http://www.cherylktardif.blogspot.com
Twitter: http://www.twitter.com/cherylktardif
Facebook: https://www.facebook.com/pages/Cheryl-Kaye-Tardif-novels/29769736630

Des Weiteren finden Sie Cheryl Kaye Tardif bei Goodreads, Shelfari und LibraryThing, sowie auf anderen sozialen Netzwerken.

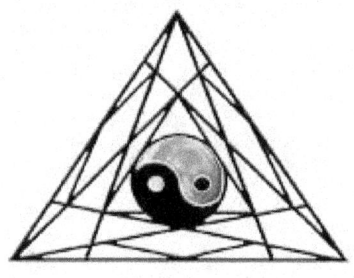

IMAJIN BOOKS

Qualitätsromane, die Ihre Erwartungen übertreffen

Zum Kauf Ihres nächsten E-Books oder Taschenbuchs besuchen Sie bitte:

www.imajinbooks.com

www.imajinbooks.blogspot.com

www.twitter.com/imajinbooks

www.facebook.com/imajinbooks

IMAJIN QWICKIES™
www.ImajinQwickies.com

www.ingramcontent.com/pod-product-compliance
Lightning Source LLC
Chambersburg PA
CBHW051635260626
47170CB00004B/1187